诗·词·曲

格律雅韵

马维野 著

辽宁人民出版社

ⓒ马维野　2025

图书在版编目（CIP）数据

诗·词·曲格律雅韵 / 马维野著 . -- 沈阳 : 辽宁
人民出版社 , 2025. 1. -- ISBN 978-7-205-11430-5

Ⅰ . I227

中国国家版本馆 CIP 数据核字第 2025BA3516 号

出版发行：辽宁人民出版社
　　　　　地址：沈阳市和平区十一纬路 25 号　邮编：110003
　　　　　电话：024-23284325（邮　购）　024-23284300（发行部）
　　　　　http://www.lnpph.com.cn
印　　刷：沈阳市崇山彩色印刷有限公司
幅面尺寸：145mm×210mm
印　张：11.75
字　数：290 千字
出版时间：2025 年 1 月第 1 版
印刷时间：2025 年 1 月第 1 次印刷
责任编辑：郭　健
装帧设计：胡小蝶
责任校对：吴艳杰
书　号：ISBN 978-7-205-11430-5

定　价：80.00 元

作者简介

　　马维野，1982 年毕业于清华大学后，在中国科学院工程热物理研究所从事科研工作 4 年。1986 年考入北京航空航天大学学校管理与领导专业，成为该专业的全国首位教育学硕士。1989 年后，先后任中国科学院科技政策局处长、副研究员，国务院发展研究中心国际技术经济研究所常务副所长、研究员，国家知识产权局专利管理司司长，中国专利保护协会常务副会长兼秘书长。

作者邮箱：maweiye@ppac.org.cn

作者微信号：WeiyeMa0926

作者公众号：格律芳野

内容提要

　　本书收录了作者马维野的格律习作 1025 首，含近体诗 510 首、词 408 首、散曲小令 107 首。用到格律谱 411 个，其中近体诗谱 16 个，词谱 293 个，小令曲谱 102 个，每个谱均给出了简明新颖而相对准确的格律表达，可基本满足诗词曲爱好者创作的需要。

惜黄花慢·格律漫歌（代序）

　　咏志吟诗，倦懒哼小曲，典雅填词。百花难放，众生易老；云烟过眼，绮梦连屐。欲将心血浇文丐，握秃笔、依律成习。未可知，舞文弄墨，延缓呆痴。

　　浮生若梦何期？叹纵横上下，世道如迷。我为鱼肉，睡沉不醒，人为我主，肆意侵欺。大千世界多奇幻，万花筒、变演争奇。待启迪，抑扬顿挫三时。

前　言

　　本书收录了作者马维野的格律诗 1025 首。本书所称的格律诗系指近体诗、词和散曲小令这三种具有一定的格律规范的诗歌体裁。全书中包含近体诗 510 首（五言绝句 178 首，七言绝句 186 首，五言律诗 72 首，七言律诗 72 首），词 408 首（小令词 237 首，中调词 67 首，长调词 104 首），散曲小令 107 首。每一种格律作品均给出相应的准确谱式，共有 411 个格律谱（16 个近体诗谱，293 个词谱，102 个小令曲谱），其中词谱均以《钦定词谱》为依据，并经过作者参照古人作品认真校对、订正，保证了格律谱的准确性。曲谱皆以《全元散曲》所载元人小令为基础整理而成，可防止社会上特别是网络上流传的不准确格律谱式的以讹传讹，亦可基本满足格律诗爱好者平时习作选用。为便于查找，书末附有《格律谱名称音序索引》（附录二）。

本书所用的格律符号意义如下：

P代表平声；

Z代表仄声；

S代表上声；

Q代表去声。

韵脚以加粗体表示。

正常字号的字母为声调的主表达（主声调），主声调字母所加的下角标为声调的次表达（次声调）。

例如：P_Z代表应平可仄，**P**代表平声韵，以此类推。

加实下划线表示必须对仗，加虚下划线表示对仗为宜。

应该特别说明，与以往的有些书籍不同，本书对格律谱的标注，极大地强化了格律规范声调上的规律性。归纳总结格律的平仄规律，有如下基本声调表达式：

三字的规律有ZZZ，PPP，PPZ，ZZP，PZP，ZPZ；

四字的规律有PPZZ，ZZPP，PZZP，ZPPZ，PZPZ，ZPZP；

五字的规律有ZZPPZ，PPZZP，PPPZZ，ZZZPP；

六字的规律有ZZPPZZ，PPZZPP；

七字的规律有ＰＰＺＺＰＰＺ，ＺＺＰＰＺＺＰ。ＺＺＰＰＰＺＺ，ＰＰＺＺＺＰ。

在词谱的表达上，尽量使得主声调符合上述的规律。

下面举一个例子。《蝶恋花》词谱，有工具书将其格律表达为：

P$_Z$ZP$_Z$PPZ**Z**，Z$_P$ZPPZ$_P$ZPP**Z**。P$_Z$ZZ$_P$PPZ**Z**，P$_Z$PPZ$_Z$ZPP**Z**。

Z$_Z$ZP$_Z$PPZ**Z**，P$_Z$ZPP，P$_Z$ZPP**Z**。Z$_P$ZZ$_P$PPZ**Z**，P$_Z$PZ$_P$ZPP**Z**。

首先可以看出，《蝶恋花》词谱本是上下阕相同的谱式，将上阕下阕写成不同的表达是毫无道理的。而本书的格律表达则是：

Z$_P$ZP$_Z$PPZ**Z**。Z$_P$ZPP，Z$_P$ZPP**Z**。Z$_P$ZP$_Z$PPZ**Z**，P$_Z$PZ$_P$ZPP**Z**。

Z$_P$ZP$_Z$PPZ**Z**。Z$_P$ZPP，Z$_P$ZPP**Z**。Z$_P$ZP$_Z$PPZ**Z**，P$_Z$PZ$_P$ZPP**Z**。

不难看出，本书的格律表达才完全符合格的规律，显得更加优美，也更便于记忆。

另外，词谱中的"（叶）"表示叶韵。注意，"叶"与"协"同音同义。

　　本书作者倡导用新韵写格律作品，即以现代汉语标准发音来确定汉字的平仄声调和韵律，废弃使用入声字和古代特殊的发音。对于转为平声的入声字一律用作平声，韵脚皆以汉语普通话的发音为准。为方便读者，书末附有经作者整理而成的《现为平声的原入声字》（附录一）。

　　本书的编排顺序按类分，依次为近体诗、词、散曲小令，同类内按字数的多少从少到多排列，字数相同时则按汉语拼音字母为序。近体诗按五言绝句、七言绝句、五言律诗和七言律诗划分为四部分，词按小令、中调和长调划分为三部分［小令的字数不超过 58 个，中调的字数介于 59 个（含）和 90 个（含）之间，长调的字数在 90 个以上］，散曲小令单独一部分。

　　本书用字参照中华书局 1999 年版《全宋词》（简体增订本）的用字方式，对于可能引起歧义的字不用简体字而用其繁体或异体。例如：发，取"头发"之义时用"髮"而不用"发"；斗，取"对打""争胜"之义时用"鬥"而不用"斗"；余，取"剩下来的"之义时用"餘"而不用"余"，等等。

　　本书的散曲小令作品里的小号字均为衬字。另外，本书有的律诗个别句子的平仄格乍看上去与诗谱不完全一致，这种情况是使用了律诗的拗救修辞方式。关于衬字和律诗的拗救，请参考专业书籍，如马维野所著《格律诗写作指导》（辽宁人民出版社 2022 年 1 月出版），本书不再专门介绍。

目　录

1. 五绝之仄起仄收格

$$Z_P Z P P Z, \quad P P Z Z P。$$

$$P_Z P P Z Z, \quad Z_P Z Z P P。$$

霜叶（2023年11月6日）

雨后经霜叶，红于二月花。

昏前羞暮日，早上戏朝霞。

百日菊（2023年7月23日）

叶翠三伏茂，花开百日鲜。

七情生客念，五彩惹人怜。

晚霞再现（2023年7月8日[1]）

上帝挥神笔，苍穹绘彩霞。

风吹云不动，泛洒漫天花。

雁栖湖（2023年3月30日）

秀美群山抱，坤灵一塔孤。

不闻鸭戏水，惟见雁栖湖。

1　日期为作品完成时间，全书同。

昨夜寒流（2023年3月12日）

昨夜寒流骤，低温举越凌。

松针承宿露，春日作垂冰。

春前（2023年2月16日）

乍暖还寒日，微寒向暖天。

虽无新草绿，已是在春前。

小月河公园散步（2023年2月7日）

漫漫严冬尽，悠悠岁月寒。

新鸭浮绿水，仍是在春前。

正月初二民俗（2023年1月23日，癸卯年正月初二）

玉兔窝边草，能开癸卯花。

离巢归嫁女，初二探娘家[1]。

腊月初一于珠海（2022年12月23日）

雨密三天冷，云开五日熙。

珠江临海处，腊月正初一。

醉人珠海（2022年12月20日）

晴暖居珠海，凭阑醉眼瞄。

山行云未动，水静影空漂。

1　初二探娘家：中国民间有正月初二回娘家的习俗。

复工口号[1]（2022年12月5日）

久戴新冠日，清零不再提[2]。

尘封逾半月，终有复工期。

诗稿赋（2022年11月29日）

满纸言无状，通篇字有形。

人生多感悟，格律寄真情。

冬阳（2022年11月21日）

午日冬阳暖，云枝挂叶摇。

乌光千万尺，树影两三条。

秋云下漫步（2022年8月26日）

万里祥云起，秋高染蔚蓝。

徐行抬望眼，恰若走江天。

长春南湖公园（2022年7月26日）

避暑长春地，今天入二伏。

休闲经盛夏，大美在南湖。

北京国际雕塑公园看雕塑（2022年4月15日）

若梦观雕塑，如痴辨幻形。

---

1 口号：诗的标题用语，表示随口吟成，类似于"口占"。

2 清零不再提：清零，指当时疫情防控的"动态清零"政策，该政策给人以要把病毒消灭的印象。当日的政策第一次不再提及这一政策。

千姿成鹤梦，百态是人生。

有感三节相连（2022年4月5日）

上巳前天过，寒食次日来。

清明今又到，春色正抒怀。

为孟凤朝[1]先生题（2022年2月25日）

凤历铺诗梦，人生感地天。

修身成铁道，圣手筑知权。

小月河[2]边散步观叶（2021年11月4日）

小月河边树，缤纷叶正黄。

清秋飘摇落，满地若金镶。

中秋（2021年9月21日，辛丑年八月十五）

冉冉银盘举，依依翠柳风。

中秋邀夜月，万里尽澄明。

小区遇彩蝶（2021年9月7日）

五彩斑斓幻，长鬚漫卷摇。

翕张如凤翅，飞舞更妖娆。

小月河公园观紫薇（2021年8月23日）

尺水河流浅，孤林草木深。

---

1 孟凤朝：全国政协委员，中铁集团前董事长，中国专利保护协会第四届理事会会长。

2 小月河：指小月河公园，北京元大都遗址公园西面的一部分。

花香何以溢? 临岸紫薇芬。

雏燕（2021年8月8日）

黄喙求食渴，玄衣拊翼焦。

今天檐上客，明日破云霄。

登鞍山千山（2021年7月14日）

万载千山翠，千年万壑青。

伸腰天柱耸，吐气岫云生。

咏萱草花（2021年6月15日）

仲夏怜萱草，门前万朵花。

侵晨承早露，向晚绘夕霞。

咏月季（2021年5月12日）

月月花开艳，飘飘百里香。

千枝争乱色，万朵显妍芳。

鹅掌楸（2021年5月4日）

剔透玲珑态，晶莹素雅妆。

繁枝杯萼挂，不是郁金香。

谷雨（2021年4月20日）

谷雨今天到，清风作伴游。

春潮催种作，遍地走耕牛。

一枝海棠（2021年4月1日）

七日含苞待，花开不让春。

红衣藏粉蕊，饱绽谢东君。

辛丑年初见迎春花（2021年2月25日）

正月春来早，河边揽淡香。

定睛无叶绿，迎面有花黄。

大寒前降雪（2021年1月19日）

早起窗帘卷，铺银满地白。

天工揉碎雪，寄示大寒来。

冬至（2020年12月21日）

庚子交冬至，天行又一年。

孤愁随暗去，冀望伴明还。

深秋花开（2020年11月13日）

恰正深秋季，适逢丽日天。

倏然花蕊笑，疑是在春前。

滇池看红嘴鸥（2020年11月3日）

翼展张红喙，翩翩炫雪衣。

虽常临洱海，却喜落滇池。

能量的自白（2020年7月2日）

我本真标量，何来正负说？

聪明毋自作，弄巧反成拙。

沙尘落日（2020年4月24日）

晚树支昏日，沙尘卷半空。

天低云不见，尽在暗霄中。

题所摄小区紫玉兰照（2020年3月24日）

丹紫身高贵，花中冠九流。

忽而苞吐绽，百丽顿含羞。

步王之涣诗[1]韵（2020年3月14日）

暮日依霞尽，归鸦傍暖流。

人闲空举目，身懒上层楼。

雪霁（2020年2月7日）

雪霁无三李[2]，人闲有六文[3]。

云开徒旷亮，何以慰忠魂？

初二拜年（2020年1月26日）

日月行天道，新春喜庆怀。

百毒消遁去，万寿入门来。

1　王之涣《登鹳雀楼》原诗：白日依山尽，黄河入海流。欲穷千里目，更上一层楼。

2　三李：指唐代诗人李白、李贺、李商隐。

3　六文：六书，指汉字的六种造字方法，即象形、指事、形声、会意、转注、假借。

珠海航展观趣（2018年11月10日）

入海珠江断，争空铁鸷飞。

长天旋瑞霭，大地滚惊雷。

旅次镇江（2018年6月22日）

走马西津渡，观花北固山。

昼听江上水，夜宿碧榆园。

病中迎新年感怀（2017年12月31日）

暮老随天数，长河下客船。

孤床撑病体，朽力度残年。

小区秋色（2017年10月29日）

一夜秋风扫，高天万里蓝。

皇都如镜澈，五彩染家园。

打虎赞（2016年7月10日）

治下风云涌，京畿卧虎藏。

若非倾力打，误作是绵羊。

旅次镇江碧榆园（2016年6月18日）

破晓闻啼鸟，寻声寓所前。

花香何处嗅？赖有碧榆园。

南锣鼓巷赏古琴（2015年8月21日）

小院藏幽院，心弦醉古弦。

轻弹流水调，忘却曲高山 [1]。

苏州友人请吃东山枇杷（2015年5月19日）

四月江南好，姑苏看虎丘。

枇杷熟正透，挚友买来酬。

午间漫步（2015年4月5日）

正午舒清步，春阳落满身。

闻花蜂恋蜜，博采到家门。

腊八日作（2015年1月27日，甲午年腊月初八）

映日临风走，冬时遇腊八。

高天悬昼月，浅水泛新鸭。

小月河午游（2014年5月7日）

正午风和煦，晴空孟夏天。

双鸭浮暖水，草萃小河宽。

抚仙湖 [2]（2008年6月19日）

浩渺烟波际，高原画碧蓝。

扁舟湖远处，云水共长天。

---

1 轻弹流水调，忘却曲高山：指当时琴师演奏了古曲《高山流水》的"流水"部分而未演奏"高山"部分。

2 抚仙湖：位于云南省玉溪市澄江市、江川区、华宁县之间，湖面积 212 平方千米，为云南省第三大湖。

秋景（2007年11月19日）

瑟瑟秋风起，萧萧落叶归。

多姿人眼乱，疑是彩蝶飞。

中秋吟（2007年9月25日）

岁岁中秋日，寒蛩鲜作声。

犹怜征雁去，路有万千程。

2. 五绝之仄起平收格

Z$_P$ Z Z P **P**，P P Z Z **P**。

P$_Z$ P P Z Z，Z$_P$ Z Z P **P**。

小雪日作（2023年11月22日）

小雪问深秋，长江可倒流？

前涛披后浪，日夜苦行舟。

大暑晨起散步（2023年7月23日）

早起步清晨，寒凉更宜人。

虽刚临大暑，却像在秋分。

夏草（2023年7月9日）

夏草笑骄阳，凌威且莫狂。

风吹添翠绿，日晒不枯黄。

紫丁香（2023年4月8日）

淡雅紫丁香，争春倚旭光。

风吹摇倩影，日照吐馀芳。

清明小月河（2023年3月6日）

嫩水向东流，乌光炳烁游。

萋萋春草翠，点点碎花稠。

正月初三民俗（2023年1月24日，癸卯年正月初三）

正月过初三，全天忌拜年[1]。

婚房新鼠乐[2]，闭室旧人欢[3]。

小区寒冬小景（2022年11月30日）

今日又晴冬，阳光贯碧空。

枝头乌鸟戏，树上海棠红。

入冬月（2022年11月24日，壬寅年冬月初一）

冬月带愁怀，花零百草衰。

天仪轮四季，养静待春来。

秋冬之交游园博园（2022年11月8日）

天冷太阳高，风轻彩叶飘。

冬来秋瑟瑟，不雨也潇潇。

1　全天忌拜年：中国民间有正月初三忌拜年的习俗。

2　婚房新鼠乐：中国民间有正月初三为老鼠娶亲之日的说法。

3　闭室旧人欢：中国民间有正月初三忌出门的习俗。

盆养韭兰（2022年5月3日）

几朵嫩花凡，春消更鬥妍。

兰盆天地小，吐蕊也争先。

紫藤（2022年4月22日）

悠摆挂垂条，柔纤更窈娆。

娇姿生俏媚，风动紫春袍。

题赠李梓余小朋友（2022年3月21日）

少小诵诗词，勤劳必有知。

熟读堪下笔，自勉变良习。

阳台之春（2022年3月6日）

午日暖阳台，凡花百朵开。

白黄红绿紫，小景送春来。

阴霾天晨起散步（2021年10月3日）

晨起步三千，阴霾弥漫天。

游蜂忙采蜜，唯恐欲花残。

颐和园赏桂（2021年9月22日）

八月桂花香，香飘到远邦。

邦人贪嗅笑，笑问自何方？

秋蝶（2021年9月13日）

蝶舞细风生，翩翩动绮情。

秋深时日短，争秒在无形。

家养韭兰开花（2021年8月24日）

绿草满盆端，孤开辨韭兰。

生来求自在，不羡做花仙。

车轮菊（2020年7月7日）

菊属谓车轮，花开恋早云。

虽无奴媚态，却有客严尊。

夏果（2021年7月4日）

夏果正空青，秋实待岁登。

望梅堪止渴[1]，见事勿生风[2]。

清晨散步（2021年6月17日）

夏景赖清晨，蓝天绘旦云。

挺胸添力量，举步长精神。

咏月季（2021年5月12日）

入夏丽葩开，丰妍顾自来。

色泽催六欲，俏丽动三才[3]。

---

1 望梅堪止渴：借义成语"望梅止渴"。

2 见事勿生风：转义成语"见事生风"。

3 三才：天才、地才、人才。

自咏（2021年4月26日）

世事乱丝蓬，人怀各不同。

凭阑观万象，亢毅不随风。

咏金银花（2021年4月25日）

一树挂金银，花开夏未临。

秋来云叶落，冬果再迎春。

贴梗海棠（2021年4月23日）

贴梗海棠花，丹红胜彩霞。

寻常难作见，天赐一奇葩。

正月初一咏牛（2021年2月12日，辛丑年正月初一）

辛丑引春牛，勤耕万亩畴。

奔劳挥汗雨，恳苦待秋收。

凤阳明皇陵（2020年12月5日）

洪武业初成，尤思考妣情。

凤阳开冢土，诏谕缮皇陵。

珠海海滨散步（2020年11月7日）

渔女示习亲，闲人到海滨。

千花迎漫客，百鸟唱椰林。

小区夏果（2020年7月19日）

小暑正初伏，清晨爽气足。

高枝悬夏果，露水润明珠。

小区赏樱花（2020年4月11日）

寓外乱樱前，花仙更妙妍。

株枝呈化景，不羡玉渊潭。

小月河午游（2020年4月2日）

走小月河林，闻花径馥芬。

观茵茵绿草，笑滚滚红尘。

玉渊潭春游（2020年4月1日）

二月玉渊潭，樱花正茂繁。

鸣蜂寻蜜采，吟鸟唱诗翾。

除夕致亲人（2020年1月24日，己亥年腊月三十）

庚子诵诗声，家和万事兴。

新年昌运旺，喜鼠兆丰登。

腊八听画眉（2020年1月2日）

冬日遇熙阳，轻安步履忙。

鸟鸣忽婉转，便是画眉乡。

小区秋色（2019年10月26日）

五色绕环周，天随满目收。

风轻摇彩叶，好景在金秋。

飞抵西安咸阳机场（2018年10月16日）

秦岭笑秋风，白云脚下行。

银鹰轻展翼，便到古都城。

正月初一贺年（2018年2月16日，戊戌年正月初一）

不舍晓鸣鸡，今天已远离。

俄忽祥狗至，值守万家祺。

途经于凤至故居[1]（2018年8月19日）

素瓦覆青墙，红栏衬碧窗。

天生情笃女，误嫁负心郎。

除夕（2017年1月27日，丙申年腊月三十）

丁酉放声催，金鸡欲早归。

心邀天凤至，目送岭猴回。

紫薇（2016年7月6日）

小径任徘徊，花香擅自来。

清风忙指路，柳下紫薇开。

雨后晚霞（2016年6月10日）

好雨贵如油，忽来片刻收。

---

1 于凤至故居：在吉林省公主岭市南崴子乡大泉眼村。于凤至，张学良原配妻子。于对张
用情很深，但张对于则很薄情。

云霞红似火，犹唱小梁州 [1]。

秋景（2007年11月13日）

云淡雁南飞，风轻谷穗垂，

霜天红叶瘦，绿水鲤鱼肥。

3. 五绝之平起仄收格

P_Z P P Z Z ， Z_P Z Z P **P**。

Z_P Z P P Z ， P P Z Z **P**。

上弦月夜于珠海（2023年11月20日）

倾身擎偃月，反手扯残云。

山河无抱恙，珠江入海津。

云隐月圆夜（2023年8月1日，癸卯年六月十五）

停云藏玉镜，静野橐乌衣。

月满花香日，心恬意惬时。

初伏之愿（2023年7月11日）

初伏今日启，万众盼甘霖。

久旱禾苗萎，心期沛雨云。

小月河公园兴思（2023年4月17日）

小河新水浅，伟木老根深。

1　犹唱小梁州：同日作者曾填散曲小令《小梁州》一首。

本是红尘客，皆非自在人。

早春（2023年3月2日）

临风催草翠，向日醒芽新。

且待花开早，丛芳占满春。

正月初四民俗（2023年1月25日，癸卯年正月初四）

兔年求富贵，初四要扔穷[1]。

福禄装仓满，生活火样红。

冬晴（2022年12月10日）

天晴冬日暖，草绿朔风轻。

冻木枯叶乱，南枝鹊鸟鸣。

小月河漫步口号（2022年12月8日）

山川停幻演，岁月自蹉跎。

大厦尘封后，重临小月河。

壬寅年冬月初一（2022年11月24日）

天昏无雨雪，地暗有尘泥。

柳浪扶风起，风流贯柳低。

小区草坪新铺（2022年11月23日）

冬晴天不冷，木伟叶疏稀。

---

1 扔穷：中国民间习俗，正月初四宜清扫室内，把垃圾收集堆到一处，这也是中国民俗中说的"扔穷"。

满地铺新草，人工恳苦时。

小月河边散步偶遇啄木鸟（2022年10月27日）

河边停履看，啄木鸟声频。

利喙精勤扣，秋虫僻隐深。

小区散步遇刺猬（2022年10月14日）

闲行逢刺猬，状似一松球。

虬卷图圆满，人前也害羞。

又见晚霞（2022年8月5日）

云华红似火，夕照点吟灯。

舒爽清风过，心生不老情。

绣球荚蒾（2022年5月1日）

浑身白似雪，上下鼓如球。

春暮临初夏，花开百卉羞。

北京国际雕塑公园看郁金香（2022年4月15日）

春光明媚日，红瘦绿尤肥。

姹紫嫣红乱，花团锦色杯。

小区春花（2022年4月9日）

春光无限好，饱嗅辨丁香。

艳丽桃花俏，馀娇数海棠。

小区杏花（2022年3月27日）

春怜三五杏，嫩蕊竞相开。

赖有司花女，年年送媚来。

题友人所摄蜡梅照（2022年3月6日）

娇黄真色诱，雪嫩也丰肥。

何物幽香迥，原来是蜡梅。

为虎年初雪题（2022年2月13日）

吟诗歌丽景，瑞雪兆丰年。

漫写随情愿，凡夫爱养闲。

珠海街头漫步（2021年12月12日）

街头千树翠，巷尾百花妍。

漫客临珠海，悠然一地仙。

小区冬初小景（2021年11月10日）

枝头悬盖柿，草下掩泥尘。

花好游蜂恋，初冬似早春。

北海公园观菊展（2021年10月22日）

菊香秋日朗，白塔聚天光。

一展千枝俏，丛拥万朵芳。

晨起散步观天（2021年9月11日）

晨晖微暗淡，举目望天穹。

北面云刚起，东方日正红。

小区秋花（2021年8月21日）

天凉时日短，气爽雨云收。

异馥庐园满，花开九色秋。

家养茉莉花开（2021年7月6日）

枝新盆里长，根老土中扎。

雪朵芬芳满，姣妍茉莉花。

五彩百合花（2021年6月18日）

晨曦生五彩，映媚百合花。

自是多姿色，并非因太霞。

咏月季（2021年5月12日）

百花凋谢尽，独放不争春。

傲骨天生有，纵无皇后尊。

观海上日出（2021年5月10日）

丹曦浮海面，晖彩染朝霞。

水不扬波处，云光戏浪花。

欧洲雪球（2021年4月23日）

银涛攀树涌，雪色染千球。

知是春将暮，争开不敢留。

春风（2021年3月31日）

春风来做客，送我一枝花。

报谢无回馈，挥毫有赠答。

午间小月河散步（2021年3月29日）

小河流水静，不掩探春声。

怒放桃花俏，偕行助善平。

到吴敬梓故居（2020年12月4日）

全椒吴敬梓，妙笔绘儒林。

外史传天下，声名甚逸群。

珠海立冬日（2020年11月7日）

珠江忙入海，不晓已冬临。

共世曦光岸，同天日月滨。

高科技析（2020年7月24日）

科学分大小，技术论高低。

两者混淆乱，焉能辨致知？

小区初遇乌鸫（2020年3月6日）

春前风不暖，漫步遇乌鸫。

毳羽如漆墨，娇仪赛画工。

题赠王语瞳小朋友（2020年1月23日）

诗词藏秀逸，格律蕴灵知。

少小多吟诵，风华正茂时。

题友人所赠蝴蝶兰（2020年1月16日）

蝶欢枝上舞，紫翅泛光翕。

更喜新春近，幽香愈炫奇。

树下听鸟鸣（2019年11月9日）

秋阳长引曜，树上鸟争鸣。

叶茂遮人眼，闻声不见形。

题友人所摄大华秋葵照（2019年7月14日）

秋葵花叶硕，盛夏乃当开。

朵朵经风雨，枝枝翠未衰。

北京动物园观水鸟（2019年4月26日）

鹈鹕轻戏乐，止水举群鸭。

静泖天鹅舞，鸳鸯配对达。

蜡梅（2019年2月26日）

花黄香自溢，朵小素妆裁。

暗里争春早，残冬竟自开。

陶然亭公园游（2018年12月14日）

千年亭媚妩，万里尽陶然。

墨客文辞溢，云天借景传。

初春观鸟（2018年3月16日）

初春观百鸟，正遇艳阳天。

树伟鸣声迥，灵姿变万千。

春前（2017年2月7日）

清风拂岸柳，止水举双凫。

掌短波粼细，天晴暖树孤。

题所摄居室花开照（2017年2月5日）

身闲居陋室，盆草半留芳。

疑是春来早，花开报不遑。

五峰（2009年5月27日）

层峦山雨落，五岭水云生。

小镇孤烟静，村潭止水平。

秋景（2007年11月19日）

高天晴万里，大地缀千村。

黍穗排排挂，田家日日新。

4. 五绝之平起平收格

P P Z Z P，Z$_P$ Z Z P P。

Z$_P$ Z P P Z，P P Z Z P。

小雪日于珠海观日出（2023年11月22日）

珠江入海平，小雪卷秋风。

海上升红日，丹光照世程。

家乡夏花（2023年8月5日）

红黄紫绿蓝，五彩鬥芳妍。

盛夏花枝俏，深秋籽粒圆。

小暑晚霞（2023年7月7日）

丹青染暮云，万里共销魂。

暑热流馀汗，风凉想沃霖。

小月河边赏碧桃（2023年4月6日）

流光照碧桃，静水映红桥。

常在河边走，观花步履佻。

颐和园看山桃（2023年3月14日）

修洁似瑾瑶，俏媚数山桃。

春梦闲游客，闻香有醉毫。

迎春花苞（2023年2月27日）

黄苞嫩色新，欲绽为迎春。

俏媚无倾意，凡常有任心。

正月初六民俗（2023年1月27日，癸卯年正月初六）

新年近尾声，初六正送穷[1]。

---

1 送穷：中国民间风俗，正月初六要送走穷鬼，反映了民间普遍希望辞旧迎新，送走旧日贫穷困苦，迎接新一年的美好生活的美好心愿。

骏马膘肥壮[1]，春前好备耕。

冬日早霞（2022年11月26日）

冬晨绘绮霞，万朵帝宫[2]花。

天解人间苦，昭知闷在家。

小雪日散步（2022年11月22日）

深秋正欲阑，小雪送冬寒。

挂叶飘零后，凋花败落前。

小月河边赏枯苇（2022年11月10日）

天时日渐狭，枯苇作冬花。

小月河边荡，无声也自夸。

秋柿（2022年10月12日）

金风染柿黄，阵阵送秋凉。

纵是盈枝挂，无人舍我尝。

游兴城古城（2022年8月17日）

兴城一古城，天下甚闻名。

守将袁崇焕，丹心抗外戎。

夏叶如秋（2022年7月16日）

初伏暑气浓，枝上叶丹红。

---

1 骏马膘肥壮：正月初六是"马日"，故有此句。

2 帝宫：天宫。

疑是秋来早，宛如霜染中。

连翘花开（2022年3月28日）

花黄四片金，叶绿一枚芭。

俊赏春连翘，时时动色新。

北京动物园仲春（2022年3月11日）

仲春寒气残，已渐物华繁。

何处惊花鸟？皇都动物园。

题所摄自北京之珠海空中照（2021年12月11日）

银鹰闯九霄，万里破云涛。

举目天方近，低头路渐遥。

小区即日小景（2021年11月13日）

深秋汇浅冬，月季苦争红。

更有黄花俏，招来采蜜虫。

穿本溪水洞（2021年7月15日）

幽悠水洞长，钟秀自名扬。

一叶扁舟过，仙凡不可详。

听雨（2021年7月3日）

黎明奏雨声，阵阵打窗棂。

扰我侵晨梦，诗床早起轻。

海口夕照（2021年5月9日）

椰林晚照晴，浦海落阳红。

万缕鳞波乱，千条素舸横。

自咏（2021年4月26日）

真言有好词，假话作奸欺。

傲性无乖巧，人生不与时。

春夜喜雨（2021年3月18日）

三春夜雨声，点点扣窗棂。

不醒乏人梦，惟催老木青。

初冬枯叶（2020年12月9日）

初冬挂叶枯，万木尽童秃。

偶尔存无几，忽如媚景出。

游珠海香山湖公园（2020年11月9日）

风清送爽来，曲径任徘徊。

水绿千鹅泛，花红万朵开。

夏蝉（2020年7月29日）

伏天唱暑蝉，热浪作七弦。

薄翼嘉声鼓，清音悦耳弹。

晨练（2020年6月2日）

清晨步四千，遍赏果花园。

久炼成钢志，人生法自然。

紫藤与紫荆（2020年4月18日）

丕休有此荆，万朵布珠星。

若论分高雅，冰清看紫藤。

上元节晨景（2020年2月8日）

元宵早醒暾，破晓送冬昀。

树影斜楼倚，清霜雪地沉。

元旦（2020年1月1日）

寰球抃转孤，四季变之无。

肇启耶稣日，公元岁月殊。

深秋小区观鸟（2019年11月21日）

低枝戴胜停，伟木有鸠鸣。

树顶盘旋鹊，白头[1]抢草坪。

重阳（2019年10月7日）

重阳敬老秋，万户庆田收。

硕果高枝挂，慈音遍地讴。

月食（2018年1月31日）

东方满月升，朗夜现休明。

---

1 白头：指白头翁鸟。

半路逢天犬，方出万点星。

丁酉年元宵节（2017年2月11日）

天街亮万灯，满月带霜明。

夜半寒窗影，嫦娥舞袖轻。

待春（2017年2月6日）

春潮待势发，正是在冬暇。

借问河边柳，何时到我家？

夏末秋初（2016年8月25日）

闻秋夏欲阑，碧水映蓝天。

月季知时短，争芳不敢眠。

小月河冬日（2016年2月2日）

风寒日曜天，草浅地平川。

柳弱河流静，双鸭戏水欢。

七言绝句

1. 七绝之平起平收格

$P_Z P Z_P Z Z P$，$Z_P Z P P Z Z P$。

$Z_P Z P_Z P P Z Z$，$P_Z P Z_P Z Z P$。

送母归天（2023年10月28日）

九旬老母上天堂，神主耶稣笑影扬。

天使翩翩迎姊妹，魂归来处寿无疆。

家乡早起散步（2023年7月24日）

黎明即起冷飕飕，避暑乡关夏若秋。

僚友难承京府暑，小园仄径有人愁。

清明感怀（2023年4月5日）

梨花带泪过清明，一夜如酥小雨停。

悯念农夫劳碌苦，牵牛备马去春耕。

紫玉兰（2023年3月26日）

晶莹剔透紫玉兰，驾起春风去斗妍。

摇曳多姿光影戏，娇柔妩媚若花仙。

白玉兰（2023年3月26日）

白衣素色三光映，欲把晨晖引进园。

不与凡花争俏媚，惟同紫侣比谁妍。

癸卯年初游颐和园（2023年2月8日）

时光辗转错冬春，上苑冰封景色新。

昂首铜牛湖岸座，横楣石舫水中根。

秋末冬初（2022年11月9日）

冬初秋末赏花时，万紫千红巧弄姿。

不是春天忽早到，迷人彩叶戏书痴。

小区丹桂飘香（2022年10月9日）

门前丹桂对秋开，阵阵花香暗自来。

若问因何生月树？只缘邻里用心栽。

秋莲（2022年10月1日）

天行九月百花衰，惟见秋莲五彩开。

仪态娇柔轻戏水，春光不到似春来。

中秋月夜（2022年9月10日，壬寅年八月十五）

悠暇入夜享秋凉，三五蟾光照露窗。

一盏清茶书为伴，清风明月化诗章。

雨夜惊雷（2022年8月5日）

宵床憩睡正深沉，雨夜惊雷欲断魂。

梦里不知何处去，醒来却是在长春。

写于长春北湖国家湿地公园（2022年8月2日）

长春夏月热凌突，湿地菲薇在北湖。

碧水荷花相映趣，白云烈日错交出。

卷丹花开（2022年7月27日）

闲庭信步醒泥丸，避暑长春赏卷丹。

吐蕊扬茎姿态俏，随风云舞若花仙。

清晨云纱（2022年5月25日）

清晨卯起凯风轻，举目云稀漫昊穹。

赖有天纱帏玉宇，灵霄宝殿净蚊蝇。

小区里的晚樱花（2022年4月16日）

阳光万缕照樱花，剔透晶莹映早霞。

淡淡清香留世上，年年此刻送芳达。

西堤[1]山桃花（2022年3月22日）

西堤五里赏山桃，一片明湖映粉娇。

不是朝花抛媚眼，东风着力饰春条。

自醒（2022年3月9日）

俄乌大战正犹酣，难解难分亦万难。

愿我国人当自醒，专心己事勿挑边。

贺协会五届理事会成立（2022年2月25日）

人生智慧胜财钱，创造发明盼赋权。

五载兼程今换届，同舟共济向明天。

大寒日雪（2022年1月20日）

清晨帘卷漫天白，蝶舞银装落月台。

作雪因何今日至？只缘云客大寒来。

1　西堤：颐和园西部景区，春节观赏山桃花的胜地。

珠海街边赏三角梅（2021年12月16日）

千枝万朵鬥丹红，三角梅开正仲冬。

巷尾街头披彩饰，江山装点不居功。

冬竹（2021年12月3日）

冬竹不畏北风寒，气爽天高映翠蓝。

碧叶尖尖霜剑舞，晴空万里入云端。

冬日晴空（2021年11月23日）

极舒天幕广无边，冬日高悬万里蓝。

暖树鹊巢空对月，银蟾半个落西山。

晴雪小月河（2021年11月8日）

天蓝水澈日垂光，小月河边草挂霜。

晴雪皑皑迎漫客，冬前月季自留芳。

秋叶初黄（2021年10月15日）

秋深渐冷叶初黄，片片飘摇映晚阳。

一阵西风吹落木，晴空蝶舞过东墙。

秋分闲话（2021年9月23日）

秋高气爽艳阳天，饭后茶馀醒脑残。

一叶知秋分善恶，明察毫末度馀年。

住院复查（2021年8月30日）

人寰疾患最无常，再到通州进病房。

笑对凡身多苦难，浮生若梦煮黄粱。

家乡夜雨（2021年8月12日）

家乡夜雨长蘑菇，草地茸茸点缀殊。

大丽花开红火艳，恰如春色在秋途。

咏牡丹（2021年4月20日）

天生丽质婉容娇，不与奇葩鬪艳妖。

自是花王无二主，风流偶傥乱春潮。

清明日咏春（2021年4月4日）

春分馈送载休声，半月徐徐万木青。

谷雨临前求谷雨，清明过后盼清明。

正月初五拜年辞（2021年2月16日，辛丑年正月初五）

新春庆善喜洋洋，户户家家伴酒香。

福寿同天财源涌，牛年定比鼠年强。

为母米寿赋（2021年1月12日，庚子年冬月廿九）

幼时漫忆辨依稀，冷暖风寒不自知。

慈母天工操手线，换来儿子一身衣。

题醉翁亭（2020年12月3日）

琅琊山麓一亭楼，天降欧阳命笔修。

把酒醉翁题刻记，千年绝唱响滁州。

平安（2020年8月3日）

平安祈愿诵心经，贺电飘来上百封。

但有真才学问好，焉能落马戏人生？

小满日作（2020年5月20日）

出春入夏运时行，小满欣逢五二〇。

麦秀将熟争丽日，花开花落总关情。

步杜牧清明诗[1]韵（2020年4月4日）

清明不雨亦纷纷，泪伴笛鸣悼怨魂。

假话当真充五有[2]，真言被假落沙村。

蓝天下漫步（2020年2月22日）

疾风一夜送天蓝，万里无云漫步闲。

树顶银鹰呼啸过，枝头梦鸟欲翩翩。

元旦祝词（2020年1月1日）

地平线上日升恒，元旦稣舒梦丹情。

但愿人间多世祉，家家户户享太平。

小区散步（2019年11月26日）

天蓝气爽遇初寒，叶落枝枯倦鸟旋。

1　杜牧清明诗：清明时节雨纷纷，路上行人欲断魂。借问酒家何处有？牧童遥指杏花村。

2　五有：古代认为作为士应该具有的五项标准，即有势而尊贵，有家而富厚，有资而勇悍，
　　有心而智惠，有貌而美好。

不惧秋风吹面冷，庭园小径步八千。

病房为《诗词曲格律入门[1]》出版题（2019年9月12日）

老夫病重笔耕勤，五次三番遇死神。

放我阳元生路走，新书问世慰初心。

珠海街头即景（2018年11月9日）

临居珠海任闲暇，满目葱茏遍地花。

棕榈竿头张绿扇，相思树下绽黄葩。

题紫砂茶杯（2018年7月15日）

西湖龙井碧螺春，天下名茶共一樽。

品罢杯中甘露味，馀馨袅袅醉书人。

有感于全国普降大雪而京城无缘（2018年1月28日）

江南塞北素如银，不见皇都半片云。

首善功能非弄雪，谅它岂敢化京魂！

云天（2017年2月25日）

风光旖旎欲争春，放眼千程气象新。

写意蓝天松作笔，夕晖饱蘸绘雕云。

春前小雪（2017年2月21日）

迎春小雪舞柔晶，漫撒云天寄绮情。

---

1 诗词曲格律入门：书名，马维野著，辽宁人民出版社 2019 年 9 月出版。作者正在住院
  期间的 2019 年 9 月 12 日，出版社的赠书寄到病房，是为题。

郁润寒枝冬欲尽，东风正待送清明。

秋（2016年10月28日）

霏霏夜雨扫尘霾，锦色如织待咏怀。

抖擞精神七步未[1]，金秋美景送诗来。

海口黄昏（2015年1月21日）

河流海浪两交融，百舸争先夕照明。

浅水红林藏宿鹭，渔舟唱晚自多情。

小月河小景（2014年5月7日）

蓝天绿水小河清，闪闪涟漪笑嫩风。

忽见雏鸭八九个，紧随母鹜戏波轻。

小月河漫步有感于霾散天蓝（2014年12月29日）

风和日丽小河边，碧水楼台倒影川。

万里无云新气爽，皇都也有艳阳天。

辛卯年春节（2011年2月2日）

寅伏卯跃过新年，万户千家百事圆。

莫道广寒宫里冷，人间玉兔羡神仙。

雨夜西湖（2007年9月4日）

秋风乍起入云端，润美杭州雨夜天。

---

1 七步未：七步还没走完，借义三国时期曹植七步成诗典故。

五彩西湖托宝塔，苏堤春晓待明年。

南宁—柳州—桂林行（2004年10月15日）

风尘碌碌到西南，莫看荒城舞木棉。

傲骨冰心唐刺史[1]，云烟夜锁两江[2]帆。

2. 七绝之平起仄收格

P_Z P Z_P Z P P Z ，Z_P P Z P P Z Z **P** 。

Z_P Z P Z_Z P P Z Z ，P_Z P Z_P Z Z Z P **P** 。

家乡葵花（2023年7月24日）

乡关夏日丹葵粲，攒映乌光笑脸黄。

雨后天晴花挂露，不争俏媚更垂芳。

旅次抚仙湖（2023年4月22日）

逍遥七彩云南去，满眼争奇化景多。

借取抚仙湖里水，默窥春帝眼中波。

山桃花开（2023年3月9日）

闲游小月河边去，嫩水清流若曼音。

淡雅芬芳幽寂处，山桃惹动一枝春。

癸卯年二月二（2023年2月21日）

新年次月逢初二，唤醒眠蛟亦是忧。

---

1 唐刺史：指唐代柳州刺史柳宗元。

2 两江：指桂林的漓江和桃花江。

倘若天公行逆运，谁来事刃斩龙头？

立秋日晚霞隐月（2022年8月7日）

红霞向晚西天上，隐脸云中半月藏。

暑日立秋今又是，微风阵阵送清凉。

圆明园荷花基地赏荷（2022年7月6日）

仙姿玉色争相俏，万朵奇葩鬥艳妆。

碧伞托天浮盛夏，清风正送芰荷香。

无题（2022年5月26日）

核酸必做天天做，烈日当空摆队长。

若问缘何能自律，谁人不做就弹窗。

红月季（2022年5月16日）

遥观远处河边火，近看齐开月季红。

半亩花田千朵放，孤怀各异此心同。

为中新广州知识城题（2022年4月7日）

黄金有价能穷尽，智慧无涯用不完。

赖有明聪凝聚力，求成财产在专权。

圆明园早春（2022年3月15日）

春花绽蕊添春色，古迹残垣蕴古香。

更喜天鹅轻戏水，涟漪泛起项低昂。

戏说安阳王[1]（2021年11月25日）

安阳小邑多滋事，噬犬凶嚚仗势狂。

头上王冠身衮黼，原来不过耍流氓。

咏五塔寺古银杏（2021年11月5日）

凌空五塔深秋寺，银杏擎天六百年。

风雨冰霜根愈固，铺舒黄叶在今天。

秋枫（2021年11月3日）

浓秋冷意随风至，落叶飘萧下万枝。

赖有枫林红遍野，多留胜景在今时。

天缘（2021年9月9日）

清晨雨骤滂沱落，水止倏然六点多。

散步庭园三千秒，到家室外又如泼。

秋雨（2021年9月4日）

清晨溥澍雷声弱，万里云封甘露长。

叶绿花红今且是，一场秋雨一场凉。

夏日听蝉（2021年7月20日）

听蝉季夏鸣声脆，热浪偷袭爽气生。

绕耳馀音悠袅袅，宛如盛夏送清风。

---

1 安阳王：2021年河南省安阳市发生了一起狗咬人而狗的主人不认错、不道歉的事件，主人被称为"安阳王"。

夏至晨云（2021年6月21日，夏至）

云萦夏至蓝天绣，草长清晨皓露生。

最是悠长年昼里，彩绵漫卷送习风。

海口四日（2021年5月10日）

椰城海水涤云叶，玉女天丝绣浪花。

琼岛三天非纵览，鲁能[1]四日是存札。

自咏（2021年4月25日）

随心所欲天情在，宦海儒林率性漂。

烟酒无缘诚寡弱，清茶一盏自逍遥。

再咏牡丹（2021年4月23日）

花中贵胄幽姿俏，卉里名芳绮态娇。

自有清伦无媚骨，不随凡草拜天朝。

咏山楂花（2021年4月22日）

白如晴雪高洁志，五瓣堆云万簇拥。

待到金风吹九月，秋实更比晚阳红。

咏紫藤（2021年4月20日）

千条嫩蔓攀棚木，万朵繁花聚紫藤。

自有芬芳禁不住，游蜂采蜜向轩楹。

1　鲁能：指海口鲁能希尔顿酒店。

咏丁香（2021年3月31日）

芬芳满院丁香吐，万紫千红正是春。

不与百花争俏丽，馀娇自傲更幽馨。

除夕拜年辞（2021年2月11日，庚子年腊月三十）

离辞庚子迎辛丑，腊月三十举酒杯。

福满安康多寿禄，千家万户映春晖。

题颐和园残荷照（2020年11月21日）

清晖引曜皇家苑，旷阔人稀唱晚晴。

枯苇恬然吟柳岸，残荷依旧笑秋风。

题友人登山所摄云海照（2020年10月30日）

闲身几度冲霄汉，云海茫茫作浪翻。

独立峰巅抬望眼，不知已在万重山。

小区日月同辉景（2020年6月2日）

婵娟半面寒宫曜，日月同辉湛澈天。

万里晴空云影少，花香鸟语俱等闲。

咏海棠（2020年4月10日）

海棠四色花千树，姹紫嫣红正是春。

蝶恋蜂缠枝欲醉，清风叹咏为芳魂。

庚子年正月圆月（2020年2月10日）

新正月亮圆十六，好友八方晒影踪。

但悯嫦娥无口罩，因瘟自闭广寒宫。

京城雪（2019年11月30日）

玉沙夜扮红棠俏，疑是新梅吐丽葩。

倦午冬阳如扫彗，皇城雪景似昙花。

小区彩叶（2019年10月29日）

斜阳逸照楼边树，悦目赏心自咏怀。

五彩斑斓如梦幻，悠然神往有诗来。

车轮菊（2019年10月2日）

百花凋谢秋葩艳，馥郁芬芳不让春。

姹紫嫣红如幻景，情钟菊美赏车轮。

病中家中阳台上观鸟（2019年5月30日）

多年病体何时愈？直问斑鸠上寓楼。

喜鹊欺凌麻雀小，画眉唱响在枝头。

杨柳絮（2019年4月12日）

晴空万里光暄暖，洒洒飘飘似仲冬。

疑是高天春雪舞，杨花柳絮藉东风。

小月河再赏花（2019年3月28日）

老夫抱病游春去，入律东风媚景新。

小月河边花锦簇，人间玉宇比幽芬。

阴雨天小区秋叶（2018年11月4日）

西风过木初寒起，细雨凉霏染草黄。

红叶出墙犹自炫，阴云不掩正秋光。

小区春色（2018年4月14日）

仲春气暖葳蕤柳，一片生机百鸟欢。

自有山花争怒放，千红万紫满家园。

春咏（2017年3月21日）

杨青柳绿春光好，万紫千红锦绣织。

鸟语花香人欲醉，东风入律自成诗。

丁酉年元宵节赋（2017年2月11日）

张灯结彩元宵日，乍暖还寒不是春。

水秀山明犹可待，东风化雨自将临。

秋语（2011年9月30日）

西风落叶残阳照，万紫千红景色奇。

目送征鸿初展翼，心邀春燕再衔泥。

元宵节（2010年2月28日，庚寅年正月十五）

声声虎啸元宵日，阵阵人欢乐万家。

只待东风梳翠柳，闲情逸致赏桃花。

孝女（2007年10月3日）

人生患难寻常事，祸起萧墙胆管炎。

卧病方知息女孝，佳肴苦药送床前。

3. 七绝之仄起平收格

$Z_PZPPZZ\textbf{P}$，$P_ZPZP_PZZP\textbf{P}$。

P_ZPZ_PZPPZ，$Z_PZPPZZ\textbf{P}$。

十月十二珠海观日出（2023年11月24日）

珠海扬波浪抚琴，东方破晓捧金轮。

朝阳一盏冲天上，万道霞光照世尘。

无题（2023年8月2日）

马户[1] 乔装又鸟[2] 难，是非颠倒骥[3] 心烦。

提刀叫阵惊罗刹，欲斩妖魔净世间。

晨起（2023年7月8日）

午夜清风到我家，一丝凉意透窗纱。

斑鸠晨起高枝上，月亮冰弦报早霞。

抚仙湖（2023年4月23日）

七彩云南嵌碧珠，天堂失落抚仙湖。

涟漪巧倚春风起，泛滟波光景色殊。

---

1 马户：驴的诙谐说法，语出刀郎的《罗刹海市》歌词。

2 又鸟：鸡的诙谐说法，语出刀郎的《罗刹海市》歌词。

3 骥：蒲松龄《聊斋志异》之《罗刹海市》故事里的主人公。

偶感（2022年12月11日）

绝妙人寰万代长，诗词歌赋古文章。

心期后辈修习好，不枉浮生醉缥缃。

午间散步（2022年10月17日）

小月河边午影留，依遵大道不寻幽。

置身寒露闻霜降，正是天凉好个秋。

家乡秋雨（2022年8月7日，立秋）

秋雨潇潇不取凉，风声阵阵透纱窗。

人来东北心情好，免受京师酷暑狂。

小月河边赏紫薇（2022年7月1日）

小月河边嗅芳菲，清风阵阵婉柔吹。

停凝细辨花香处，盛夏幽芬自紫薇。

黄月季（2022年5月15日）

满院繁枝月季黄，清风澹默送芬芳。

春消夏盛千花败，天下奇葩妒我香。

小月河边看碧桃（2022年4月7日）

十里清波看碧桃，春花万朵竞妖娆。

游蜂惊扰蝴蝶梦，小月河边过柳桥。

咏柳（2022年3月12日）

小雨稣舒弱柳黄，千条倒挂暖丝长。

东风未到枝先绿，欲报春来鬥百芳。

晨光红叶（2021年11月21日）

一缕晨光万叶红，千姿百态戏时空。

当知好景难长在，转瞬之间不复重。

园博园见菊花（2021年11月3日）

水冷风寒是晚秋，菊花独放百花休。

路边饱绽争时末，无愧天葩上九流。

冬奥公园漫步（2021年10月28日）

冬奥公园客紊纷，悠然漫步亦销魂。

海棠不晓天回暖，误把深秋作早春。

为北京雨过天晴赋（2021年10月7日）

降水缠绵经不停，终当今日见分明。

七天长假连阴雨，道是无晴也有晴。

漫步小月河（2021年9月6日）

小月河边弱柳长，西风仄径乱花黄。

闲人履道三千步，腹有诗书写雅章。

游本溪关门山（2021年7月16日）

绿水青峰益静修，桃源世外不行舟。

关门山里翾云影，太子河边过客留。

荷塘（2021年7月9日）

菡萏羞颜碧伞中，荷塘半亩炫花红。

忽闻一阵蛙声骤，喝起波涟泛九重。

黄杏（2021年5月28日）

孟夏家园翠杏黄，徐妃半面叶中藏。

含眸入口酸甜涩，细品人生百味尝。

再咏月季（2021年5月16日）

四月春阑入夏间，天葩过眼亦云烟。

千花万态终将尽，唯有仙姿月季绵。

海口空中观海（2021年5月7日）

天涯海角任逍遥，转瞬长空见碧涛。

赖有天丝¹缝破浪，人生何处不惊潮？

咏樱花（2021年4月21日）

锦簇花团满树春，群芳傲视吐幽馨。

风吹彩瓣飘飘落，遍覆根围亦郁芬。

春分日作（2021年3月20日）

昼夜均分气运周，人生鹤梦最难求。

东风送我知春燕，越岭翻山此地留。

---

1 天丝：仙女纺织用的丝线。这里也暗喻泰国天丝集团公司，时值作者受该公司的邀请在海南为其培训班做讲座。

为母米寿赋（2021年1月12日，庚子年冬月廿九）

白髪高堂近九旬，身强体健一天神。

如飞步履寻常事，万寿无疆始照临。

历史不宜删（2021年1月5日）

历史长河万代传，凡人渺小俱流丸。

刊删切勿成习惯，宜重原初顺自然。

小雪日秋叶（2020年11月22日）

昨夜冰寒闯禁城，周天冷峭脆青茎。

自知已是无多日，秋叶哀怜作怨声。

晨游北海公园（2020年8月5日）

北海公园夏旱时，阴天不雨路人稀。

琼华岛上山巅塔，御水清荷泛碧漪。

小月河漫步（2020年6月3日）

小月河边举步轻，花稀柳密惹吟声。

闲人小径悠然走，七步成诗不算能[1]。

夕阳云下（2020年3月24日）

举步前庭饭后闲，清风拂面自悠然。

云霞漫乱天欲坠，半个夕阳落下山。

---

1 七步成诗不算能：与友人在小月河公园散步，说到作诗，便信口吟出此作。"七步成诗"
借义三国曹植典故。

手机摄鸟趣（2020年2月15日）

雪霁天晴凛冽风，人稀漫步向啼声。

手机妄取 [1] 花衣鸟，此雀谁知是甚灵？

京城庚子年第二场雪（2020年2月5日）

窗外忽然作雪披，如今已是不足奇。

担当重疫知无力，倦懒闲人写小诗。

秋风（2019年11月13日）

昨夜惊风一把刀，秋声落叶卷寒潮。

天蓝喜鹊争云树，气爽斑鸠守木梢。

出院次日观小区秋色（2019年9月27日）

夏日离家返已秋，楼前百果挂枝头。

凡花抢绽知时短，自有馀香暗下留。

题友人所摄荷花照（2019年7月10日）

硕叶瑶盘水里出，骄阳败绩戏龙珠。

一双巧手天工愧，便有云娥影摄殊。

观金光穿洞步朱熹诗 [2] 韵（2018年12月19日）

一朵夕阳静默开，桥头万影共徘徊。

---

1 妄取：指没经过认可擅自取用。

2 朱熹《观书有感》诗：半亩方塘一鉴开，天光云影共徘徊。问渠那得清如许，为有源头活水来。

缘何看客多如许？为有显光穿洞来。

教师节随想（2018年9月10日）

拜谢师恩弟子辞，金秋送爽正相宜。

官家早定西席日 [1]，不在桃开李绽时。

咏夏荷（2018年6月15日）

止水听荷仲夏开，茎拔蕾绽暗香来。

滋泥不染凌波叶，自有根深沼底埋。

乌鸦与麻雀（2018年3月4日）

麻雀成群挂柳丝，乌鸦孤傲落南枝。

惊蛰赐惠寻虫鸟，乍暖还寒正此时。

晴寒（2017年2月8日）

又是蓝天碧水时，松摇柳摆朔风急。

晴空万里身无暖，且待春来慰冷枝。

丙申年中秋（2016年9月15日，丙申年八月十五）

玉兔天宫暗咏怀，西风送爽净尘埃。

清光遍洒怜秋草，疑是嫦娥掷下来。

冬临（2016年11月21日）

落叶飘摇月季红，经霜弱柳舞严风。

---

1 西席日：这里指教师节，公历每年的 9 月 10 日。西席，古时主位在东，宾位在西，家塾教师坐在宾位，故称教师为西席。

寒流送雪忽如至，一夜由秋化作冬。

元土城遗址公园小趣（2015年1月19日）

日暖风清朔气衰，幽幽小径锁琼怀。

天骄早已成千古，喜鹊双双入画来。

嘉峪关咏（2015年5月22日）

四月西凉曜日圆，天高气爽煜尘寰。

旌旗猎猎扬戈壁，万里长城大峪关。

春雪（2013年3月20日）

早起掀帘景色奇，银装素裹压松枝。

忽如一缕晨光照，顿把白衣换锦衣。

中秋（2012年9月30日）

月到中秋分外明，风轻草静辨虫声。

嫦娥寂寞寒宫苦，欲走人间享太平。

除夕（2009年1月25日，戊子年腊月三十）

小鼠依依话语稀，今交子丑道新机。

寒流不抵春潮涌，且看金牛自奋蹄。

初春（2008年3月3日）

冬逝田家日色新，昭苏醒木盼甘霖。

杨花柳絮飞来晚，正有红梅报早春。

病中别爱女（2007年10月7日）

假日七天痛里熬，归家爱女又离巢。

忧心父母双双病，强打精神把手招。

病房陪妻（2007年9月27日）

皓月高悬树影长，秋风落叶打纱窗。

千家万户团圆日，我伴贤妻在病房。

督查路（2005年12月5日）

一路督查一路奔，泾河渭水两明分。

从人不晓西南面，错把隆冬认作春。

4. 七绝之仄起仄收格

$Z_P Z P_Z P P Z Z$，$P_Z P Z P_P Z Z P \mathbf{P}$。

$P_Z P Z_P Z P P Z$，$Z_P Z P P Z Z \mathbf{P}$。

下元节观海上月出（2023年11月27日）

海不扬波堆细浪，银蟾出水寂无声。

元穹曜煜乾坤朗，万里江山分外明。

飞燕（2023年8月4日）

迅翼凌云乌羽箭，乘风转瞬上青天。

九霄俯瞰尘寰小，捉捕飞虫作晚餐。

小暑日莲花池公园观荷（2023年7月7日）

百朵荷花千叶伞，莲花池里鬭姣妍。

云心不畏蒸炎酷，小暑高温也等闲。

滇池傍观（2023年4月21日）

七彩云南多胜地，一汪定水构滇池。

春风不晓涟漪梦，正是楹[1]蓝柳绿时。

昨日朝霞（2022年11月27日）

已越三年无了日，封堂闭户万家门。

苍天亦晓人间苦，遍洒红霞慰世尘。

游圆明园银杏大道（2022年11月4日）

满地铺金秋欲尽，周天曜日照黄林。

斑斓彩叶飘银杏，驾驭西风净六尘。

菊花岛海边观日出（2022年8月17日）

渤海扬波腾细浪，朝霞泛起日东升。

菊花神女尊经诵，云客丹心碧血情。

游长春百花园（2022年8月3日）

酷夏何来清气爽？闲人避暑在长春。

百花园里千花媚，到此天游最养魂。

白月季（2022年5月13日）

月季门前枝上雪，白绵娇软做成花。

---

1 楹：指蓝花楹，当时昆明正在盛开此花。

闲庭信步闻香至，自有清风送我家。

中国园林博物馆之春（2022年4月19日）

墨彩园林博物馆，晴空底下自成诗。

奇葩异卉妍相竞，争抢春光恐暮迟。

小区里的丁香花（2022年4月16日）

又是晴明华耀日，满园春色看丁香。

天成异禀千花羡，一片丹情竞肆芳。

再临玉渊潭观樱花（2022年4月8日）

万里晴空金曜日，闲身再置玉渊潭。

满园春色樱花海，落瓣缤纷若梦间。

颐和园蜡梅（2022年3月2日）

早醒蜡梅金彩俏，颐和园里鬥冰霜。

芬芳馥郁游人醉，暖煦晴天愈冷香。

闲情珠海海滨公园（2021年12月24日）

南海之滨情侣路，花香鸟语我徘徊。

清风拂面椰林下，渔女遥宾远客来。

北宫林园初冬小景（2021年11月26日）

一上北宫抬望眼，初成冬景气温凉。

白鹅戏水麻鸭伴，叠嶂层峦对燠阳。

咏枯荷（2021年10月19日）

茎萎叶枯魂不灭，成泥化土也留香。

生当自是花魁首，死亦垂名百岁芳。

晨起散步（2021年9月12日）

夜雨晨歇秋意善，黎明不误走闲身。

三千步履悠然毕，往返经时一卅分。

颐和园观秋荷（2021年8月27日）

逸致闲情游凤苑，颐和园里看秋荷。

花仙倨傲群芳败，独自留香水上歌。

清晨散步（2021年7月20日）

侵早莺啼惊晓梦，宵床堕懒不翻身。

清晨漫步观花草，季夏犹如又盛春。

孟夏青果（2021年5月23日）

孟夏绵绵风飒爽，庭园翠翠果青葱。

千枝万叶遮时目，万户千门待秋红。

走海口骑楼老街（2021年5月8日）

海口骑楼街已老，风尘往事到南洋。

依稀别梦魂千里，万古流芳在故乡。

暮春游动物园（2021年4月23日）

自在闲游风送爽，皇城三月百花妍。

西直门外观云鸟，动物园中看牡丹。

咏天目琼花（2021年4月22日）

天目琼花白似雪，暮春三月正交开。

洁身傲岸柔情在，养性修身雅自来。

题紫玉兰（2021年3月29日）

绛紫春袍身自贵，冰心玉骨气馀娇。

千姿百态花争艳，窈渺兰烟四溢飘。

颐和园赏春（2021年3月24日）

万紫千红春意厚，芳香四溢满仙园。

蜂翩蝶舞清风后，鸟语花香静水前。

小年戏言（2021年2月4日，庚子年腊月廿三）

腊月廿三忙祭灶，灶王欲奏玉皇前。

前人做了[1]亏心事，事化糖瓜换嘴甜。

历法（2021年1月22日）

农历公元年纪法，阴阳二律两相宜。

官方大报专知浅，混沌浮谈众笑痴。

五塔寺秋色（2020年10月30日）

瑟瑟秋风吹岸柳，翩翩彩叶半零凋。

---

1 了，读上声 liǎo。

红黄紫绿盈衰草，五塔晴空古木高。

七夕（2020年8月25日，庚子年七月初七）

缱绻七夕天上梦，牛郎织女羡人间。

柔情蜜意凭丹鹊，甘苦同心一百年。

日暮闻莺啼（2020年3月22日）

气爽天晴疏影静，春来鬥艳百花争。

忽闻树上莺啼脆，日下归来暮鸟鸣。

小区春花（2020年3月21日）

万朵杏花争日放，玉兰紫萼又苞开。

丁香聚蕊千团簇，连翘金黄妙彩来。

小区散步摄鸟（2020年1月28日）

子鼠新年多闭户，同忧某地疫侵欺。

手机打鸟安闲步，只待冰融雪化时。

除夕（2020年1月24日，己亥年腊月三十）

万木春前枝欲醒，归旋子鼠正登台。

迎风踏雪交年到，福禄同斟送下来。

小年（2020年1月17日，己亥年腊月廿三）

腊月廿三冰雪夜，灶王觐帝奏皇天。

上言好事凌霄殿，下降吉祥过大年。

争柿麻雀（2020年1月4日）

麻雀争食盘柿少，吱喳作闹抢枝头。

寒冬不抵天阳暖，无限乌光为鸟酬。

北京初春（2019年3月8日）

乍暖还寒冬欲去，阳光明媚客徘徊。

花香鸟语今又是，万紫千红尚未来。

观中知公司年会舞有感（2019年1月24日）

破夜仙音传古调，凌波一骑下凡来。

唐朝仕女婀娜舞，无意穿梭为今侪。

橘子洲头游（2018年10月26日）

器宇轩昂情已久，长沙览胜见乌阳。

湘江岸下湘江满，橘子洲头橘子黄。

霜降日游五塔寺（2018年10月23日）

霜降适逢天晴朗，偷闲五塔寺中游。

秋风重染千层叶，正有寒鸦戏柿头。

颐和园观荷鸟（2018年8月22日）

夏末秋初云蔽日，偷闲上苑看天鹅。

莲蓬怅恋瑶塘水，俏丽留芳有晚荷。

立冬（2016年11月7日）

雁过风寒秋欲尽，天晴水静泛冬光。

残花陌上怜衰草，麻雀喳喳为储粮。

夜雨（2015年7月29日）

夏日惊雷催夜雨，凉风沁润起乡思。

虽仪日日书文曲，更爱天天撰小诗。

除夕（2009年1月25日，戊子年腊月三十）

小鼠依依无赠语，今交子丑道新机。

寒流不抵春潮涌，且看金牛自奋蹄。

1.五律之仄起仄收格

Z_PZPPZ，PPZZ**P**。

P_ZPPZZ，Z_PZZP**P**。

Z_PZPPZ，PPZZ**P**。

P_ZPPZZ，Z_PZZP**P**。

珠海寄情（2023年11月30日）

滚滚东流水，珠江入海来。

涛声听起落，浪迹看徘徊。

树鸟滨涯语，岸花情路开。

凡尘仙境里，无笔寄情怀。

处暑晨光（2023年8月23日）

处暑晨光曜，斜晖弄影长。

秋风迎面净，早露扫鞋凉。

吟鸟枝头唱，飞虫草上遑。

牵牛花彩艳，奉曲献朝阳。

山楂花（2023年4月20日）

三月春晖耀，天葩下九霞。

遥观千树雪，近看万枝花。

淡雅逐风起，清香写影发。

秋来红果缀，岁月挂山楂。

正月初五拜年辞（2023年1月26日，癸卯年正月初五）

喜气增辉暖，新年破五还。

人间藏玉兔，天上露金蟾。

温富皆亲傍，寒贫不倚边。

一年行大运，总是在春前。

秋思（2022年11月1日）

瑟瑟秋风起，飘飘落叶黄。

云稀光煦暖，木密影凄凉。

万古人间事，千年鬼域章。

功行求有道，一枕梦黄粱。

长春净月潭纳凉（2022年8月3日）

避暑真佳境，长春净月潭。

清风消热浪，乔木起凉轩。

梦鸟吟情苦，游蜂采蜜甜。

妖荷悠摆俏，无意做花仙。

雨水日作（2022年2月19日）

雨水根荄醒，东风掩面来。

春前衰草卷，冬后老枝歪。

地冷温情隐，天寒暖意怀。

壬寅年气旺，好运自成排。

立冬日赏雪（2021年11月7日）

九宇揉云碎[1]，人时恰立冬。

高天飘玉絮，大地落寒英。

百树银装立，千枝素裹横。

寻芳晨踏雪，此景胜春情。

鞍山玉佛苑（2021年7月13日）

鬼斧神工造，岫岩寒玉琢。

1　九宇揉云碎：九宇，指高空。全句借李白《清平乐》"应是天仙狂醉，乱把白云揉碎"句义。

三层¹分拜礼，七彩²聚心佛。

络绎皆香客，蜿蜒有笠蓑。

胸襟如坦荡，万念自无魔。

咏芍药（2021年5月2日）

三月阳春暮，缤纷见落英。

一花刚怒放，百朵始凋零。

万瓣层层簇，千条缕缕拥。

孤芳犹自赏，嫌婉藉东风。

谷雨（2021年4月20日）

谷雨今天到，清风做伴游。

花繁桃面笑，叶茂柳眉羞。

旅燕衔泥筑，鸣鸠奉曲讴。

春潮催种作，遍地走耕牛。

雪（2020年12月25日）

入夜琼芳乱，乡晨软絮平。

飘飘飞有意，洒洒润无声。

六角冬花脆，三光掠影清。

江天长万里，几度梦春风。

1　三层：指玉佛阁内部结构分三层。

2　七彩：指鞍山玉佛集七色于一体。

石林（2020年11月4日）

七彩深秋里，云南胜景寻。

遥观千玉柱，近看万山群。

野旷天低树[1]，天低野旷林。

石奇惊墨客，景秀醉游人。

术后半年感怀（2020年2月15日）

友谊[2]医声起，神州冠九流。

仁心齐日月，肝胆写春秋。

诊术千家赞，医德万户讴。

博学堪救世，兆庶病无忧。

正月初五希冀（2020年1月29日）

庚子风云涌，瘟行某市关。

财神怜厚土，灶鬼奏高天。

但愿千秋好，希求万代安。

无人说假话，有士吐真言。

出院感怀（2019年9月26日）

日久无风月，今朝是令年。

轻疾逢体弱，重痼遇身闲。

1　野旷天低树：引自孟浩然《宿建德江》。

2　友谊：指北京友谊医院。

季夏临危至，登秋祛病旋。

朱孙[1]施逸艺，妙力可回天。

北京春雪（2018年3月17日）

昨尚晴阳照，今忽蔽日光。

春前无降水，冬后有飞霙。

静静铺千顷，悠悠润万乡。

一朝干旱解，瑞雪却失墒。

北京冬日（2017年1月30日）

漫步隆冬里，温阳败酷寒。

一鸪梳败草，双鹊立秃槙。

竹翠摇枝炫，叶枯挂树眠。

疏忽天气冷，忘却把家还。

春雪（2015年2月20日）

好雪迎春到，飘然妙舞轻。

无边云气聚，有限水文生。

绿木披银袄，枯枝挂褐缨。

吟情寒意里，忘却北罡风。

1　朱孙：指救治作者的两位最重要的医学专家。

重阳（2015年10月21日，己未年九月初九）

瑟瑟秋风起，飘飘落叶黄。

天凉衰柳苑，水冷静荷塘。

万朵菊香溢，千只鸟语扬。

登高极目瞩，忘我醉夕阳。

龙腾盛世（2012年1月22日，辛卯年腊月三十）

恰在隆冬月，清寒报早春。

辰腾寰宇庆，卯隐普天欣。

万户除夕乐，千家守岁亲。

新年何所欲？盛世待龙吟。

扬州游（2010年5月2日）

万里无云日，花红柳绿前。

春风拂岸阔，秀水走船宽。

侧耳听新曲，停睛看老弦。

知音何处觅，尽在笑谈间。

2. 五律之仄起平收格

$Z_P Z Z P P，P P Z Z P。$

$\underline{P_Z P P Z Z，Z_P Z Z P P}。$

$\underline{Z_P Z P P Z，P P Z Z P}。$

$P_Z P P Z Z，Z_P Z Z P P。$

自蜀回京空中作（2023年8月5日）

一举破云涛，身心上九霄。

嫦娥迎远客，玉帝召新侨。

紫气头前过，白云脚下飘。

长空眠倦鸟，梦醒正归巢。

小月河边漫步（2023年5月4日）

未雨厚云层，河边月季红。

涟漪偎浅水，翠木倚长风。

草密招花燕，花繁惹草虫。

闲游携旧友，步履更轻松。

牵牛花（2022年9月12日）

娇艳喇叭花，秋开向万家。

夜眠承雨露，早起对云霞。

五色攀凉叶，三光照暖葩。

清晨留馀醒，一跃上篱笆。

晚霞（2022年8月22日）

暮日下西山，丹帏罩九寰。

清风消暑去，倦鸟寄巢还。

流水红霞细，行云彩带宽。

谁人灵巧手，泼墨染长天？

雪霁（2022年1月25日）

雪霁日光昭，寒风凛似刀。

茫茫白絮厚，浅浅亮冰薄。

鬥鸟临机落，行云快意飘。

天低山影近，地阔太阳高。

初读《中华通韵》（2022年1月14日）

千载写云章，中华峻雅长。

诗词传四海，曲赋咏八方。

以往殊音扰，而今正韵扬。

文人堪下笔，格律有新腔。

北国腊八（2022年1月10日，辛丑年腊月初八）

似水度流年，今朝愈冷天。

南枝难保暖，北渚倍生寒。

傲雪青松挺，临风玉树坚。

寻食求败草，倦鸟不知还。

自咏（2021年5月1日）

隐士一闲翁，孤怀亦不同。

习行求有道，处世更无争。

命笔藏馀趣，吟诗寄晚情。

人生云梦里，万事转头空。

玉渊潭初春（2021年3月9日）

正月日暾暾，清潭泛水禽。

娇寒天不冷，若暖地回温。

已是花黄茂，仍无叶绿深。

红桃苞待放，翠柳树刚新。

窥戴胜鸟（2020年2月20日）

戴胜也依人，求食草地寻。

昂头扬羽扇，敛翼聚纶巾。

置喙寻新籽，隐身藏旧林。

投足轻曳履，但恐起惊尘。

京城春近（2017年2月17日）

乍暖尚寒凌，春来脚步轻。

风和呼弱柳，气润醒枯藤。

水碧琼台影，天蓝玉宇明。

青石松柏路，隐处是凉亭。

小月河漫步（2017年2月17日）

正午艳阳高，寒鸦戏柳梢。

清风推褐岸，碧水跨红桥。

醒木怜衰草，陈根育幼苗。

独行阡陌迥，路有万千条。

暑雨（2015年8月2日）

阵雨落如催，足刹大暑威。

风吹河水皱，雨打柳枝垂。

喜鹊枝头立，蜻蜓草上飞。

天凉生爽意，漫客不思归。

春雨（2015年4月2日）

喜雨应时行，初来万木萌。

千丝侵北土，万点舞东风。

怒放桃花语，低垂柳叶声。

春寒仍料峭，漫步更轻盈。

初上长白山（2007年8月17日）

七月恨骄阳，长白好纳凉。

美人松劲挺，针叶木清昂。

瀑布垂千尺，温泉润万乡。

天池羞面隐，厚霭蔽天光。

3. 五律之平起仄收格

P$_Z$PPZZ，Z$_P$ZZP**P**。

Z$_P$ZPPZ，PPZZ**P**。

P$_Z$PPZZ，Z$_P$ZZP**P**。

Z$_P$ZPPZ，PPZZ**P**。

晚霞（2023年8月29日）

兰秋清气爽，落日绘云霞。

重染红天幕，轻描粉草洼。

欢禽双噪鹊，倦鸟一归鸦。

少久馀光断，转身回到家。

小满日作（2023年5月21日）

天行临小满，百鸟弄馀歌。

叶茂阳晖少，枝繁树影多。

离离飘善草，楚楚动嘉禾。

春夏人勤勉，秋冬纵酒酌。

颐和园赏梅并过画中游（2023年2月28日）

颐和园览秀，晴日更争求。

先探梅香去，再寻花影留。

云从天上过，人在画中游[1]。

一望昆明水，波涛举塔楼。

癸卯年首雪（2023年2月9日）

蝶飞银翅舞，蔽日更遮天。

飘飘严冷后，洒洒降温前。

1　画中游：颐和园内一景观。

绵延三万土，徧覆五千山。

喜雪增祥瑞，丰登看兔年。

珠海闲居（2022年12月19日）

珠江投浦海，南海纳寒江。

渔女迎近故，珍珠耀远乡。

皇城咩叫沸，陬邑咏吟长。

到此冬暄地，情钟对燠阳。

雨后小景（2022年7月30日）

云霞红似火，万里彩霓天。

雨后花承露，风中水港涟。

低空翩玉燕，小径滚泥丸。

向晚迎夕照，闲人驻不前。

玉渊潭赏樱花（2022年3月31日）

群樱争怒放，扮美玉渊潭。

树密天光暗，花稠嫩蕊鲜。

游蜂收蜜苦，吟鸟鬻歌甜。

不到幽芬处，焉知妙彩繁？

小月河见冬苇（2021年11月15日）

云稀天日暖，举步朔风轻。

秋后临河浅，冬初见苇蓬。

千花霜穗舞，万絮浪波兴。

满目琳琅景，俊游当缓行。

寒露日作（2021年10月8日）

西风吹老叶，晴日照诗乡。

寒露草仍绿，暖秋花更黄。

蝶蜂争剩蜜，鸠雀抢馀粮。

莫道人时早，天边是晚阳。

秋分日作（2021年9月23日）

平分均昼夜，气爽伴天凉。

衰草仍争绿，秋花更炫黄。

波平湖水静，云淡日光强。

千亩丰田阔，霜收万户忙。

牛年端午贺辞（2021年6月14日，辛丑年五月初五）

牛年端午日，艾草挂千门。

粽叶藏民愿，龙舟载众心。

汨罗江已远，什刹海犹深。

欲使丁身旺，不乏传继人。

咏鹅掌楸（2021年5月5日）

花开杯状俏，不是郁金香。

剔透玲珑态，晶莹素雅妆。

繁枝琼琴挂，密叶玉盘藏。

鹅掌楸葩贵，雄红愧僭王。

咏鸢尾花（2021年4月29日）

清风揉玉叶，细雨吻良田。

紫袖妖姬媚，蓝裙姽婳妍。

无心贪色艳，有志做花仙。

春暮观鸢尾，风光一片天。

地摊经济（2020年6月6日）

地摊经济火，一夜笑神州。

昔日遭白眼，今朝遇玉喉。

有司忙定调，百姓乐清讴。

求是兴民运，需防作势收。

小区漫步（2020年2月16日）

寒流侵昼夜，万里尽澄明。

竹叶随风摆，松枝逆运横。

斑鸠梢上落，麻雀树间逢。

踏步庐园寂，心期大疫停。

大年初一拜年词（2020年1月25日，庚子年正月初一）

依依猪却去，跃跃鼠生添。

万象遵天道，千秋法自然。

昨天辞旧岁，今日过新年。

祈祝人寰永，家和万事安。

二〇二〇年京城首雪（2020年1月6日）

风催寒气紧，瑞雪降京城。

地覆银绒软，天飘玉片轻。

洋洋经彻夜，洒洒到临明。

住罢云稀渐，清晨爽气生。

初春（2017年3月10日）

东风梳翠柳，万木醒如约。

暖意融融洒，温情脉脉接。

高枝招故鸟，短蕊惹新蝶。

蜜露初生少，千蜂竞采撷。

元土城遗址公园初春（2016年4月5日）

清明催夜雨，春色染残垣。

柳翠新枝软，花黄老柢坚。

勤蜂无堕懒，倦鸟不偷闲。

莫道红梅俏，白桃更惹怜。

丙申赋（2016年2月8日，丙申年正月初一）

时光空荏苒，日月助天开。

羊已依依去，猴刚跃跃来。

新年新气象，旧事旧尘怀。

瞩望家邦运，昌隆永不衰。

4. 五律之平起平收格

P P Z Z **P**，Z_P Z Z P **P**。

Z_P Z P P Z，P P Z Z **P**。

P_Z P P Z Z，Z_P Z Z P **P**。

Z_P Z P P Z，P P Z Z **P**。

午夜听雨（2023年9月3日）

兰秋弄雨声，午夜更分明。

唤醒南柯梦，惊喧北斗情。

横风缠户框，斜水扫窗棂。

迭奏除馀睡，闲人侧耳听。

清明日作（2023年4月5日）

春潮涌不停，细雨候清明。

昨日天云水，今朝地沮泞。

憨牛耕作苦，宠犬讨乖荣。

凡界千般景，笑谈能几声？

颐和园西堤观桃花（2023年3月14日）

修洁似瑾瑶，俏媚是山桃。

杪饮昆明水，枝擎玉带桥。

花鲜光映蕊，柳翠影遮苞。

春梦闲游客，闻香有醉毫。

冬阳（2022年11月28日）

天晴四海煌，四海遍乌光。

冻柳寒鸦立，云枝喜鹊昂。

夏天烦夏日，冬月喜冬阳。

鸟语花香债，明春自倍偿。

赏小区冬树挂果叶（2022年11月13日）

晴空万里天，彩帜挂高槙。

百木秋叶少，千枝冬果繁。

风轻寒意隐，云淡暖流添。

草浅多留鸟，无虫怨贬甘。

观赏小区白玉兰（2022年3月26日）

司花弄玉兰，起舞作翩妍。

玉瓣开于后，陈根醒在先。

春风催嫩蕊，细雨润田园。

趁此佳时看，韶仪有万千。

新春蝴蝶兰（2022年2月4日，壬寅年正月初四）

虎年初岁开，蝶舞我徘徊。

瓣簇扶拥正，根枝绮错歪。

花飞藏嫩蕊，叶挺掩陈芰。

是日逢初四，迎神好运来。

秋日晨曦（2021年9月17日）

晨曦不嗜眠，起早到家园。

妙染南楼后，轻妆北院前。

鸣蜂哼旧曲，吟鸟唱新篇。

小径悠徐走，秋光更婉然。

夜游长江（2021年6月9日）

初逢夏日情，楚地始云蒸。

滚滚长江水，丝丝甲夜风。

霓裳披百舸，岸宇绘千灯。

身在游船走，心疑是上宫。

元旦献词（2020年1月1日）

寰球抖转孤，四季变之无。

暗夜天星闪，清晨海日浮。

田家思上地，帝业问疆图。

肇启耶稣日，公元岁月殊。

北京园林（2019年6月8日）

园林妙艺求，中外古今留。

密叶池边翠，繁花眼底收。

闲游听世界，静坐绕环球。

四海风光好，江山共一舟。

咏燕（2018年7月18日）

凌云口带泥，绕柳贯杨枝。

高矗图观物，低翾为觅食。

春来修垒早，夏至哺雏迟。

翼展如流箭，翕飞正此时。

小月河初春（2017年3月8日）

春初寒气衰，小径任徘徊。

柳绿千条摆，花黄万朵开。

青梢留候鸟，紫陌长新荄。

美景何须赞？诗情亢意来。

游颐和园（2016年4月17日）

乌阳剪绿荫，妙彩染园林。

万寿[1]山花幻，昆明[2]水影真。

铜牛临柳岸，石舫近湖滨。

谐趣[3]天鹅舞，西堤更醉人。

1　万寿：指万寿山。

2　昆明：指昆明湖。

3　谐趣：指谐趣园。

京城蓝天（2016年6月11日）

新晴曜日高，万象美如雕。

彩鸟空中过，白云水下飘。

天蓝如已浣，地绿似新淘。

伴我河边柳，身轻漫步迢。

春（2008年4月1日）

天晴水际沙，气爽树槙鸦。

郁郁河边草，柔柔陌上花。

桃红风染蕊，柳绿雨催芽。

满目春光秀，游情待势发。

雪（2007年12月10日）

风催草木枯，雪舞在冬初。

素树银花挂，黑田软絮铺。

叶秃终逝矣，花落再开乎？

冷暖皆天意，轮回四季图。

七言律诗

1. 七律之平起平收格

$P_Z P Z_P Z Z P \mathbf{P}$，$Z_P Z P P Z Z \mathbf{P}$。

$Z_P Z P_Z P P Z Z$，$P_Z P Z_P Z Z P \mathbf{P}$。

$P_Z P Z_P Z P P Z$，$Z_P Z P P Z Z \mathbf{P}$。

$Z_P Z P_Z P P Z Z$，$P_Z P Z_P Z Z P \mathbf{P}$。

大雪咏雪（2023年12月7日）

银装素裹木生辉，万点繁星落九围。

天韵轻弹千叶乱，琼芳妙舞百英归。

月升东海威光耀，日落西山异彩飞。

最是冰清如玉体，春风化雨润田陂。

重阳（2023年10月23日，癸卯年九月初九）

年年九九过重阳，最是金秋好景光。

清露晨流园草绿，微霜夜染野花黄。

拜神自有登高处，敬老何须立侍旁。

但使孝心长蕴藉，隔山隔水拜高堂。

游植物园并过曹雪芹纪念馆（2023年5月11日）

牡丹芍药两无猜，万紫千红染帝台。

植物园中稍纵目，通灵道上久交怀。

红楼梦短无人绘，紫陌情长有客栽。

艳质妍姿皆不论，花香自有蜜蜂来。

大雪日感怀（2022年12月7日）

天时大雪是隆冬，万木萧疏澈碧空。

落叶枯焦霜草绿，斜枝鳌脆冻花红。

寒风凛凛飘庭外，暖意融融荡室中。

误戴新冠三岁矣，光阴荏苒戏人生。

动物园里牡丹花（2022年4月20日）

今逢谷雨又清闲，动物园中赏牡丹。

嫩叶轻托茎水嫩，鲜衣重裹瓣光鲜。

千红万紫成花海，八当七停是玉坛。

大好春光君莫负，青春一去不华年。

小月河公园午间漫步（2022年2月14日）

冬温骤降水成冰，两日凌寒舞玉霙。

雪后天晴天更冷，春前水静水无声。

情人节里玫瑰俏，小月河边喜鹊鸣。

且看今时多妙彩，明宵再赏上元灯。

壬寅年正月十三瑞雪（2022年2月13日）

霏霙云舞蔽晨光，厚地高天顿莽茫。

踏雪观松松傲雪，披霜问柳柳凌霜。

白绵软软承莹絮，绿叶尖尖扮素妆。

银粟迎春吉瑞至，壬寅虎啸震八方。

清明日咏春（2021年4月4日）

春分馈送载休声，半月徐徐百木青。

谷雨临前求谷雨，清明过后盼清明。

风调雨顺三生愿，水秀山葱万代情。

但使云心难促敛，千红万紫舞东风。

咏梅（2021年2月20日）

冰清正月百芳眠，惟有干枝醒在先。

五瓣凌风心秀越，千须傲雪胆卓然。

轻霜总到凉叶后，凛气常临暖絮前。

抢此佳时游上苑，赏梅何惧倒春寒。

颐和园深秋（2020年11月20日）

长空雁过悦天蓝，又是浮生半日闲。

雨过晴来秋色重，风微气爽雀声寒。

颐和园里游仙境，玉带桥头渡自然。

止水清莹湖面静，扬头远眺是荷残。

立夏日作（2020年5月5日）

时逢立夏更争春，万紫千红不再新。

大地茫茫浮碧草，高天滚滚走白云。

花繁引惹蜂蝶翅，叶茂勾留鸟雀身。

纵使一年游四季，风光旖旎在今晨。

惊蛰日作（2020年3月5日）

惊蛰醒木唤春来，万象更新扫疫霾。

喜鹊衔枝修旧室，画眉亮嗓唱新宅。

高天引曜温枯树，厚土接墒润草荄。

只盼冬瘟消遁去，幽园小径任徘徊。

己亥年元宵节（2019年2月19日，己亥年正月十五）

东升玉兔一冰轮，欲化三阳作孟春。

岸柳无边飞柳浪，堤杨有界走杨云。

寒宫简朴终堪敬，玉宇奢华不自尊。

万里青天经雪夜，林烟明月到黄昏。

花甲寿诞赋（2016年10月26日，丙申年九月廿六）

浮生半世忆华年，过隙白驹不复还。

滚滚惊雷皆旧梦，潇潇细雨亦新篇。

星辰日月循天道，草木山川法自然。

荏苒光阴花甲矣，人间往事俱云烟。

初春小雨（2015年4月2日）

偷来小雨净云空，万点千条润物轻。

霾雾皇都新似洗，尘埃北冀澈如澄。

桃花怒放听风语，柳叶低垂辨水声。

纵使春寒仍料峭，闲人举步更轻盈。

瘦西湖（2015年6月13日）

长江北岸落明珠，秀美玲珑宛画图。

锦镜阁横河上跨，虹桥孔竖水中凸。

三星拱照[1]金山萃，两月交辉[2]白塔芜。

敢问天堂何处在？扬州孟夏瘦西湖。

甲午上元辞（2014年2月14日，甲午年正月十五）

年逢甲午运当昌，瑞雪迎春报未遑。

结彩张灯灯有意，欢歌笑语语无央。

元宵衮宇银花缀，子夜长街火树妆。

世上焉知天榭冷，嫦娥玉兔笑吴刚。

二〇一四年末赠同僚（2014年12月31日）

十年一瞬客心惊，回首尘寰百味生。

放眼高天天晦暗，投足大地地溟濛。

并无济世凌云志，徒有经纶普度情。

后辈新朋当自勉，人间苦短似流星。

阳春（2008年4月1日）

蓝天碧水岸边花，气爽风轻径自暇。

---

1 三星拱照：相传当年乾隆皇帝逛到这儿，不知怎么的就来了钓鱼的兴趣。站在钓鱼台斜角60度看去，可以在北边的圆洞中看到五亭桥横卧波光，而南边椭圆形洞中则正好可以看到巍巍白塔。这一景象一彩一素，一横一卧，真是堪称绝妙。那洞中借景的画面正好对应了"三星拱照"的名称。

2 两月交辉：瘦西湖内有一月观，坐西朝东，前临开阔的湖面，每当皓月东升，凭栏而立，天上水中的两个月亮交相辉映，能体会到这"月来满地水，云起一天山"的美妙意境。

信步河边鱼浅底，闲足陌上雀低丫。

群蜂乱舞红桃赞，百鸟齐鸣绿柳夸。

满目春光人欲醉，忽闻喜鹊叫喳喳。

2. 七律之平起仄收格

$P_Z P Z_P Z P P Z$，$Z_P Z P P Z Z \mathbf{P}$。

$Z_P Z P Z_P P P Z Z$，$P_Z P Z_P Z Z P \mathbf{P}$。

$P_Z P Z_P Z P P Z$，$Z_P Z P P Z Z \mathbf{P}$。

$Z_P Z P_Z P P Z Z$，$P_Z P Z_P Z Z P \mathbf{P}$。

自京之蜀空中作（2023年8月24日）

成都旅路盘前古，弹指亨达一瞬间。

万里云途穿鹤雾，千寻峻岭走泥丸。

青天早已登堪易，蜀道而今上不难。

往返兼程需借宿，传播旧业也偷闲。

自京之滇空中作（2023年4月20日）

高飞远境乘风去，万里兼程一瞬间。

早旦昏昏人地北，午时跃跃客云南。

倾心布道冥顽远，刻意传经劝业阑。

再把闲心交丽景，修身倚附好河山。

早春感怀（2023年3月8日）

东风和煦添融暖，万物稣舒醒世尘。

旭日晴熏千木翠，华光妙染一身春。

高云渺渺白云淡，厚土茫茫褐土新。

曳履旁观芽蘖动，心期嫩蕊吐芳芬。

萱草花（2022年6月12日）

壬寅五月观萱草，六瓣华鲜万朵新。

早露催花开近午，暮风打叶落凌晨。

因无百卉妍当夏，便有单葩美过春。

但使馀芬留后世，诗人自会颂芳魂。

颐和园春前（2022年3月2日）

顷来上苑闻春色，草木虽枯已泛青。

荡漾昆明湖里浪，飘摇弱柳岸边风。

铜牛俯卧蓝天阔，石舫舟横碧水澄。

走罢长廊神气爽，心闲静待百花争。

术后两年半感怀（2022年2月15日）

还阳友谊双年半，往事追思宿痼身。

动魄惊心千计讨，上天入地百方寻。

神工作巧神医术，鬼斧休谋鬼域门。

默祷今生堪命久，回眸不枉对寰尘。

游京西稻种植基地（2021年10月7日）

风和日丽闲游去，扑面扬馨醉墨芳。

秋去秋来秋气爽，稻播稻获稻花香。

游人摄影夺云景，鬥雀争食抢义粮。

万里江山多锦绣，京西御谷缀轻妆。

南京（2021年6月22日）

钟山锦绣坤灵聚，万里江阴一座城。

翠柏苍松封古道，后湖玄武润金陵。

秦淮八艳皆才女，梦里红楼不俊雄。

但使南京情愫在，流芳千载自闻名。

登黄鹤楼并步崔颢诗[1]韵（2021年6月9日）

云蒸武汉临中夏，天下无双一绮楼。

崔颢题诗多悒郁，李白命笔少优悠。

千年楚地旧泥陆，万里大江新砾洲。

黄鹤不知何处去，阁空只影惹人愁。

清明后痴语（2021年4月12日）

人生如梦皆尘幻，未敢回眸已世纷。

万马齐喑声有跡，一花独放影无痕。

鱼游海底听惊浪，鸟骞天穹看乱云。

纵使清明催谷雨，憨牛鲁笨不知春。

---

1 崔颢《黄鹤楼》诗：昔人已乘黄鹤去，此地空馀黄鹤楼。黄鹤一去不复返，白云千载空悠悠。
晴川历历汉阳树，芳草萋萋鹦鹉洲。日暮乡关何处是，烟波江上使人愁。

惊蛰日作（2021年3月5日）

皇城正月惊蛰日，草木昭苏不敢眠。

乍暖还寒天渐暖，朝寒暮暖地仍寒。

娇梅蕾短花红后，弱柳丝长叶绿前。

且待东君司上雨，春牛役力好耕田。

重阳节作（2020年10月25日，庚子年九月初九）

重阳节里风光好，蝶舞花飞上半霄。

落叶纷纷人眼乱，秋风飒飒瑞云飘。

观菊九月茱萸佩，敬老三生景运昭。

心念尊亲遥送目，望乡眺瞩欲登高。

立春日作（2020年2月4日）

年逢庚子多灾祸，武汉瘟神昼夜侵。

假作真时真亦假，真成假后假逼真。

装神走遍神间道，弄鬼摸全鬼域门。

万象更新今日起，春回大地起诗文。

盛夏惜春（2016年7月1日）

炎炎烈日中天烤，草木无心半欲焦。

目瞩晴空怛热浪，身临炼狱盼凉潮。

鸟语声声藏松叶，蝉鸣阵阵透柳梢。

多少春情堪缅忆，花香叶嫩雨潇潇。

韶山（2008年4月10日）

阳春三月东风暖，秀水青山御气生。

巨像铜成合巨手，尘屋土就载尘封。

歇坪[1] 虎卧花争俏，水洞[2] 滴流鸟不鸣。

纵有人间千百景，韶山冲里更多情。

冬初吟（2007年11月30日）

西风尽扫千层叶，万木凋零已入冬。

喜鹊声声鸣古树，寒鸦阵阵唱枯藤。

不因体弱消残志，定要身强伴此生。

躲尽危机成大道，闲来赏雪一身轻。

3. 七律之仄起平收格

$Z_P Z P P Z Z \mathbf{P}$，$P_Z P Z P_P Z Z P \mathbf{P}$。

$\underline{P_Z P Z P_P Z P P Z}$，$Z_P Z P P Z Z \mathbf{P}$。

$\underline{Z_P Z P_Z P P Z Z}$，$P_Z P Z P_P Z Z P \mathbf{P}$。

$P_Z P Z P_P Z P P Z$，$Z_P Z P P Z Z \mathbf{P}$。

立秋日作（2023年8月8日）

暑气蒸腾树影歪，垣墙湿润起苍苔。

花开花落非吟想，云卷云舒是寄怀。

1　歇坪：指韶山歇虎坪。

2　水洞：指韶山滴水洞。

夏景堂堂随夏去，秋光袅袅伴秋来。

一年四季轮流转，自会冬春到我宅。

玉渊潭赏山桃花（2023年3月10日）

别致闲情任逸遨，玉渊潭里戏山桃。

高枝颤袅摇新蕊，厚土酥融落旧苞。

自有游蜂来采蜜，并无倦鸟去寻巢。

东君正把春风送，万朵花开赛殢娇。

白露日游奥林匹克公园（2022年9月7日）

白露昭临爽气豪，秋声渐近任逍遥。

丰林信步思三略，小路徘徊悟六韬。

鸟语云枝花上树，花香玉瓣鸟攀梢。

奥林匹克公园里，潇洒悠徐走一遭。

伏暑日的北京与长春（2022年7月20日）

燥烈皇都似火烧，丛生草木半枯焦。

终天酷暑扬威怒，伏日清寒遁逸逃。

正遇京畿承热浪，适逢关外享凉潮。

长春快意无边爽，疑是秋来早寂寥。

月季（2022年5月8日）

月季交开五色鲜，九州大地盼团圆。

疫情紧锁东西路，仁策不开南北船。

赖有红花添夏景，岂无绿叶比春妍？

云心养静闲人少，独赏繁花在午前。

春雪（2022年3月18日）

银粟飘飘又作冬，琼芳洒洒漫天穹。

枝头已有千桃李，雪上刚留几鸟踪。

背水黄花尤雅俏，迎风绿叶更雍容。

千姿百态当空舞，仙藻飞来戏老松。

游北京园博园（2021年8月22日）

永定河西主路南，人工拓造胜仙间。

一轴两点坤轴远，三带五园映带宽[1]。

秋色娇妍需日后，春光妩媚待明前。

淋漓兴致晨光下，万事皆空享自然。

自咏（2021年4月25日）

往事如烟俱过云，闲身漫忆找馀痕。

修心不辱承家训，沥胆争荣报祖恩。

两袖清风游宦海，一身正气走儒林。

乘流自秉知非是，欲化垂光照后人。

---

1 一轴两点坤轴远，三带五园映带宽：北京园博园园区布局为"一轴、两点、五园"，"一轴"即园博轴，是贯穿主展区的景观轴线。"两点"即永定塔和锦绣谷。"五园"即传统展园、现代展园、创意展园、国际展园和湿地展园。

写在立春日（2021年2月3日）

四季周回又一轮，园凄路冷亦慈温。

乌阳似鼓晨当起，银月如钩昼不沉。

醒木舒枝怜暖树，寒鸦吊嗓戏幽禽。

回春大地谁先醒，万紫千红待赐临。

游北宫国家森林公园（2020年10月6日）

一盏乌阳曜北宫，松涛万顷作秋声。

行龙谷里无龙迹，百鸟林中有鸟鸣。

拦翠台前观秀色，狼坡顶上悟山形。

凡尘总使人心累，到此恣游万事空。

正月初七有感（2020年1月31日）

有地瘟君愈放欢，人七日里叹尘寰。

真言一句招凌窘，假话连篇获赐颁。

野味狂吃无善报，疫情滥隐有疴添。

依循六道安滋祸？不可骄专逆自然！

病客自狂（2019年4月15日）

开口成词动笔诗，文坛千载尚相宜。

多年染病衰心体，几日康强未可知。

玉浪滔滔淘秀士，洪流滚滚送良医。

假如生在唐朝里，敢与谪仙¹比峻低。

春奉公使之渝（2015年4月8日）

一上山城万里遥，春风化雨扰枝条。

千年奔涌嘉陵美，百岁安居古镇娇。

仙女山原林海阔，青龙瀑布水云高。

人生本是匆匆客，趁早渝都走一遭。

初雪（2015年11月6日）

昨日争秋转瞬冬，交加雨雪蔽苍穹。

冰天却客稀人影，雪地摧花偃鸟声。

滇冷突出松叶翠，严寒更显柏枝青。

衰杨冻柳河边路，自在无心漫步轻。

小月河之春（2011年4月11日）

媚日白云净碧空，溪流小月沐东风。

红桃笑看蝶戏舞，绿柳偷听鹊和鸣。

百态千姿人影乱，七情六欲众心萌。

春归大地新潮涌，漫步河边惬意生。

于乌克兰度中秋（2011年9月12日，辛卯年八月十五）

国异邦他度中秋，隔空更长恋乡愁。

---

1 谪仙：指李白。

清茶半盏馀香散，浊酒三杯荡气留。

万里婵娟添惆怅，四轮月饼寄欢忧。

途人小聚仍陶畅，尚待偷闲品九流。

咏莲（2008年10月25日）

半亩荷塘绿映红，蜻蜓舞翅燕留声。

泥污不染冰肌志，雨打难消傲骨情。

自赏孤芳修意在，何愁百草妒心萌。

争妍艳卉知多少，最俏红莲妩媚生。

到银川（2008年7月8日）

热浪蒸腾夏日炎，八方辗转贺兰山。

茫茫大漠黄沙卧，滚滚长河褐浪翻。

绿草根深河水浅，红花叶厚陌田宽。

生平到此幡然悟，塞北原来亦江南。

游神农架（2007年6月8日）

一路风尘看物华，神农架里访田家。

弯弯野径流山水，峭峭顽石挂野花。

百鸟鸣林穿密木，千猴闹坳占高崖。

清风送爽阳光透，更使游情作势发。

临福州（2007年6月17日）

万米高云脚下飕，风和日丽伴今航。

银鹰振翅临东海，楫橹催舟竞闽江。

鼎势三山[1]山峙鼎，长流一水[2]水流长。

都说玉宇天堂美，怎比榕城巧扮妆。

尼亚加拉瀑布（2007年9月19日）

大瀑奔腾气势雄，身经二度[3]伴涛声。

晴空万里倾盆雨，煦日八方卷涌风。

碧水高墙掀巨浪，蓝天阔幕映长虹。

人间景色千般美，尼亚加拉更不同。

中秋咏（2007年9月25日，丁亥年八月十五）

八月风清万里秋，阳光灿烂照神州。

高天朗朗白云淡，大地茫茫五谷熟。

玉宇嫦娥贪夜月，琼楼桂树恨吴钩[4]。

情柔望断南征雁，且待明年此处留。

九寨沟（2006年10月21日）

九寨沟深落四川，孤生一到不思还。

千层彩叶沉蓝水，万仞白峰破碧天。

1　三山：指福州市境内三座山（于山、乌石山、屏山）的合称。

2　一水：指闽江。

3　身经二度：写此诗时作者已经到过尼亚加拉瀑布两次。

4　吴钩：这里指吴刚砍桂树用的刀。

亦幻亦真仙境乱，如诗如画梦乡恬。

无边秋色催人醉，疑是神图落海寰。

4. 七律之仄起仄收格

$Z_P Z P_Z P P Z Z$，$P_Z P Z_P Z Z P$ **P**。

$P_Z P Z_P Z P P Z$，$Z_P Z P P Z Z$ **P**。

$Z_P Z P_Z P P Z Z$，$P_Z P Z_P Z Z P P$。

$P_Z P Z_P Z P P Z$，$Z_P Z P P Z Z$ **P**。

家乡观荷（2023年7月20日）

遁避京师离酷暑，乡关何处不清凉？

回塘几亩红花艳，曲岸长围翠叶香。

碧伞撑云云影静，蜻蜓点水水波忙。

淤泥不染高洁志，菡萏姣妍亦肆芳。

咏白月季（2023年5月14日）

月季门前枝上雪，白绵娇软聚成花。

天生素雅高洁种，地造幽娴妩媚芽。

万紫千红无可羡，一枝独秀更当夸。

闲庭信步闻香至，自有清风送我家。

写于曹雪芹纪念馆（2022年4月21日）

九野[1]苍茫春日曜，正白旗里[2]忆曹霑[3]。

红楼一梦十馀载[4]，石上三生几百年[5]。

假假真真皆世幻，非非是是俱茫然。

凡尘莫论天朝事，借古喻今自乐安。

正月初五喜见牡丹盛开（2022年2月5日，壬寅年正月初五）

恭贺新春寅虎啸，尊优富贵看牡丹。

一盆翠绿迎新岁，九朵嫣红越旧年。

万户生财财满地，千家纳禄禄盈天。

今逢喜日花开早，破五除邪百事圆。

牛年最后一场雪（2022年1月31日，除夕）

牛尾即将隐遁去，虎头正待显尊来。

玉鸾曼曼当空舞，白絮盈盈满地开。

易有一年成旧岁，难逢千载遇新裁。

今晨五谷丰登兆，瑞雪迎春入万宅。

---

1 九野：九州的土地。

2 正白旗里：曹雪芹（北京）纪念馆位于海淀区四季青乡正白旗村。

3 霑：曹雪芹（约1715年5月—约1763年2月）之名。

4 红楼一梦十馀载：指曹雪芹著《红楼梦》用了十馀年的时间。

5 石上三生几百年：石上三生，即三生石上。语出佛教故事，借指前世姻缘来世重新缔结。
　此外，《红楼梦》又名《石头记》，因而石上三生可另具意义。根据曹雪芹的生活年代，
　他写《红楼梦》的年代距现在应该有三百多年了。

教师节作（2021年9月10日）

普世西席恩假日，万千子弟敬师时。

桃开李放花开早，果硕实丰叶落迟。

赖有园丁扶碧干，方能嫩木长丹枝。

承恩涌报仁心在，万里江河好筑堤。

颐和园赏春（2021年3月24日）

姹紫嫣红春意厚，芳香四溢满仙园。

蜂翩蝶舞桃花乱，云淡风轻柳叶繁。

万寿山清托草绿，昆明水秀映天蓝。

烟尘不染皇家苑，逶迤西堤步九千。

二月二作（2020年2月24日，庚子年二月初二）

庚子新年邪运扰，神州奋起与魔争。

真言有难揭瘟状，假话无灾隐疫情。

万众一心援楚壤，千方百计救江城。

伏龙睡醒抬头赞，举世降妖正向赢。

颐和园游记（2018年8月31日）

霞卷云舒游上苑，天蓝气爽送柔和。

蝉鸣弱柳扬声远，鸟戏高枝落影多。

岭后白云衬宝塔，湖心绿叶缀秋波。

轻盈碎步西堤静，玉带桥头止水活。

桂林银子岩游记（2017年9月16日）

地造天成银子洞，八方四面慕仙容。

飞流石瀑三千尺，倒挂瑶花二万丛。

多彩缤纷如梦幻，琳琅满目是真情。

若非鬼斧神工造，哪有岩溶胜玉宫？

贺协会四次会员大会（2016年7月26日）

天下群英襄盛举，八方四面聚瑶京。

承前启后偕行振，继往开来缵衍兴。

万马奔腾图大业，千军奋进践新程。

孰何难却诸君意，暂使闲身再热情。

除夕（2013年2月9日，壬辰年腊月三十）

恰到龙腾蛇舞日，刚逢雪夜焰花时。

抬头姹紫周天挂，俯首嫣红遍地披。

纵有寒侵春意涌，虽无冷退暖流滋。

寰球万户迎春早，举国千家守岁迟。

阳春（2008年3月25日）

日丽风和阳霁后，枝头喜鹊弄交鸣。

如茵绿草伏新蚁，似锦繁花引幼蜂。

碧水潺潺鱼跃任，蓝天浩浩鸟飞凭。

尘寰自古多遗恨，不享春光枉此生。

阳春（2007年12月10日）

小雪新扬寒季到，周而复始又冬初。

棵棵素树银花绽，片片良田白絮铺。

流水无情已逝矣，落花有意再开乎？

交织冷暖皆天意，只待春来万物苏。

词

小 令 词

1. 十六字令（又名《苍梧谣》《归字谣》，单调 16 字）

P，Z$_P$ZPPZ$_P$ZP。PPZ，P$_Z$ZZPP。

自宜昌回北京高铁上（2023年9月1日）

归，电掣风驰动若飞。身遐外，心切把家回。

春雷炸响（2023年4月28日）

谁，啸傲长天逞暴威。东风引，怒吼炸春雷。

情（2023年2月14日）

情，万丈红尘渡不成。深如海，何处诉心声？

题赠李知平小朋友（2022年3月21日）

勤，获取功名圣道门。诗词咏，少小长精神。

题赠王语瞳小朋友（2022年1月29日）

书，勤苦黄金铸作屋。无捷径，学海是修途。

小区秋光（2019年10月27日）

芳，碧草如茵走冷香。轻风过，彩叶泛秋光。

咏荷（2019年7月11日）

荷，衣绿裙红舞水泽。婀娜态，摇曳亦难折。

海棠花溪赏花（2019年4月4日）

姱[1]，万朵争相戏彩霞。云行客，最爱海棠花。

云端机舱外景（2016年6月21日）

霄，万里白云脚下飘。群山渺，江水一银条。

云（其一）（2007年8月24日）

云，漾漾飘飘欲断魂。悲情起，化雨送甘霖。

云（其二）（2007年8月24日）

云，洒洒洋洋自在神。风吹散，万里迹难寻。

2. 梧桐影（单调20字）

Z Z P，P P Z。P Z Z$_P$ P P Z P，P$_Z$ P Z$_P$ Z P P Z。

动物园水禽湖小景（2020年3月30日）

止水清，波纹静。万鸟千花织锦图，天鹅妙舞无朝凤。

烟台清晨漫步（2015年6月11日）

绿叶浓，红花艳。曲径清晨徐步行，霞光顾影长相伴。

3. 荷叶杯（单调23字）

Z Z Z P P Z。P Z，Z P P。Z P P Z Z P Z。P Z，
Z P P。

---

1 姱（kuā）：美好。

小区花争俏（2020年3月27日）

一夜降温凄爽。凉旷，又天蓝。小区清静百花俏。夸耀，在争妍。

冬天的果实（2016年11月27日）

百树尽凋枯叶。披谢，露红妆。看云枝顶上窝絮。鹊喜，恋冬阳。

4. 南歌子（又名"南柯子""春宵曲""风蝶令"，单调23字，格一）

Z Z P P Z，P P Z Z <u>P</u>。P Z Z P <u>P</u>。Z P P Z Z，Z P <u>P</u>。

大寒日作（2023年1月20日）

百转仍深冷，轮回又大寒。千户万家欢。只因催岁月，到新年。

5. 南歌子（又名"南柯子""春宵曲""风蝶令"，单调26字，格二）

Z Z P P Z，P P Z Z <u>P</u>。P$_Z$ P Z$_P$ Z Z P <u>P</u>。P Z Z P P Z，Z P <u>P</u>。

立冬日作（2019年11月8日）

日月移时季，天人度立冬。友亲相探看枫红。无限丹光妙舞，作秋浓。

小月湖畔看春花（2019年3月18日）

丽蕊桃枝满，新花杏杈盈。松林高处鸟争鸣。河岸水边垂柳，笑春风。

夏末秋初（2016年9月6日）

日朗光天爽，花香草木稠。果实拥簇挂枝头。还有绿波云影，衬高楼。

北海公园小景（2016年4月1日）

树影石栏上，春光水下沉。野鸭白塔细波粼。黄柳对风云舞，伴花魂。

6.捣练子（又名"深院月"，单调27字）

P$_Z$ZZ，ZPP，Z$_P$ZPPZ$_P$ZP。Z$_P$ZP$_Z$PPZZ，ZPP$_Z$ZZPP。

午间散步步昨日词韵（2020年3月8日）

昨未雨，现多云，雾漫天霾难养魂。喜鹊飞来邀凤乐，凤说啄木鸟烦人。

午间散步有感于天气好（2020年3月7日）

昨有雨，现无云，碧透蓝天宜养魂。喜鹊喳喳迎凤意，凤嫌啄木鸟声频。

迎春曲（2015年2月3日）

花喜鹊，翠枝头，河里双鸭自在游。气爽天蓝风皱水，满园草木盼春遒。

住院部月下漫步（2007年11月23日）

空院寂，老楼寒，信步环途一百圈。小径逶迤眠树影，昊天深处挂冰盘。

7. 桂殿秋（单调27字）

$P Z Z$，$Z P_z P$，$P_z P_z Z_p Z_p Z_p P_z P$。$P_z P Z$
$Z P P Z$，$Z Z P P Z Z P$。

闲适北海公园（2023年5月26日）

孤塔屹，九龙盘，风轻水静起微澜。悠然北海公园里，又是浮生半日闲。

蓝天迎春（2020年3月13日）

天湛透，地回温，晴空万里无片云。东君送暖花枝俏，只待前头遍地春。

春夏之交（2015年5月8日）

春色里，夏初前，桃花败尽有谁怜？蒹葭绿嫩争舒启，月季花红百鸟翩。

8. 解红（单调27字）

$Z_p Z Z$，$Z P P$，$Z P Z Z P Z P$。$Z Z P P Z P Z$，
$Z P Z_p Z Z P P$。

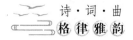

小区秋果（2019年10月6日）

叶未落，果没摘，季秋小院花尽衰。满目山楂海棠笑，枣熟柿涩裙榴歪。

9. 南乡子（单调27字，格一）

Z Z P **P**，P$_Z$P$_Z$Z$_P$Z$_P$Z P$_Z$ **P**。Z$_P$Z P$_Z$P$_Z$P Z$_P$ **Z**，P **Z**，Z$_P$Z P$_Z$P P$_Z$Z **Z**。

回春（2020年3月14日）

爽气清道，嫩芽新叶上枝头。柳色初黄风不静，乘兴，几点桃红春欲逞。

春日（2017年3月29日）

煦日和风，春山如画百花争。绿水蓝天云绮幕，无数，弱柳新枝临岸舞。

10. 潇湘神（单调27字，格一）

P Z **P**，P Z **P**（叠），Z P Z$_P$Z Z P **P**。Z$_P$Z Z P P Z Z，P P P Z Z P **P**。

深秋院景（2016年11月5日）

凉叶黄，凉叶黄，雾霾渐退隐昏阳。更有海棠红似火，枝头悬柿赏秋光。

石榴（2015年8月29日）

枝上球，枝上球，又圆又亮又娇羞。百果里头它最俏，原来天送大石榴。

11. 潇湘神（单调27字，格二）

ＺＰ**Ｐ**，ＺＰ**Ｐ**（叠），ＺＰＰＺＺＰ**Ｐ**。Ｚ_ＰＺＰ_ＺＰ
ＰＺＺ，ＰＰＺＺＺＰ**Ｐ**。

家乡晚霞（2023年8月4日）

望丹霞，望丹霞，宇穹云帐染朱砂。玉殿仙娥红罗舞，
霓裳攒映绘天涯。

小区春归（2020年3月15日）

对祥云，对祥云，玉兰花紫蕴吟魂。弱柳依依松愈绿，
黄苞绽蕊报新春。

12. 忆江南（又名"望江南""梦江南""江南好"，单调27字）

ＰＺ_ＰＺ，Ｚ_ＰＺＺＰ**Ｐ**。<u>Ｚ_ＰＺＰ_ＺＰＰＺＺ，Ｐ_ＺＰ</u>
<u>Ｚ_ＰＺＺＰ**Ｐ**</u>。Ｐ_ＺＺＺＰ**Ｐ**。

小月河边漫步（2020年4月16日）

谁伴我，逸陌看花红？俯首清波河泛滟，抬头翠柳路
茏葱。都在静恬中。

小区孟夏（2017年5月14日）

时孟夏，又现北京蓝。穹顶芸芸白浪滚，园中苊苊绿
茵翻。似醉梦江南。

海口景色（2015年1月23日）

椰城好，海阔碧空蓝。郁郁林深白鹭舞，葱葱草茂彩蝶翩。胜似在江南。

雾（2008年2月26日）

侵夜冷，严气渐成浓。缥缈虚无晴野上，随风影有半山中。日照便无踪。

13. 渔父（又名"渔歌子"，单调27字）

$Z_P Z_P P_Z P_Z Z Z_P \mathbf{P}$，$P_Z P_Z P Z_P Z P_Z \mathbf{P}$。$\underline{P_Z Z_P Z}$，$\underline{Z P \mathbf{P}}$，$P_Z P_Z Z_P Z_P Z P_Z \mathbf{P}$。

春思（2023年2月19日）

乍暖还寒傍早春，惜金不舍寸光阴。精养种，苦耕耘，自有秋成慰克勤。

迎春枝（2020年3月12日）

作速春分不日来，南枝托嫩欲花开。新萼露，老根埋，含苞待放等人摘。

武汉（2015年6月8日）

楚地云遮暑日夕，长江翻浪汉流急。东水[1]阔，北洋[2]低，楼空鹤影草萋萋。

---

1 东水：指东湖水。

2 北洋：指北洋桥，武汉的一座历史悠久的石拱桥。

14. 南乡子（单调28字，格二）

Z Z P **P**，P$_Z$ P Z P ZZ P **P**。Z Z P$_Z$ P P Z **Z**。P

P **Z**，Z$_P$ Z P$_Z$ P P Z **Z**。

颐和园观新荷（2021年6月3日）

小角尖尖，流飞云影翠修纤。止水轻波沧禁圃。湖亭后。

嫩碧新荷初叶瘦。

15. 阳关曲（单调28字）

Z P P Z Z P **P**，Z$_P$ Z P P Z Z **P**。Z P Z Z Z P Z，

P Z P P P Z **P**。

初秋游颐和园（2023年8月29日）

混元清爽正兰秋，人在颐和画里游。野鸭戏水柳湖静，

风墨吟毫云作舟。

大寒遇腊八（2021年1月20日，庚子年腊月初八）

暮冬寒气愈凌威，刺骨钻心似冷锥。大寒巧遇腊八日，

严冽凄风充栋吹。

春前（2020年3月3日）

暖阳风煦到春前，正近惊蛰草不眠。嫩苞点点似星散，

无笔吟诗人养闲。

16. 竹枝词（又名"竹枝歌""竹枝"，单调28字）

P Z P P P Z **P**，P P Z$_P$ Z Z P **P**。P$_Z$ P Z$_P$ Z P P

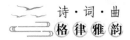
Z，ZZPPZZP。

颐和园初秋游（2022年8月31日）

云淡天高初似秋，颐和园里任悠游。湖推柳岸千层水，浩气英风卧牯牛。

17. 江南春（又名"秋风清"，单调30字）

PZZ，ZPP。PPPZZ，PZZPP。PPPZPPZ，PZPPPZP。

北京蓝（2016年8月26日）

秋影日，艳阳天。昨逢云叶秀，今遇北京蓝。晴空初洗舒穹幕，夕景如涂归雁翾。

18. 六幺令（单调30字）

PZP，ZZP，ZZPPZZP。PPZZP。ZPP，ZPP。ZPP，ZZP。

马褂叶—海棠果—车轮菊（2019年10月7日）

红海棠，马褂黄，恋顾车轮分外香。工蜂采蜜忙。太阳光，暖洋洋。换秋装，美景长。

19. 步步娇（单调31字）

ZZZPZ，PZZPZ。ZZZPP，ZZ。ZZZPZPZ，PZPZZPZ（此处必须重复第四行韵脚之字）。

戏题小区蘑菇照（2017年8月20日）

有雨落连日，催长夏菇起。个个顶光圆，馥蕊。草帽一枚伞三例，飞闹麻雀送花蕊。

20. 蕃女怨（单调31字）

$ZPPZPZZ$，$Z_p ZPZ$。$\underline{ZPP，PZZ，Z_p PPZ}$。$ZPPZZPP$，$ZPP$。

小区春趣（2020年3月19日）

万枝花俏春已到，怎向君报？享阳光，思雨露，在今朝暮。画眉清唱伴东风，柳梢青。

蜂恋紫薇（2015年7月29日）

百花开尽何处看？赏紫薇艳。任风吹，凭雨溅，愈加娟倩。万蜂争蜜采撷忙，送幽香。

21. 忆王孙（又名"豆叶黄""阑干万里心"，单调31字）

$P_z ZPZ_p ZZPP$，$Z_p ZPPZZ_p ZP$。$Z_p ZPPZ_p ZP$。ZPP，$Z_p ZPPZ_p ZP$。

春前小月河（2023年11月8日）

秋光浸染色初成，断壁残垣挂冷红。止水微波倒影横。去匆匆，几叶残荷忆婉容。

春前小月河（2020年3月10日）

清风拂面正相宜，举步徘徊人影稀。漫步河边觅小诗。

静春思，万朵黄花染柳堤。

金鸡湖（2008年9月13日）

蓝天碧水透如新，野岛琼姬[1]殇怨魂。可有今人悼古人？未曾闻，但见湖边矗厦林。

22. 调笑令（又名"古调笑""宫中调笑""调啸词""转应曲"，单调32字）

P Z，P Z（叠），Z_p Z_p P_z P Z_p Z。Z_p Z_p P_z P_z Z_p P，Z_p Z_p P_z P_z Z P。P Z（前句末尾二字倒置），P Z（叠），Z_p Z_p P_z P Z_p Z。

秋柿（2023年9月14日）

盘柿，盘柿，借取秋光传意。披衣色彩金黄，戏笑玄穹艳阳。阳艳，阳艳，气爽天高日渐。

小区玉兰（2020年3月17日）

丹紫，丹紫，绚丽春枝初起。艳阳高照庭前，垂耀娇羞玉兰。兰玉，兰玉，花蕾嫩风雅趣。

---

1 琼姬：春秋时期吴王夫差的女儿。越王勾践向吴王进贡了美女西施后，夫差便和西施享乐而不理政事。琼姬看出了勾践的险恶用心，几次向父亲提醒要提防勾践。然而夫差听信西施的话，把琼姬赶到苏州城东未名大湖的荒岛上去"面湖思过"。后来，当越军兵临姑苏城下，夫差为保命竟然把女儿作为"礼物"送给勾践请罪求和。琼姬听到这个消息，痛不欲生而投湖自尽。

张家界（2015年7月6日）

岩岫，岩岫，拔地悬空坐就。清思遥远峰巅，淑女三人妩妍。妍妩，妍妩，谁是山峦之主？

23.如梦令（又名"忆仙姿""宴桃源""比梅"，单调33字）

$Z_P Z Z_P P Z_P Z$，$Z_P Z Z_P P Z_P Z$。$P_Z Z Z P P$，

$Z_P Z Z_P P P_Z Z$。$P_Z Z$，$P_Z Z$（叠），$P_Z Z Z_P P P_Z Z$。

晨赋（2023年7月30日）

夏季家乡丰雨，借润赋闲诗笔。晨起问朝华，今日何时晴霁？兴许，兴许，应有晚霞千里。

踏雪行（2020年2月6日）

窗外曳风牵雪，洒洒飘飘双夜。踏步软绵绵，却见绿枝惊鹊。低切，低切，麻雀画眉争列。

无题（2015年1月16日）

昨夜雾封霾漫，今日烟消云散。正午一闲人，踱步静园河畔。忽见，忽见，老树寒鸦相伴。

夜宿宜宾市闻雨打窗棂（2014年4月3日）

夜雨打窗棂骤，早起鸟啼声透。放眼望山巅，似是雾中灵秀。应有，应有，满坳绿争红斗。

秋雨（2007年11月14日）

秋雨绵绵挥洒，落叶纷纷飘下。撑病体披衣，阔步逆风轻踏。寒煞，寒煞，锻炼壮躯何怕?

24. 风流子（单调34字）

$P\ Z\ Z_P\ P\ Z\ P_P\ Z$，$Z_P\ Z\ P\ Z_Z\ P\ P_P\ Z$。$P\ Z\ Z$，$Z\ P\ P$，$Z_P\ Z\ P_Z\ P\ P_Z\ Z$。$P\ Z$，$P\ Z$，$Z_P\ Z\ P_Z\ P\ P\ Z$。

生辰自赋（2015年11月7日，乙未年九月廿六）

秋雨寒风相伴，衣厚仍觉不暖。精洗脸，懒梳头，窗外叶黄正灿。屏伴，华诞，好友祝词频现。

25. 归自谣（又名"归国谣"，双调34字）

$P\ Z\ Z$，$Z_P\ Z\ P_Z\ P\ P\ Z\ Z$，$P_Z\ P\ Z\ P_P\ Z\ P\ P\ Z$。

$P_Z\ P_Z\ Z_P\ Z_P\ P\ P_Z\ Z$，$P\ P_Z\ Z$，$P_Z\ P\ Z\ Z\ P\ P\ Z$。

雨中情（2015年7月16日）

淅沥沥，小雨伏天生爽气，河边信步增凉意。

蝶飞不晓人世事，贪花蜜，多情总被无情戏。

26. 天仙子（单调34字）

$Z_P\ Z\ P_Z\ P\ P\ Z\ Z$，$Z_P\ Z\ P\ P\ P\ Z\ P\ Z\ P_Z\ Z$。$P_Z\ P\ Z\ P_Z\ Z\ P\ P$，$P_Z\ Z_P\ Z$，$Z_P\ P_Z\ Z$，$Z_P\ Z\ P_Z\ P\ P\ Z\ Z$。

自深圳回北京高空赏云（2023年6月10日）

天外低垂白絮卷，驾云飞往凌霄殿。仙门在望不知停，光焕灿，影倏闪，一瞬鸾翔千里远。

小区春光（2017年4月1日）

三月晟春花怒放，小区芬馥香飘漾。红枫胜火秀家园，

桃李盎，海棠绛，紫玉兰芳荆穗壮。

27. 定西番（双调35字）

Z Z$_P$ Z Z P P **Z**。P Z Z，Z P **P**，Z P **P**。

Z$_P$ Z Z P P **Z**，Z$_P$ P P$_Z$ Z **P**。Z$_P$ Z Z P P **Z**，Z P **P**。

自武汉到烟台（2015年6月10日）

昨饮长江甘水。今又是，海风吹，浪花飞。

虽有万千嘉美，到烟台不归。人困便生甜睡，梦相随。

28. 长相思（又名"双红豆"，双调36字）

Z$_P$ Z$_P$ **P**，Z Z$_P$ **P**（叠）。P Z P P Z$_P$ Z **P**，P$_Z$ P
Z$_P$ Z **P**。

Z P **P**，Z$_P$ P **P**（叠）。Z$_P$ Z P P Z$_P$ Z **P**，Z$_P$ P
P$_Z$ Z **P**。

除夕（2024年2月9日，癸卯年腊月三十）

酽茶端，酽酒端。龙起云腾走兔还，万家辞旧年。

寿绵绵，福绵绵。福寿双全富禄添，丰康百事圆。

月季花开（2020年5月1日）

五月花，四月花。月季花开戏九霞，云天作丽葩。

竹篱笆，木篱笆。芳满笆头千万家，繁英映日华。

京城秀色（2015年6月18日）

天蓝蓝，水蓝蓝。万里晴空朗霁还，新阳照旧船。

情缠绵，意缠绵。气爽风轻盛夏前，白云头上翻。

29. 思帝乡（单调36字）

P **P**，Z P P Z **P**。P$_Z$ Z Z P P Z，Z P **P**。Z$_P$ Z P$_Z$ P Z$_P$ Z，P$_Z$ P Z$_P$ P **P**。P$_Z$ Z Z P P Z，Z P **P**。

小区秋日花果（2019年9月29日）

清秋，果香飘寓楼。盘柿尚微青涩，海棠熟。蜜枣高枝尖挂，山楂红树头。数百朵凉花笑，戏石榴。

30. 相见欢（又名"秋夜月""上西楼""月上瓜洲""忆真妃"，双调36字）

P$_Z$ P Z$_P$ Z P **P**，Z P **P**。Z$_P$ Z P$_Z$ P P$_Z$ Z，Z P **P**。

Z$_P$ P$_Z$ **Z**，P$_Z$ P$_Z$ **Z**，Z P **P**。Z$_P$ Z P$_Z$ P P$_Z$ Z，Z P **P**。

塞罕坝（2021年7月22日）

苍茫无际辽原，水柔蓝。季夏生机催草，绿无前。

山花笑，野蜂闹，蝶翩跹。浩阔景光如梦，若游仙。

晨游天坛闻鸟鸣（2020年5月19日）

怡情景趣[1]天坛，悦偷闲。绕耳七音交响，奏声欢。

高树密，低枝细，鸟翩翾。恰似凤凰仙乐，在人间。

北京奥森公园初春（2017年3月9日）

园坪苊苊葱茏，绿茸茸。二月风裁新叶，戏寒虫。

嗅春草，闻啼鸟，看花红。天际月轮浮现，转头空。

凤山温泉度假村（2008年10月24日）

昌平有一温泉，卧群峦。几簇白云飘过，映空蓝。

天尽处，有孤雁，正独旋。俯视秋池如镜，照鸿莲。

31. 上行杯（单调38字，格一）

Z Z P P P Z，P Z Z、Z Z P **P**。P Z P P P Z **Z**，

P P Z **Z**。Z P P，P Z **Z**，Z **Z**，P **Z**，P Z P **P**。

盛夏上海之旅（2017年8月2日）

盛夏骄阳如火，经大暑、抵宿申城。吴地云蒸腾热浪，
生灵奋荡。静闲心，平燥莽，幻想，清爽，迎面来风。

32. 醉太平（又名"凌波曲""醉思凡""四字令"，双调38字）

P P Z **P**，P P Z **P**，P$_Z$ P Z$_P$ Z P **P**。Z P P Z **P**。

1　景趣：由景色而生的情趣。

P_ZPZ**P**，P_ZPZ**P**，P_ZPZ_PZP**P**。ZZ_PP
Z**P**。

《格律诗写作指导[1]》代序（2020年9月1日）

长诗短诗，千年递积，仄平顿挫如织。守常格律持。

新词旧词，书文以期，雅人佳士传习。美哉惟汉黎。

万米高空看云（2015年1月14日）

圆空上端，凌烟俯观，苍茫无际天边。将白云看穿。

元穹碧蓝，田平路弯，车流似蚁蹒跚。可知高处寒？

33. 上行杯（单调39字，格二）

PZPPZ**Z**，PZZ、ZPP**Z**。ZZPPPZ**Z**，
PPZ**Z**。ZPP，PZ**Z**（换不同仄韵）。ZZ，PZ**Z**，
PZPZ**。**

秋近（2017年8月25日）

多日云光雅澹，晴好久、地平如线。且自凭阑观四
远[2]，蝉鸣似叹。举声哀，催响振。恻悯，临夏遁，风爽秋近。

34. 酒泉子（双调40字，格一）

Z_PZP_Z**P**，P_ZZZ_PPP**Z**。Z_PPZ_P**P**，PZ_P**Z**，
ZP**P**。

---

1 格律诗写作指导：书名，马维野著，辽宁人民出版社2022年1月出版。

2 四远：四方边远之地。

Z~P~P~Z~ZZ~P~P**Z**，Z~P~P**Z**~PZ~P~**Z**。Z~P~P~Z~P，P~Z~
Z~P~**Z**，ZP**P**。

中伏间作（2020年7月30日）

侧入中伏，忧苦暑天蒸炙。步优轻，匀吐气，影坚孤。
旱花焦叶盼云水，涓缕丝雨贵。汗淋漓，期盛霈，待凉时。

35. 抛球乐（又名"莫思归"，单调40字）

Z~P~ZPPZ~P~Z**P**，P~Z~PPZZP**P**。<u>P~Z~PZ~P~Z
P~Z~PZ，Z~P~ZP~Z~PZ~P~Z**P**</u>。Z~P~ZPPZ，Z~P~ZPP
Z~P~Z**P**。

家乡避暑（2023年7月26日）

盛夏乡关避暑焦，远离京邑任逍遥。轻风阵阵吹人面，
细雨霏霏润黍苗。水下游云影，恰似新凉上早朝。

讲学大连（2015年9月7日）

露起初秋抵大连，人忙情盛度馀闲。棒棰岛上金光照，
老虎滩前碧浪翻。论道当明日，且待愚言受众前。

36. 生查子（双调40字）

P~Z~PZ~P~ZP，Z~P~ZPP**Z**。<u>Z~P~ZZPP，Z~P~Z</u>
<u>PP**Z**</u>。

P~Z~PZ~P~ZP，Z~P~ZPP**Z**。Z~P~ZZPP，Z~P~Z
PP**Z**。

桃花（2023年4月1日）

春风遍野吹，二月仍于闰。未见雨袭来，只见云飘近。

东君着力催，百木花开顺。满目是桃花，没走桃花运。

渔女景观（2022年12月22日）

冬晴到海滨，渔女柔情媚。玉臂举珍珠，云鬓披肩背。

谁推波浪翻？入眼催人醉。风静起涟漪，石上乌光泪。

参加广州光学产品讨论会（2016年1月17日）

天时自法循，倍日无暇晷。才啜帝都茶，又饮羊城水。

倏然万里行，客寄贤人委。把酒论光机，格物方知悱。

37. 添声杨柳枝（又名"贺圣朝影""艳声歌"，双调40字）

$Z_P Z P P Z_P Z \mathbf{P}$，$Z P \mathbf{P}$。$P_Z P Z_P Z Z P \mathbf{P}$，$Z P \mathbf{P}$。

$Z_P Z P_Z P P Z Z$，$Z P \mathbf{P}$。$P_Z P Z_P Z Z P \mathbf{P}$，$Z P \mathbf{P}$。

家乡晚霞（2023年7月30日）

运笔苍天展丽华，染朱砂。婀娜仙子佩红霞，舞天涯。

万里长空谁是主？帝王家。云舒云卷正如麻，晚风刮。

阿尔山至扎兰屯途中（2015年8月7日）

静卧天池世外沉，映山云。苍苍莽莽大松林，荡牛群。

经雨阳娇光焕灿，草如茵。悦欣一路长精神，已销魂。

38. 昭君怨（又名"宴西园""洛妃怨"，双调 40 字）

$Z_P Z P_Z P Z_P Z$，$Z_P Z P_Z P Z_P Z$。$Z_P Z Z P P$，$Z P P$。

$Z_P Z P_Z P Z_P Z$，$Z_P Z P_Z P Z_P Z$。$Z_P Z Z P P$，$Z P P$。

京城喜雪（2019年1月12日）

喜见皇都降雪，日久旱情终解。上帝手轻挥，玉蝶飞。

新水保墒京市，乐欲满园稚子。云散洒乌光，下夕阳。

雨后清晨（2016年6月7日）

梦里依稀幻影，晨鸟乱啼惊醒。睡眼乱披衣，落云滴。

夜雨敲窗作响，洗净飘尘气爽。偷耳入清声，小虫鸣。

39. 点绛唇（又名"点樱桃""十八香""南浦月""沙头雨""寻瑶草"，双调 41 字，格一）

$Z_P Z P P$，$P_Z P Z_P Z P P Z$。$Z P P_Z Z$，$Z_P Z P P Z$。

$Z_P Z P_Z P$，$Z_P Z P P Z$。$P_Z Z_P Z$，$Z_P P P_P Z$，$Z_P Z P P Z$。

小区冬草（2022年11月25日）

日暖风和，初冬苊苊生芳草。管他昏晓，但有三餐饱。

人祸天灾，一笑皆能了。君行早，莫如飞鸟，无虑无忧好。

喜雪（2009年2月19日）

云舞鹅毛，飘飘洒洒无边夜。百天涸孽，一夜忧烦解。

草地河边，雪仗人欢惬。忽漂曳，簇绒飞谢，看绿枝惊鹊。

40. 点绛唇（又名"点樱桃""十八香""南浦月""沙头雨""寻瑶草"，双调41字，格二）[1]

ＺＺＰＰ，ＰＰＺ$_p$ＺＰＰＺ。ＺＰＰＺ，ＺＺＰＰＺ。

ＺＺＰＰ，Ｚ$_p$ＺＰＰＺ。ＰＰＺ。Ｚ$_p$ＰＰＺ，ＺＺＰＰＺ。

奥森公园观赏葵花（2023年7月12日）

十里园林，葵花万朵向阳笑。雨微风小，俊赏人来巧。

到此优游，一片金山耀。富情调。夏天风景，秋后成油料。

41. 酒泉子（双调41字，格二）

ＰＺＺＰ，ＰＺＺＰＰＺ。ＺＰＰ，ＰＺＺ，ＺＰＰ。

ＺＰＰＺＺＰＰ。ＰＺＺＰＰＺ，ＺＰＰ，ＰＺＺ，ＺＰＰ。

烟台之旅（2017年8月6日）

晨起奋发，澎湃卷腾白浪。踏烟台，身劲壮，绽心花。

---

1 此格《点绛唇》词谱未见于《钦定词谱》，乃本书作者根据李清照、吴潜等宋代诗人的作品整理而成。

碧波拍岸泛晴沙。千里海鸥飞渡，对仙山，寻妙术，向云涯。

42. 女冠子（双调 41 字）

P $_Z$ P $_Z$ Z $_P$ **Z**，Z $_P$ Z $_P$ P $_Z$ P Z $_P$ **Z**。Z P **P**，<u>Z $_P$ Z P</u> <u>P Z，P P Z Z P</u>。

<u>P $_Z$ P P Z Z</u>，Z $_P$ Z Z P **P**。Z $_P$ Z $_P$ P P $_Z$ Z，Z P **P**。

焦山游记（2023年9月27日）

焦山自立，定慧安然明寺。看螳螂，仰首呈姿影，摇身为命光。

碑林铭瘗鹤，苇水映云裳。一座千佛塔，对斜阳。

小区夏果（2017年7月29日）

天高云淡，盛夏如秋爽感。正微凉，庭院红花绽，云中绿果藏。

山楂苹果润，盖柿海棠庞。满树石榴鼓，御梨苍。

43. 玉蝴蝶（双调 41 字）

P P P Z P **P**，P Z Z P **P**。Z Z Z P P，P P Z Z **P**。

P P P Z Z，P Z Z P **P**。P Z Z P **P**，Z P P Z **P**。

清明春色（2016年4月4日）

微风和煦宜人，云淡暖阳新。信步草如茵，花开遍地春。

桃红芽色浅，荆紫梗颜深。佳气满园侵，更怜芳馥芬。

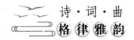
44. 醉花间（双调 41 字）

P P **Z**，Z P **Z**（叠）。Z$_P$Z P P **Z**。Z$_P$Z Z P P，

Z Z P P **Z**。

P$_Z$P$_Z$P$_Z$Z$_P$**Z**，Z$_P$Z$_P$P P$_Z$**Z**。P P$_Z$Z Z P P，

Z$_P$Z P P **Z**。

天府之夏（2017年7月17日）

山如画，水如画，天府堪休夏。花草伴虫鸣，晚照斜阳挂。
生风蒲扇大，酷暑偏吃辣。街头巷尾声，都是川渝话。

45. 春光好（又名"愁倚阑令""倚阑令"，双调 42 字）

P P **Z**，Z P **P**，Z P **P**。P$_Z$Z Z P P Z Z，Z P **P**。

P$_Z$Z P$_Z$Z P **P**，P P Z、Z$_P$Z P **P**。Z$_P$Z P$_Z$P

P Z Z，Z P **P**。

本意（2003年3月16日）

春光好，柳丝长，恋花黄。云影不遮南陌久，沐羲

阳[1]。

信步幽径临浜，稍冥想、四面八方。多少黑白颠倒事，

细思量。

---

1 羲阳：太阳的别称。

46. 浣溪沙（双调 42 字）

$Z_P Z P_Z P Z Z \mathbf{P}$，$P_Z P Z_P Z Z P \mathbf{P}$。$P_Z P Z_P Z$ $Z P \mathbf{P}$。

<u>$Z_P Z P_Z P P Z Z$，$P_Z P Z_P Z Z P \mathbf{P}$</u>。$P_Z P Z_P Z$ $Z P \mathbf{P}$。

闲游植物园（2022年9月30日）

百草莘莘汇一园，闲人野兴似游仙。风光旖旎不知还。

万朵奇葩黄最艳，千层老叶绿犹鲜。秋光灿烂眷尘寰。

咏芍药（2020年5月3日）

万紫千红亦郁愁，匆匆春色最难留。妍芳秀草竞风流。

亘古牡丹多倨贵[1]，而今芍药更谦柔。娇姿自让百花羞。

坡峰岭秋游（2018年10月31日）

日丽风轻梦景天，坡峰岭上正涂丹。幽林红叶染层巅。

信脚高攀登路陡，低头缓步越山弯。宜人秋色更无前。

珠海中秋（2018年9月24日，戊戌年八月十五）

月满银光耀九州，珠江入海水东流。亭亭渔女更娇羞。

玉兔心中无欲念，相思树下[2]有乡愁。高天厚土共金秋。

---

1 倨（jù）贵：傲慢矜贵。

2 相思树下：珠海市一休闲处之名，多相思树，故名。

北海公园之秋（2017年11月3日）

气爽天高趣不休，皇都北海泛闲舟。人如梦里画中游。

落叶无声风有意，凉波有影水无求。凌云白塔藐谯楼[1]。

夏荷（2016年7月28日）

青盖荷盘捧露珠，丹花睡绽静恬如。娇羞百态正佻浮[2]。

菡萏幽香池外溢，莲蓬韵味沼中出。蜻蜓点水泛龙珠。

小月河秋色（2015年10月27日）

日暖风寒落叶轻，秋光浸染满园荆。凋零草木偃虫鸣。

弱柳垂枝悲晚绿，衰芦翘穗悯残红。清思久立枉多情。

春节（2010年2月8日）

呼啸声声又一年，风寒树暖向春天。千家万户喜团圆

亘古寰球多变数，而今世界更激湍。江山无尽待新篇

到兰州（2007年7月5日）

西去兰州国是行，凌云转瞬下银鹰。敦煌大梦几时成？

南北群山山对峙，东西一水水流横。五区三县化金城。

47. 清商怨（又名"关河令""伤情怨"，双调42字）

P P P_Z Z_P Z_P **Z**，Z Z_P P P_Z **Z**。Z_P Z P P，P_Z P P_Z **Z**。

---

1 谯楼：古时城门上的瞭望楼。

2 佻浮：轻佻浮荡。

P$_Z$P$_Z$P$_Z$Z$_P$Z$_P$**Z**。ZZ$_P$Z$_P$、Z$_P$P$_Z$P$_Z$**Z**。Z
ZPP，P$_Z$PP Z**Z**。

登蓬莱阁（2017年8月7日）

登临凭眺玉浪，旷迥音回荡。乐逸八仙，蓬莱阁浩唱。

精神抖擞觺盎。这又是、欲将何往？海不扬波[1]，秋声
刚叩响。

48. 水仙子（双调42字）

<u>P$_Z$PZ$_P$ZZP**P**，Z$_P$ZPPZZ**P**</u>。P$_Z$PZ$_P$Z
PP**Z**，P$_Z$PZ$_P$Z**P**。

P$_Z$PZ$_P$ZP**P**。PP**Z**，ZZ**P**，Z$_P$ZP**P**。

到大连（2015年6月2日）

滨城入夏浪涛宁，气爽云薄海水平。凌空跨越倏然梦，
身闲趣不同。

边途迤逦而行。波光映，向晚风，变幻无声。

49. 醉垂鞭（双调42字）

Z$_P$ZZP**P**。PP**Z**，PP**Z**。Z$_P$ZZP**P**，P$_Z$P
Z$_P$Z**P**。

P$_Z$PPZ**Z**，PP**Z**，ZP**P**。ZZZP**P**，PP P

---

1 海不扬波：比喻太平无事。蓬莱阁景区有"海不扬波"石刻，为清朝山东巡抚托浑布所书。

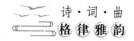

Z P。

家乡休闲（2017年8月15日）

六月闰乾坤。骄阳敛，秋声渐。夏末起风云，苍茫故土新。

屋檐悬乳燕，三食盼，翘黄唇。遍地吐芳芬，花开如遇春。

50. 霜天晓角（又名"月当窗"，双调43字）

P_z P Z $_p$ Z，Z $_p$ Z P P Z。P_z Z Z $_p$ P P $_z$ Z，P_z P_z Z、P_z P Z。

Z $_p$ P $_z$ P Z $_p$ Z，Z $_p$ P $_z$ P Z $_p$ Z。P Z Z $_p$ P P Z，Z $_p$ Z $_p$ Z、P_z P Z。

珠海冬情（2022年12月28日）

阳濒海岸，卷起风云淡。渔女迎宾玉立，珍珠举、祥图嵌。

人天知冷暖，北南温差远。冬月正深寒巨，来此地、最舒坦。

鼓浪屿春历（2016年4月14日）

东南胜境，得妙观天幸。夕景眼前如画，浪翻卷、花柔静。

日光岩峭耸，菽庄园自逞。贪鹭岛宜春意，客身远、留馀兴。

51. 伤春怨（双调43字）

ＺＺＰＰＺ，ＺＺＰＰＰＺ。ＺＺＺＰＰ，ＺＺＰＰＰＺ。

ＺＰＰＰＺ，ＺＺＰＰＺ。ＺＺＺＰＰ，ＺＺＺ、ＰＰＺ。

冬日午间散步（2016年12月10日）

正午高天碧，彳亍温阳晴日。小径碎石青，挂叶枯藤相倚。

朔风吹云起，欲入寒冬季。百果俱光枝，却幸有、金盘柿。

52. 卜算子（双调44字）

$Z_PZ_PZ_PP_ZP$，Z_PZPPZ。$Z_PZPPZ_PZ_PP$，Z_PZPPZ。

$Z_PZ_PZ_PP_ZP$，Z_PZPPZ。$Z_PZPPZ_PZ_PP$，Z_PZPPZ。

小月河边漫步（2020年5月28日）

四月顺天行，正午沿河走。柳陌花香入夏来，累岁无三友。

虽已不三春，气爽风清又。画塑严凌作假威，却道神

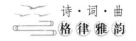
如旧。

秋天的月季（2019年10月10日）

忘却盛开期，却逞秋天艳。万紫千红已过时，倔傲呈孤炫。

俏丽隐嫣香，独放无相伴。待到明年又一春，自有新妆换。

冬至日作（2013年12月22日）

最是夜悠长，数九寒天漫。万木凋零逆朔风，老树寒鸦伴。

早起影孤子，何惧霜晨旦。俯首沉思举步轻，只待春晖艳。

秋分日作（2013年9月23日）

昼夜又平分，再现征鸿影。气爽天高正此时，日丽风和景。

稻黍泛金波，旷野接穹顶。五谷丰登满地歌，自是三秋咏。

夏至日作（2013年6月21日）

陌上步闲家，足下生芳草。正是春消夏至时，穹顶骄阳烤。

众谓昊天炉，我赏花枝俏。且待秋来硕果多，便有年丰报。

春分日作（2013年3月20日）

静水漾春河，软雪融低树。又是均分昼夜时，百鸟争阳木。

浅草破新泥，厚土封陈路。叶茂花繁指日来，便到情深处。

别重庆（2007年6月23日）

亥岁夏天时，欲醉山城顶。无限风光眼底收，更喜今番景。

小舫下温塘，九拐出溶洞。只待春梅二度开，再把红花咏。

53. 采桑子（又名"丑奴儿""罗敷艳歌""罗敷媚"，双调44字）

$P_Z P Z_P Z P P Z$，$Z_P Z P \mathbf{P}$。$Z_P Z P \mathbf{P}$（可叠），$Z_P Z P P Z_P Z \mathbf{P}$。

$P_Z P Z_P Z P P Z$，$Z_P Z P \mathbf{P}$。$Z_P Z P \mathbf{P}$（可叠），$Z_P Z P P Z_P Z \mathbf{P}$。

家乡晨雾（2023年8月9日）

侵晨缭绕生浓雾，一步成仙。一步成仙，雾里观花世外天。

秋风乍起清寒暖，客醒乡关。客醒乡关，暖意柔融梦也甜。

延吉夜色（2015年4月21日）

长河静卧延吉夜，璀璨云桥。壮美云桥，燕舞莺歌胜舜尧。

橙蓝赤绿霓虹曜，满目妖娆。分外妖娆，快意随风兴致高。

清明公祭黄帝（2008年4月4日）

清明小雨纷飞洒，祭祀轩辕。颂咏轩辕，陕北高原鼓乐天。

千秋万代先灵睡，静卧乔山。梦寐桥山，后辈喧嚣不得安！

54. 减字木兰花（双调44字）

$P_Z P Z_P Z$，$Z_P Z Z P_Z P P Z Z$。$Z_P Z P P$，$Z_P Z P P Z_P Z P$。

$P_Z P Z_P Z$，$Z_P Z Z P_Z P P Z Z$。$Z_P Z P P$，$Z_P Z P P Z_P Z P$。

乙未上元节赋（2015年3月5日，乙未年正月十五）

冰轮耀炫，映媚花灯元夜幻。荏苒光阴，月里嫦娥寂寞心。

惊蛰即至，料峭春寒仍未逝。醒木清道，万象更新竞自由。

55. 菩萨蛮（又名"子夜歌""重叠金"，双调 44 字）

$P_Z P Z_P Z P P \mathbf{Z}$，$P_Z P Z_P Z P P \mathbf{Z}$。$Z_P Z Z P \mathbf{P}$，$Z_P P P_Z Z \mathbf{P}$。

$Z_P P P Z \mathbf{Z}$，$Z_P Z P_Z P \mathbf{Z}$。$P_Z Z Z P \mathbf{P}$，$P_Z P P_Z Z \mathbf{P}$。

到兴安（2015年8月7日）

幽烟渺渺朝晖淡，荒原莽莽山花乱。晨起去登高，白云足下飘。

风凉生早露，破晓林中雾。避暑到兴安，偕行天外天。

56. 诉衷情（又名"渔父家风"，双调 44 字）

$P_Z P Z_P Z Z P \mathbf{P}$，$Z_P Z_P Z_P P_Z \mathbf{P}$。$P_Z P Z_P Z_P P_Z Z$，$Z_P Z Z P \mathbf{P}$。

$\underline{P Z Z}$，$Z P \mathbf{P}$，$Z P \mathbf{P}$。$Z_P P P_Z Z$，$Z_P Z_Z P_Z P_Z$，$Z_P Z P \mathbf{P}$。

夏日芦苇（2015年7月22日）

婀娜翠绿舞轻飏，淡雅自幽芳。飘摇不见根底，养长作帷墙。

风曳紧，雨摧狂，愈柔刚。峻清亭立，且待秋来，芦

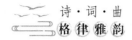
苇花香。

57.巫山一段云（双调44字）

Z_pZPPZ，PPZZ**P**。P_zPZ$_p$ZZPP**P**，Z_pZZP**P**。

Z_pZPPZ，PPZ$_p$Z**P**。P_zPZ$_p$ZZPP**P**，Z_pZZP**P**。

住院中（2007年11月25日）

古寺拥白塔，深庭锁翠松。秋颜冬色转头空，惟喜日光浓。

染痼添惆怅，除疾长惰慵。闲身静养气疏通，尽在渐康中。

58.好事近（又名"钓船笛""翠圆枝"，双调45字）

Z_pZZPP，P_zZZ$_p$PP**Z**。P_zZZ$_p$PP$_z$Z，ZP_zPP$_z$**Z**。

P_zPZ$_p$ZZPP$_z$，P_zPZ$_p$PP**Z**。Z_pZZ$_p$PP$_z$Z，ZP_zPP$_z$**Z**。

暑日（2015年7月14日）

好梦醒惊雷，一夜啸风催雨。暑虎骤然乏力，举世皆忻喜。

游人渐少我独行，曲径探幽趣。欲把罕凉留住，却说今弗许。

59. 天门谣（双调45字）

Z_P Z P P **Z**，Z P_z Z、Z P P **Z**。P Z **Z**，Z P P P **Z**。

Z Z_P Z P P P Z **Z**，Z Z P P P Z **Z**。P Z **Z**，Z Z Z、P P P$_z$ **Z**。

雨消暑（2015年8月19日）

天送及时雨，溥澍末、霭收方霁。郊野里，漫弥清新蕊。

若有日连番遭暑炙，久渴京畿乏爽气。今且喜，看水沛、

濡泽[1] 如是。

60. 谒金门（又名"空相忆""花自落""垂杨碧""出塞"，双调45字）

P P$_z$ **Z**，P$_z$ Z Z$_P$ P P$_z$ **Z**。Z$_P$ Z P$_z$ Z P P Z **Z**，Z_P

P$_z$ P Z$_P$ **Z**。

Z$_P$ Z P$_z$ P Z P$_P$ **Z**，Z$_P$ Z P Z$_z$ P P$_z$ **Z**。Z$_P$ Z P$_z$ P P

Z **Z**，Z$_P$ P P$_z$ P Z$_P$ **Z**。

桂林游（2017年9月15日）

天下甲，山水桂林迎迓。日月金银雕二塔，象鼻惊

水挂。

---

1 濡泽：沾润。

龙脊云梯稻稼，百里漓江排闼。人在画中观九马[1]，景光无尽姹。

61. **更漏子**（双调46字，格一）

Z_P P_Z **P**， P_Z Z_P **Z**， Z_P Z Z_P P P **Z**。P_Z Z Z_P **Z**，
Z P **P**， P_Z P Z_P Z **P**。

Z_P P **Z**， P_Z Z_P **Z**， P_Z Z Z_P P P **Z**。Z_P Z P **Z**，
Z P **P**， P_Z P Z_P Z **P**。

秋韵（2015年9月11日）

水中鸭，枝上鸟，一缕秋思萦扰。园里草，陌头葩，
叶枯衰败花。

蓝天湛，白云淡，气爽天高征雁。收稷黍，储仓粮，
田家分外忙。

62. **更漏子**（双调46字，格二）

Z P **P**， P Z **Z**， Z Z Z_P P P **Z**。Z Z **Z**， Z P **P**，
P P Z_P Z **P**。

Z P **P**， P Z **Z**， Z Z Z P P **Z**。P Z **Z**， Z P **P**，
Z_P P P Z **P**。

1　九马：指桂林的一处山景。

游植物园并食那家小馆[1]（2023年6月13日）

驭轻风，吹夏草，片片碧波森渺。热浪卷，岁光掀，闲身天外天。

借云荫，从树影，举首步徐观景。湖里水，室中花，午餐留那家。

63. 荆州亭（又名"清平乐令""江亭怨"，双调 46 字）

$P_Z Z Z P Z Z$，$P_Z Z Z P_P P P Z$。$Z_P Z Z P P$，$P Z P P Z_P Z$。

$P_Z Z Z P Z Z$，$P_Z Z P_Z P P Z$。$Z_P Z Z P P$，$P_Z Z P P Z_P Z$。

玉渊潭公园看残花（2018年4月9日）

风起虐行数日，所剩残芳无几。峭冷转春温，明媚阳光天气。

最恨恼人愊臆，潭里寻香乏力。忽见有高枝，似雪樱花蝶戏。

64. 清平乐（又名"忆萝月""醉东风"，双调 46 字，格一）

$Z_P P P Z Z$，$Z_P Z P P Z$。$Z_P Z P_Z P P Z_P Z$，Z_P

---

1 那家小管：北京一家餐厅，店主人姓那。

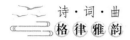

Z P_z P P_z **Z**。

P_zPP_zZP_zZP**P**，P_zPZ_pZP_zZP_z**P**。ZP_zZPP_zZP_zZ，P_zPZ_pZP_zZP**P**。

协会联席会议有感（2020年1月8日）

深冬客栈，顺义春晖店[1]。聚议功实千百万，许下明朝宜愿。

寒潮愈冷瑶京，八方四面宾朋。携手悉心勠力，抱团取暖佳成。

京杭大运河拱宸桥头赋（2015年4月27日）

天开地坼，一脉京杭錾。万里奔流寥旷过，鬼泣神颜失色。

桥横水上留痕，清风送爽宜人。叹想当年往事，今朝抖擞精神。

65.清平乐（双调46字，格二）

Z P P **Z**，P Z Z P **Z**。P Z P P Z P **Z**，Z Z Z P P **Z**。

<u>Z Z P Z P P</u>，Z Z P P Z **Z**。P Z P P P **Z**，Z Z Z P P **Z**。

---

1 春晖店：指北京顺义春晖园会议中心。

元旦后感（2021年1月4日）

正辞元旦，归者未千万。南北通途客流淡，俱恐病毒新患。

往日流水行云，近日停学止鉴。闲步居家庭院，胜似远游惊惮。

66. 误佳期（双调46字）

P Z Z$_P$ P P **Z**，Z$_P$ Z P$_Z$ P Z **Z**。P P P Z Z P P，Z Z P P **Z**。

Z$_P$ Z Z P P，Z$_P$ Z P P **Z**。Z P P Z Z P P，Z Z P P **Z**。

公使之济南（2017年3月1日）

驱铁骥泉城旅，二月风寒略煦。文韬平指上圆云[1]，欲把天星取。

帷幄运筹明，大势当如许。赞高朋引四杰来，众志成城举。

67. 一落索（又名"一络索""洛阳春""玉联环"，双调46字）

Z$_P$ Z$_P$ P$_Z$ P$_Z$ P$_Z$ **Z**，Z$_P$ P Z$_P$ **Z**。Z P P$_Z$ Z Z P P，

---

1 文韬平指上圆云：此句里含隐喻，随行三人的名字的尾字依次是文、平、圆。

Z$_P$Z$_P$Z、PPZ。

P$_Z$ZZPP$_Z$Z，P$_Z$PZ$_P$Z。P$_Z$PZ$_P$ZZPP，Z$_P$PZ$_Z$、PPZ。

北京植物园赏花（2020年4月22日）

探赏三春仙卉，芳郊静翠。百花竞放馥幽芬，眼缭乱、游人醉。

锦簇牡丹云蔚，郁金香媚。千枝万叶向阳争，繁朵下、羞新蕾。

68.忆秦娥（又名"秦楼月""双荷叶""碧云深"，双调46字）

P$_Z$P$_Z$Z，P$_Z$PZ$_P$ZPPZ。PPZ（叠），P$_Z$PZ$_P$Z$_P$，Z$_P$PZ$_Z$PZ。

P$_Z$PZ$_r$ZP$_Z$PZ，P$_Z$PZ$_P$ZPPZ。PPZ（叠），P$_Z$PZ$_P$Z，Z$_P$PZ$_Z$PZ。

辛卯年元宵节（2011年2月17日）

花灯夜，冰轮炫目霜宵月。霜宵月。银光漫洒，扮妆三界。

嫦娥广袖吴刚钺，寒宫桂树琼浆冽。琼浆冽，怀中玉兔，欲出宫阙。

秋怀（2007年12月5日）

霜天晟，长空雁过西风劲。西风劲，摧花扫叶，木枯虫梦。

冬来秋去寒流涌，三十馀日疗疾痛。疗疾痛，期除宿痼，壮身祛病。

69. **忆少年**（又名"十二时"，双调46字）

P_ZP Z_PZ，P_ZP Z_PZ，P_ZP P_Z**Z**。P P Z P_ZZ，Z P_ZP P**Z**。

Z Z P_ZP P Z**Z**，Z_PP_ZP_Z、Z P_ZP Z**Z**。P_ZP Z P_ZZ，Z P_ZP P_Z**Z**。

秋意长春（2017年10月14日）

秋光明艳，秋风过耳，秋声如咽。征鸿向天际，正人一分列。

万里长空蓝墨写，衬白云、奉邀红叶。如诗画光景，看长春八月。

70. **甘草子**（双调47字）

P**Z**，Z Z P P，Z Z P P**Z**。Z Z Z P P，Z_PZ P P**Z**。

P Z Z_PP P P**Z**，Z Z_PZ、Z_PP P**Z**。Z_PZ P P Z_PP_Z**Z**，Z Z P P**Z**。

大寒乡情（2020年1月20日）

冬令,漫掷凄寒,酷虐严风冷。瞬霎大寒前,滴水成冰镜。

托寓陋庐归思迸,朔北域、茫茫银岭。万户千家雪乡醒,圹野浮云影。

71.画堂春（双调47字,格一）

$P_Z P Z_P Z Z P \mathbf{P}$, $Z_P P Z_P Z P \mathbf{P}$。$Z_P P P Z Z Z P \mathbf{P}$, $Z_P Z P \mathbf{P}$。

$Z_P Z Z_P P Z_P Z$, $P_Z P Z_P Z P \mathbf{P}$。$Z_P P P Z Z Z P \mathbf{P}$, $Z_P Z P \mathbf{P}$。

冬至（2019年12月22日）

今逢黑夜最悠长,寒冬伊始侵疆。只因天作是规方,四季轮忙。

扑面朔风凄紧,压枝残雪柔刚。寄情北土看清霜,且待春光。

72.阮郎归（又名"醉桃源""碧桃春""宴桃源",双调47字）

$P_Z P P Z Z Z P \mathbf{P}$, $P_Z P Z_P Z \mathbf{P}$。$Z P P Z Z P P$, $P_Z P Z_P Z \mathbf{P}$。

$\underline{P Z Z}$, $\underline{Z P \mathbf{P}}$, $P_Z P Z_P Z \mathbf{P}$。$Z_P P P Z Z Z P \mathbf{P}$, $P_Z P Z_P Z \mathbf{P}$。

庚寅咏（2010年2月14日，庚寅年正月初一）

东风拂过倚雕阑，闻鞭炮震天。最寒正月把情传，春归在眼前。

寅啸壮，丑声残，神州尽乐欢。家家户户喜团圆，争先大拜年。

73. 乌夜啼（又名"圣无忧"，双调47字，格一）

Z Z P P Z，P$_Z$ P Z Z P **P**。P$_Z$ P Z P$_Z$ Z P P Z，Z$_P$ Z Z P **P**。

Z$_P$ Z P Z$_Z$ P Z$_P$ Z，P$_Z$ P Z P$_Z$ Z P **P**。P$_Z$ P Z P$_Z$ Z P P Z，Z$_P$ Z Z P **P**。

清明感怀（2017年4月4日）

又是清明日，郊园满溢芬芳。花繁叶茂春风暖，更喜紫丁香。

仕路身闲俸浅，不争虚誉华光。但求伉健青山在，任世事无常。

74. 喜迁莺（又名"喜迁莺令""燕归来""鹤冲天""万年枝"，双调47字）

<u>Z$_P$ Z Z，Z P **P**</u>，P Z Z P **P**。Z P P Z Z P **P**，P Z Z P **P**。

<u>P P **Z**。P P **Z**</u>，Z Z Z$_P$ P P **Z**。Z$_P$ P P Z Z P **P**，

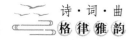
$P_Z Z Z P \mathbf{P}$。

为霾散歌（2016年12月22日）

立大地，看周天，千里布幽烟。雾遮尘蔽渺人间，真似列仙班。

霜清冽。风严虐，厚霭散消霾夜。又逢晴爽映穹蓝，欣怿傍河边。

75. 朝中措（又名"照江梅""芙蓉曲"，双调48字）

$P_Z P Z_P Z Z P \mathbf{P}，P_Z Z Z P \mathbf{P}。\underline{Z_P Z P Z_P Z P Z_P Z}，$

$\underline{P_Z P Z_P Z P \mathbf{P}}。$

$P_Z P Z_P Z，P_Z P Z_P Z，Z_P Z P \mathbf{P}。Z_P Z P Z_P P$

$Z_P Z，P_Z P Z_P Z P \mathbf{P}。$

圆明园暮春（2020年4月29日）

圆明园里好风光，春色正苍茫。紫陌花香吐翠，幽林鸟语留芳。

蹉跎岁月，残垣断壁，水佩风裳。春去夏来在目，无诗堪比云章。

青岛初春（2017年3月3日）

胶东墨客北京来，海碧浪花白。琴岛霞光映照，水乡云影徘徊。

沙滩展卷，清风两袖，岸草千台。弱柳枝头鹊戏，迎春花已初开。

76. 扁溪梅令（又名"隔溪梅令"，双调48字）

Z P Z$_P$ Z Z P **P**，Z P **P**。Z$_P$ Z P$_Z$ P P$_Z$ Z Z P **P**，
Z$_P$ P P Z **P**。

Z$_P$ P P$_Z$ Z Z P **P**，Z P **P**。Z Z P$_Z$ P P Z Z P **P**，
Z$_P$ P P Z **P**。

癸卯年首日坐班（2023年1月30日）

了休节假越十天，度新年。云厦空馀公座若习闲，虚无缥缈间。

晴光斜倚正凌寒，见炊烟。癸卯兴隆丕业靠僚贤，欲赢春满园。

小雪日作（2022年11月22日）

正临小雪气温低，冷凄凄。便是冬天寒意试人时，冻槐枯叶枝。

朔风不烈亦侵肌，示加衣。草木凋衰流水自成溪，又闻乌夜啼。

77. 撼庭秋（双调48字）

Z P P Z P **Z**，Z Z P P **Z**。Z P P Z，P P Z Z，
Z P P **Z**。

P P Z Z，P P P Z，Z P P **Z**。Z P P P Z，P P

ZZ，$ZPPZ$。

下杭州（2015年8月24日）

奉时流火七月，过抵杭州界。览西湖胜，尝天下味，雅人心惬。

闲庭信步，空街舒翼，叹花初谢。任苏堤烟柳，雷峰塔影，只留今夜。

78. 胡捣练（又名"胡捣练令"，双调48字）

$Z P P_z Z Z P P$，$Z Z P P P Z$。$Z_p Z P_z P P Z$，$Z_p Z P P Z$。

$P_z P P_z Z Z P P$，$Z Z P P P_z Z$。$Z_p Z Z P P Z$，$Z_p Z P P Z$。

家乡夏花（2021年8月1日）

暑天吟咏夏花妍，绻恋家乡繁朵。五彩缤纷闲绰，仙苑凡尘落。

长空瑞叶佩接蓝，万里翩翩云过。喜大丽红如火，百日菊黄烁。

79. 秋蕊香（双调48字）

$P_z Z Z P_p P P Z$，$P_z Z Z P_p P P Z$。$P_z Z P_p Z P P Z$，$P_z Z Z P_p P P Z$。

$P_z P Z_p Z P P Z$，$P_z P Z$。$P_z P Z_p Z P P Z$，

$P_Z Z_P P P Z$。

自京之穗（2015年11月25日）

晨起凌空飞逝，顷刻时节倏易。初冬北域新寒季，转瞬异乡天地。

皇都大雪飘无避，残花泣。羊城却正春光戏，万紫千红相媲。

80. 人月圆（双调48字）

$P_Z P Z_P Z P P Z$，$P_Z Z Z P P$。$P_Z P Z_P Z$，$P P Z_P Z$，$Z_P Z P P$。

$Z_P P P Z Z$，$P_Z P Z_P Z$，$Z_P Z P P$。$Z_P P P Z Z$，$P P Z_P Z$，$Z_P Z P P$。

紫竹院漫步（2018年12月6日）

朔风寒气初来扰，驱净雾霾痕。天蓝如染，薄冰似镜，万里无云。

冷天稀客，公园空旷，落叶纷纷。高枝留雀，孤亭简傲，抖擞精神。

81. 三字令（双调48字）

$P Z Z$，$Z P P$，$Z P P$。$P Z Z$，$Z P P$。$Z P P$，$P Z Z$，$Z P P$。

$P Z Z$，$Z P P$，$Z P P$。$P Z Z$，$Z P P$。$Z P P$，

ＰＺＺ，ＺＰ**Ｐ**。

2019年京城第二场雪（2019年12月16日）

冬至未，雪趋迎，正飘零。天漫漫，地濛濛。撒银花，抛玉叶，最传情。

抬腿重，迈足轻，沐寒风。精气爽，脑筋灵。秉云心，享乐事，度人生。

82. 摊破浣溪沙（又名"山花子"，双调48字）

Ｚ_ＰＺ Ｐ Ｐ Ｚ Ｚ **Ｐ**，Ｐ_ＺＰ Ｐ_Ｚ Ｚ Ｚ **Ｐ**。Ｚ_ＰＺ Ｐ_Ｚ Ｐ Ｚ Ｐ_ＺＺ，ＺＰ**Ｐ**。

Ｚ_ＰＺ Ｐ_Ｚ Ｐ Ｐ Ｚ Ｚ，Ｐ_ＺＰ Ｚ_Ｐ Ｚ Ｚ Ｐ **Ｐ**。Ｚ_ＰＺ Ｐ_Ｚ Ｐ ＰＺＺ，ＺＰ**Ｐ**。

晚云（2017年4月12日）

傍晚蓝天净澈空，白绵团簇越仙宫。正欲随风任缥缈，上元穹。

小小丹桃花旺茂，纤纤绿柳叶葱茏。夕照残霞生暮碧，看云红。

长沙（2015年9月14日）

自古湘江向北流，涟漪掀动楚波愁。临暮云低淡天黯，晚霞秋。

岳麓书香千里送，白沙水好万人谋。橘子洲头空怅憾，欲何求？

83. 桃源忆故人（又名“桃园忆故人”“虞美人影”，双调48字）

P_Z P Z_P Z P_Z P **Z**，Z_P Z P_Z P Z_P **Z**。Z_P Z P_Z P Z_P **Z**，Z_P Z P P **Z**。

P_Z P Z_P Z P P **Z**，Z_P Z P_Z P Z_P **Z**。Z_P Z P_Z P Z_P **Z**，Z_P Z P P **Z**。

秋日赏石榴（2023年10月6日）

秋光流淌石榴耀，妄口龇牙乐笑。满腹珍珠至宝，玉露金风好。

佛心弥勒如乌照，看破红尘万道。俗世缤纷冗闹，多是因饥饱。

秋歌（2015年9月8日）

天行白露秋时皞，海阔云蒸日曜。两袖清风更俏，步履轻盈绕。

沉酣梦醒晨光好，身在滨城破晓。气爽人和有报，五谷丰登兆。

84. 乌夜啼（双调48字，格二）

Z_P Z P_Z P Z_P Z，P_Z P Z_P Z P **P**。P_Z P_Z Z_P Z P P_Z Z，Z_P Z Z P **P**。

$\underline{ZZPPZZ}$，PPZZP**P**。P$_z$P$_z$Z$_p$Z$_p$PP$_z$Z，Z$_p$ZZP**P**。

春（2023年3月27日）

正遇山花烂漫，悠闲举步河旁。幽幽小径逍遥遍，停履嗅芬芳。

试问何来煦暖？东君正弄云光。千丝万缕倾相纺，织就作春装。

85.武陵春（双调48字，格一）

Z$_p$ZPPPZZ，Z$_p$ZZP**P**。Z$_p$ZPPPZZ**P**，Z$_p$ZZP**P**。

PPZ$_p$ZPPZ，Z$_p$ZZP**P**。Z$_p$ZPPPZZ**P**，Z$_p$ZZP**P**。

小月河初春（2023年2月27日）

遍野东风吹水暖，草木正欣欣。数点花黄报早春，映入小河深。

东君染笔书天外，泼墨绘雕云。万紫千红尚未临，柳岸已茵茵。

86.武陵春（双调48字，格二）

Z$_p$ZP$_z$PPZZ，Z$_p$ZZP**P**。Z$_p$ZPPZ$_p$Z**P**，Z$_p$ZZP**P**。

Z_PZPPP_ZZZ，Z_PZZP。$Z_PZPPZZP$，
Z_PZZP。

秋雨中（2015年11月5日）

云水绵绵风更冷，小径且徐行。落叶秋魂作五声，重彩染幽亭。

天使花残仍怒放，一岸菱芦蓬。自立桥头望半空，放眼亦无晴。

87. 眼儿媚（又名"小阑干""东风寒""秋波媚"，双调48字）

P_ZPZ_PZZP，Z_PZZP。P_ZPZ_PZ，P_ZPZ_PZ，Z_PZPP。

P_ZPZ_PZZPZ，Z_PZZP。P_ZPZ_PZ，P_ZPZ_PZ，Z_PZPP。

北海公园休闲（2023年10月11日）

公园北海意情稠，白塔亮金秋。清波潋滟，小船摇荡，渊底鱼游。

人生若梦醒如醉，且作万千休。野鸭飞渡，鸳鸯戏水，玄鸟调喉。

冬日（2015年12月24日）

天寒倍感太阳亲，日照愈温馨。休光四体，清风两袖，

信步轻匀。

披光小月河边走，峭冷壮闲身。枯枝挂叶，衰蓬败柳，翠柏深根。

88.河渎神（双调49字）

$Z_pZZP\mathbf{P}$，$P_zZ_pP_zZ_pP_zZ_p\mathbf{P}$。$Z_pPP_zZZ\mathbf{P}$，$Z_pP_zP_zZ_pP_z\mathbf{P}$。

$P_zZ_pZ_pP_zZP_zZ_p\mathbf{Z}$，$Z_pP_zPZP_zP_z\mathbf{Z}$。$P_zZ Z_pPP_z\mathbf{Z}$，$Z_pPPZPZ\mathbf{Z}$。

元旦赋（2021年1月1日）

又是过新年，世人休历公元。而今停履更无前，居家规避新冠。

天上无云晴万里，枯枝摇曳风起。严冷不摧养志，随心求欲专意。

雪后（2017年2月22日）

春已近瑶京，冬絮纷飞欲停。雪侵遍野润新生，兆丰年好收成。

信步白绵铺旧陌，听几多闲游客。草绿地平人过，看绒团正飘落。

89.贺圣朝（双调49字）

$P_zPZ_pZP_zZ_p P\mathbf{Z}$，$ZP_zZ_pPP\mathbf{Z}$。$PP Z_pZZPP$，

ＺＺ_PＰＰＺ。

ＰＰＰＺ，Ｐ_ZＰＺ_PＺ，ＺＰＰＰ_ZＺ。Ｐ_ZＰＺ_PＺＺＰＰ，ＺＰ_ZＰＰＺ。

小月河桃花（2017年4月6日）

新桃四色花千树，欲将春留住。微风掠过肆芳来，引惹千蜂舞。

皇城三月，繁英满目，任游人云步。午时行履蹑浮轻，赏韶光无度。

90.画堂春（双调49字，格二）

ＰＰＺ_PＺＺＰＰ，Ｚ_PＰＰＺＰＰ。ＺＰＰＺＺＰＰ，Ｚ_PＺＺＰＰ。

ＰＺＺＰＰＺ，ＺＰＰＺＰＰ。ＺＰＺＺＺＰＰ，ＰＺＺＰＰ。

入仲秋（2015年9月13日）

晨光醒梦懒梳头，晴窗凉影斜修。朔风侵壁曳帘钩，凛气满书楼。

厅里吐华香溢，院中吟鸟唧啾。切忧[1]更甚在清秋，心静起乡愁。

---

1 切忧：近忧。

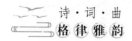
91. 柳梢青（又名"陇头月"，双调49字，格一）

Z_pZ P **P**，P_zP Z_pZ，Z_pZ P **P**。Z_pZ P P，P_zP Z_pZ，P_zZ P **P**。

P_zP Z_pZ P **P**。Z_pZ_pZ、P P Z **P**。Z_pZ P P，P_zP Z_pZ，Z_pZ P **P**。

秋园漫步（2016年10月8日）

元土城宽，纷繁乱色，水静天蓝。郁馥无垠，清风两袖，健步林园。

三秋大美人寰。举目望、云飞彩鸾。暂驻花前，方歇树下，小憩桥边。

92. 柳梢青（又名《陇头月》，双调49字，格二）

Z P P_z**Z**，Z_pP Z_pZ_zZ_p，Z_pP Z_pZ_z**Z**。Z_pZ P Z_pP，Z_pP P P_pZ，Z_pP P **Z**。

P_zP Z_pZ P P，Z_pZ_pZ、P_zP Z_p**Z**。Z_pZ P_zP，P_zP Z_pZ，Z_pP P **Z**。

新年晚会（2020年1月8日）

凛冬严月，酷寒袭面，大千寰界。顺义农郊，春晖园里，鼓声深烈。

新朋老友圆桌，正会叙、丹情不灭。海阔天空，江南塞北，举杯今夜。

93. 太常引（又名"太清引""腊前梅"，双调 49 字）

P $_Z$ P Z $_P$ Z Z P **P**，Z $_P$ Z Z P **P**。Z $_P$ Z Z P **P**，Z $_P$
P $_Z$ Z、P P Z **P**。

P $_Z$ P Z $_P$ Z，P $_Z$ P Z $_P$ Z，Z $_P$ Z Z P **P**。Z $_P$ Z Z P **P**，
Z $_P$ Z $_P$ Z、P P Z **P**。

观紫薇随想（2015年7月8日）

冰肌玉骨送清凉，园谧圃馀香。春逝百花殇，问盛夏、
能留几芳？

茫茫人海，芸芸万物，念世事无常。看士宦争强，且
不论、输赢寇王。

94. 武陵春（双调 49 字，格三）

Z $_P$ Z P $_Z$ P P Z Z，Z $_P$ Z Z P **P**。Z $_P$ Z P P Z Z **P**。
Z $_P$ Z Z P **P**。

Z $_P$ Z P $_Z$ P P Z Z，Z $_P$ Z Z P **P**。Z $_P$ Z P P Z Z **P**，
Z $_P$ Z Z、Z P **P**。

银川冬暮（2017年12月19日）

衰草苍茫无尽境，倦路伴寒侵。玉树临风客鹜新，万
里卷残云。

塞北尤知冬日冷，暮色照千村。白絮如茵鸟错纷，天
际处、落飞金。

95. 忆馀杭（双调 49 字）

P Z P P，Z_P Z P P P_Z Z_P Z，P_Z P Z_P Z Z P **P**。
Z_P Z Z P **P**。

P_Z P Z_P Z P P **Z**，Z_P Z P_Z P Z P_Z **Z**。Z P P_Z Z
Z P **P**，Z_P Z Z P **P**。

颐和园夏游（2017年7月28日）

休夏偷闲，旧友颐和园赏景，天公作美暑伏凋。游伴
俱清超。

水低湖阔荷花艳，岸柳影飘苇成片。拱桥白色孔十七，
倒映隐云枝。

96. 滴滴金（双调 50 字）

P_Z P Z P_P Z P_Z P **Z**，P_Z P Z_Z Z_P、Z P **Z**。P_Z P_Z
P_Z Z_P Z P_Z P，Z_P P Z_P P **Z**。

P_Z P Z_Z Z_P Z_P P P Z_Z **Z**，P_Z P Z_P、Z P **Z**。Z_P P_Z
P P_Z Z P P，Z Z_P P P **Z**。

初识菊花桃（2020年4月9日）

幽芬嫩翠休光紫，衬河水、黛漪起。万朵菊花乱桃枝，
冷香无知己。

蜿蜒小径今犹记，悠闲走、漫追忆。彳亍丛芳觅诗思，
却把雕阑倚。

97. 荷叶杯（双调50字）

Z Z Z$_P$ P P Z，P Z，P Z Z P P。Z$_P$ P P Z Z P P，P$_Z$ Z Z P P。

Z$_P$ Z Z P P Z，P Z，P$_Z$ Z Z P P。P$_Z$ P P Z Z P，P Z Z P P。

咏鹅掌楸花（2020年4月30日）

日丽风和如画，惊诧，琼树正春妆。绿花枝上郁金香，马褂木妍芳。

楸树借名鹅掌，吟响，叶茂隐仪容。金边黄蕊翠玲珑，何似在天宫？

98. 梁州令（又名《凉州令》，双调50字）

Z Z P P Z，Z Z P P P Z。P P Z Z Z P P，P P Z Z P P Z。

P P Z$_P$ Z P P Z，Z Z P P Z。P P Z Z P Z，P P Z Z P P Z。

西安秋叶（2017年11月13日）

一阵飞蝶乱，秋叶飘零活现。金黄媲美绛深红，犹如梦景多迷幻。

西安自古文明诞，历代皇基炫。而今我欲争艳，云心傲视君王面。

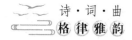

99. 留春令（双调50字）

Z P P Z，Z P P_Z Z，Z_P P P **Z**。Z Z P P Z P P，

Z Z_P Z、P P **Z**。

Z Z P P P Z_P **Z**，Z Z_P P P **Z**。Z_P Z P P Z P P，

Z P_Z Z、P P **Z**。

小区深秋景（2017年11月11日）

日光明曜，劲风萧瑟，叶魂轻舞。彳亍秋园看云天，

惬意起、神无主。

盖柿枝头灰鹊仁，满树秋梨俯。月季花开不多时，忍

冬艳、情专固。

100. 少年游（又名《玉蜡梅枝》，双调50字，格一）

P_Z P Z_P Z Z P **P**，Z_P Z Z P **P**。P_Z P Z_P Z_P Z_P，

P_Z P Z_P Z，Z_P Z Z P **P**。

P_Z P Z_P Z_P Z_P P P Z_Z Z，Z_P Z Z P **P**。Z_P Z P P Z_P Z_Z，

Z_P P P Z_Z，Z_P Z Z P **P**。

小月河公园冬雪（2015年11月23日）

冬来有意絮飞扬，一夜舞霓狂。昨逢云蔽，今经雪霁，

园小裹银装。

松枝压雪棉桃俏，月季染微霜。彩柳低垂，叶随风落，

铺满地阳光。

101. 偷声木兰花（双调50字）

$P_Z P Z_P Z P P Z$，$Z_P Z P P P Z Z$。$Z_P Z P P$，
$Z Z P P Z Z P$。

$P P Z_P Z P P Z$，$Z_P Z P_Z P P Z Z$。$Z_P Z P P$，
$Z_P Z P_Z P Z_P Z P$。

紫荆（2017年4月16日）

天蓝水碧多风物，娇丽芳园花满目。蝶舞蜂争，大好
晨光看紫荆。

团团簇簇纤枝聚，不忍悄悄春欲去。芬馥偷侵，坐享
壶天遍地馨。

102. 西江月（又名"江月令""步虚词"，双调50字）

$Z_P Z P_Z P Z_P Z$，$P_Z P Z_P Z P P$。$P_Z P Z_P Z Z$
$P P$，$Z_P Z P_Z P Z_P Z$（叶）。

$Z_P Z P_Z P Z_P Z$，$P_Z P Z_P Z P P$。$P_Z P Z_P Z Z$
$P P$，$Z_P Z P_Z P Z_P Z$（叶）。

过乌兰布统[1]草原（2021年7月23日）

举踵三回极眺，驱车百里宽闲。乌兰布统大川原，夏
景斑斓世幻。

1　乌兰布统：指乌兰布统景区，位于内蒙古自治区赤峰市克什克腾旗西南部。

遍地葱茏翠绿，漫天云卷柔蓝。诗情画意更无前，最是仙凡莫辨。

小月河初春（2015年3月19日）

暖意侵身陌上，清风拂面河边。双鸭戏水闹春欢，激起涟漪潋滟。

喜鹊刚飞树顶，新苞正吐花前。银花一树蔽云天，又见金枝灿熳。

甲午赋（2014年1月30日，癸巳年腊月三十）

怅恍刚逢甲午，悠然又过一年。千村百邑尽聚欢，更有清平欲现。

闪闪烟花映夜，绵绵响爆喧天。前程似锦享江山，且待春光无限。

咏李（2007年6月12日）

素权素花素叶，无求无念无声。风吹雨打不移情，便有根深果盛。

纵使红桃滚滚，但惜绿李盈盈。天生雅淡去凡庸，万木从中婉静。

103. 惜分飞（双调50字）

Z$_P$ Z Z P P P Z$_P$ Z，Z$_P$ Z Z Z$_P$ P P Z Z。Z$_P$ Z Z P P Z，Z P P Z Z P P Z。

Z_PZ_PP_ZP_ZPZ_P**Z**，Z_PZP_ZPZ_P**Z**。P_ZZP
P**Z**，ZPZ_PZPP**Z**。

春到昆玉河（2019年3月11日）

两岸迎春花任放，碧水蓝天俊上。弱柳长丝荡，挺杨
抽絮增威壮。

昆玉河清波澹漾，古塔千年一向。念万方高亢，泛舟
行水人丁壮。

咏枯荷（2018年10月20日）

尖角淤泥春日借，盛夏花开对月。一任深秋谢，半塘
凋落怜枯叶。

莫道身衰魂魄灭，早已留根待蘖。四季轮回越，静迎
池满荷香阙。

104. 烛影摇红（又名"忆故人"，双调50字）

ZZPPZZ**P**，ZZP、PPZ。PPPZZPP，
PZPP**Z**。

PZPPZ**Z**，ZPP、PPZ**Z**。ZPPZ，ZZ
PP，PPP**Z**。

延吉夏夜（2017年8月17日）

夏日延吉好取凉，夜色轻、微风爽。霓虹灯照彩云桥，
流水波光漾。

偕友河边散逛，顿然间、人稀地广。满街楼宇，过客如星，云歌嘹朗。

105.秋夜雨（双调51字）

PPZZPPZ，PPP_ZZPZ。Z_PPPZZ，ZZ、PPPZ。

PPZ_PZPPZ，ZZP、PZPZ。P_ZZPZZ，Z_PZZ、Z_PPPZ。

本意（2023年9月9日）

秋声夜雨听白露，滴滴点点如诉。隔窗传妙语，有道是、驱除馀暑。

残花败柳经时润，便再兴、优雅风度。青髪难永驻。终会老、善怀朝暮。

游览观复博物馆（2018年1月4日）

天临腊月寒风峭，京城如落冰窖。闲来观复馆，访探古、人生情调。

陶瓷艺术今通汉，看木雕、惟妙惟肖。字画传诡道[1]，且更有、群猫谐闹。

1　诡道：诡诈的方式。

106. 少年游（又名"玉蜡梅枝"，双调51字，格二）

P P Z~p~Z，P P Z~p~Z，Z~p~Z Z P **P**。Z Z P P，Z~p~P P Z，Z~p~Z Z P **P**。

P P Z~p~Z P P Z，P Z Z P **P**。Z~p~Z P P，P P Z~p~Z，Z~p~Z Z P **P**。

观友谊医院病房童画有感（2020年6月12日）

童言无忌，冰魂素魄，捉笔画心思。世界斑斓，彩云流水，多彩更相知。

天真烂漫描花草，何处不堪迷？老道成人，争如孩稚，谋算互相欺？

107. 燕归梁（又名"醉红妆"，双调51字，格一）

Z Z P P Z Z **P**，Z Z Z P **P**。P~z~P Z~p~Z Z P **P**，Z Z~p~Z~p~、Z P **P**。

P~z~P Z~p~Z P P Z，Z~p~P Z~z~Z、Z P **P**。P~z~P Z~p~Z Z P **P**，Z Z~p~Z~p~、Z P **P**。

咏梅（2023年3月24日）

二月春风爱献花，海角到天涯。乌阳一盏照芬葩，洒芳馥、醉千家。

飘摇百里归寒地，香魂散、枕丹霞。馀留幻影念修姱，化泥土、入尘沙。

108. 越江吟（又名"瑶池宴""瑶池宴令""宴瑶池""燕瑶池"，双调51字）

P P P Z，P P Z。Z Z，Z P P Z P Z，P P Z。P P Z Z，P P Z。

Z P P、P Z_PP Z，Z_PP Z。P P Z_PP Z_ZP Z。P P Z，P P Z Z，P P Z。

小月河公园深秋（2017年11月15日）

蓝天宁湛，风声断。惮漫，趁身闲罢馀饭，行河岸。秋深景焕，人人恋。

叶飘零、七彩明灿，乱人眼。尘途月季孤艳。幽亭现，依阑闭眼，心如愿。

109. 南歌子（又名"南柯子""春宵曲""风蝶令"，双调52字，格三）

<u>Z_PZ P P_ZZ，P P Z_PZ P</u>。P_ZP Z P_PZ Z P P。Z_PZ P_ZP Z_PZ、Z P P。

<u>Z_PZ P P Z，P P Z Z P</u>。P_ZP Z P_PZ Z P P。Z P_ZP Z_PZ、Z P P。

小暑日作（2021年7月7日）

小暑今刚启，三时恰正阑。朝晖宿露满晨间。小径寻幽自赏、悯花残。

作画无才巧，吟诗乃自然。茶馀饭后自安闲。任把光阴虚度、似神仙。

端午节感怀（2018年6月18日，戊戌年五月初五）

五月端阳早，三天式假[1]恒。浮光掠影夏来风。多少人家艾草、挂门庭？

戏水龙舟快，扬波玉棹轻。飘香楚粽祭诗灵。江水汨罗千载、颂遗名[2]。

110. 品令（双调52字，格一）

ZZ_PZ，P_ZP_ZZ，Z_PZPPP_ZZ。P_ZPZ_P、$Z_PZP_ZP_ZZ$，ZZ_PZ_P、Z_PZ_PZ。

$Z_PZ_PPZ_PZ$，$ZZPPP_ZZ$。$Z_PZ_PPZ_P$、$P_Z$$ZPZ_PZ$，$ZP_ZP_Z$、$Z_PZ_PZ$。

三里河公园秋游（2020年9月4日）

悦秋丽，人闲步，早起增添凉意。风微搅、静水摇云影，却更像、圣境赐。

满目红红绿绿，卉木妍芳芬蕊。又怎知、三里河此景，似江南、待缅忆。

1　式假：古代官员的一种例假，这里指国家规定的端午节假期。

2　遗名：垂留后世的名声，这里指屈原。

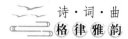

111. 青门引（双调52字）

Z_P Z P P **Z**，P Z Z_P P P **Z**。P_Z P Z Z Z P P，P_Z P Z_P Z，Z Z P_Z P **Z**。

P_Z P Z Z P P **Z**，Z Z P P **Z**。Z_P P Z Z P **Z**，Z P Z Z P P **Z**。

年会曲终人散（2020年1月9日）

夜宿京郊地，晨早醒来梳洗。茶馀饭后置闲身，迎风举步，享彻朗休气[1]。

张灯挂彩生晖丽，更有云天碧。众行聚罢当散，下心不舍留馀意。

112. 思远人（双调52字）

P Z P P P Z Z，P Z Z P **Z**。Z P P Z Z，P P P **Z**，P Z Z P **Z**。

Z P Z Z P P **Z**，Z Z Z P **Z**。Z Z Z Z P，Z P P **Z**，P P Z P **Z**。

滇池赏鸥（2017年11月29日）

疑是争春花早绽，葱郁满千树。赏昆明秀色，听风临海，轻履彩云路。

---

1 休气：祥瑞之气。

九天旷远滇池客，一任乱鸥渡。不问水浅深，一心偏记，来时欲归处。

113. 探春令（又名"探春""景龙灯"，双调52字）

Z_P P P_Z Z Z_P P P，Z P P P_Z Z。Z Z_P P、Z_P Z P P Z。Z P_Z Z、P P Z。

P_Z P Z_P Z P P Z，Z Z_P P_Z P_Z Z。Z Z_P P、Z_P Z P P Z，Z P_Z Z、P P Z。

友谊通州院区出院（2020年6月22日）

夏期昨日最悠长，欲今归家去。十三天、友谊通州寓。有妙手、三神聚。

命光纷感多难叙，最是如冥趣。纵然间、却感身无病，正盈目、葱茏绿。

114. 望江东（双调52字）

P Z P P Z P Z，Z Z_P Z、P P Z。P_Z P Z_P Z Z P Z，Z Z Z、P P Z。

P P Z Z P P Z，Z Z P Z、P P Z。P Z P Z P Z Z P Z，Z Z P Z、P P Z。

秋实（2016年9月24日）

暇日偷闲步宅院，步道逸、眉舒展。山楂红透叶青浅，小径短、石榴粲。

扶桑自晓来时短，正苦抢、争秋炫。海棠黄果惹人恋，最佳景、菊花艳。

115. 燕归梁（又名"醉红妆"，双调52字，格二）

Z_PZ P P Z_PZ **P**，P_ZP Z Z、Z P **P**。Z P P Z_ZZ P **P**，Z Z_PZ_P、Z P **P**。

P P Z Z P P Z，P_ZP Z Z、Z P **P**。Z P Z Z Z P **P**，Z Z_PZ_P、Z P **P**。

游览长春净月潭（2015年8月10日）

仙境长春净月潭，天堂画、落人间。萋萋芳草绿无边，挺木密、碧空蓝。

荷花俏媚白云淡，波光闪、彩蝶翩。炫奇总在异乡间，梦幻景、醉心田。

116. 醉花阴（双调52字）

Z_PZ_PP_ZP_ZP Z_P**Z**，Z_PZ_PP P Z_Z**Z**。P_ZZ Z P P，Z_PZ P P，Z_PZ P P **Z**。

P_ZP Z Z_PZ P P **Z**，Z_PZ P P **Z**。P_ZZ Z P P，Z_PZ P P，Z_PZ P P **Z**。

秋雨飞虹（2021年8月26日）

万里长空晴未久，弄水堆云骤。斜雨正如泼，路上佳人，举伞裙衫透。

蓝天总在云开后，恰似霓裳绣。七彩曜新阳，架起虹桥，欲往天宫奏。

季秋（2015年11月3日）

柳浪秋风天幕迴，日弄婆娑影。小径立松疏，月季残红，自叹哀容剩。

喳喳喜鹊鸣枝逞，小月河边静。芦苇尽凋枯，色彩斑斓，幻景出银杏。

117. 上林春令（双调53字）

ＰＺＰＰＰＺ，ＺＺＺ、ＰＰＺｐＺ。Ｚｐ ＰＰＺｚ ＺＰＰ，Ｐｚ ＺＺ、ＺＰＺ Ｚ。

Ｐｚ ＰＺＺＰｚ Ｐｚ Ｚ。ＺＺｐ Ｚ、Ｚｐ ＰＰＺ。Ｐｚ ＰＺ ＺＰＰ，Ｚｐ ＰＰｚ、ＺＰＰＺ。

莲花池观荷（2020年7月14日）

中夏莲花池浅，映翠柳、凌波溢满。轻荷万朵馀娇，出止水、百千傲岸。

坤灵自有群芳艳。普天下、争先开遍。安根且待秋实，藕丝里、寄情舒愿。

118. 金错刀（又名"醉瑶瑟""君来路"，双调54字）

Ｐｚ Ｚｐ Ｚｐ，ＺＰＰ，ＰＰＰＺＺｐ ＰＰ。Ｐｚ ＰＺＺ ＰＰＺ，ＰＺＰＰＺＺ Ｐ。

P Z Z，Z P **P**，P P Z ₚ Z Z ₚ P **P**。Z ₚ P Z ₚ Z P
P Z，P z Z P P Z Z **P**。

杂感（2015年9月14日）

天下事，世间情，人来人往自由行。千姿百态多容采，
虚幻无常寡义风。

心坦荡，气中庸，平平淡淡最优轻。为官纵使门楣耀，
怎比诗书载美名？

119. 浪淘沙（又名"卖花声""过龙门""曲人冥"，双调 54 字）

P z Z Z P **P**，Z ₚ Z P **P**。P z P Z ₚ Z Z P **P**。Z ₚ
Z P z P P Z Z，Z ₚ Z P **P**。

P z Z Z P **P**，Z ₚ Z P **P**。P z P Z ₚ Z Z P **P**。Z ₚ
Z P z P P Z Z，Z ₚ Z P **P**。

天公生日之雪（2020年2月2日，庚子年正月初九）

瑞雪兆丰年，蝶舞翩翩。晨曦唤醒曳栊帘。草木银装
光炫目，玉帝擎天。

步履愈蹒跚，小径银滩。竹林百鸟正鸣欢。莫羡人间
烟火旺，萁豆相煎[1]。

---

1 萁豆相煎：借喻曹植七步诗"煮豆持作羹，漉菽以为汁。萁在釜下燃，豆在釜中泣。本
自同根生，相煎何太急？"

江际春日（2015年4月11日）

碧水绕丰田，一望无边。轻风染翰锦江山。麦绿花黄今又是，蹑屣乡间。

借取艳阳天，半日偷闲。抒情叙意醉心泉。挚友相逢春意里，把酒言欢。

120. 恋绣衾（又名"泪珠弹"，双调54字）

$P_z P_z P Z_p Z_p Z_p \textbf{P}$，$Z P_z P_z$、$P Z_p Z \textbf{P}$。$Z_p Z_p Z_p$、$P P Z$，$Z P_z P$、$P Z Z \textbf{P}$。

$P_z P_z P Z P P Z$，$Z P_z P$、$P_z Z Z \textbf{P}$。$Z Z Z_p$、$P P Z$，$Z P P_z$、$P_z Z Z \textbf{P}$。

小区冬晴（2022年12月13日）

晴空千里万道光，纵隆冬、仍有暖阳。看树鸟、翕张落，戏云枝、鸣几唱腔。

轻风不暖寒流静，寂寥天、绵亘久长。举目望、枝头果，念尘寰、多少渺茫？

重阳作（2021年10月14日，辛丑年九月初九）

重阳高处好俯临，看黄花、颜色浅深。九月九、秋光曜，笑寒蝉、攀树哑喑。

天荒地老人巡历，万黎民、怀敬老心。父母健、家犹在，趁还能、仁孝尽身。

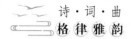
121. 忆江南（又名"望江南""梦江南""江南好"，双调54字）

P P $_Z$ Z，P $_Z$ Z Z P **P**。Z $_P$ Z P $_Z$ P P Z Z，P $_Z$ P Z $_P$ Z Z P **P**。P Z Z P **P**。

P Z $_P$ Z，Z $_P$ Z Z P **P**。Z $_P$ Z P $_Z$ P P Z Z，P $_Z$ P Z $_P$ Z Z P **P**。P Z Z P **P**。

咏戴胜鸟（2020年2月13日）

云天暗，树影路人稀。俯首无心陪草醒，抬头有意伴莺啼。戴胜鸟登枝。

头顶扇，妩媚展花衣。嫵婉娇娆轻雾罩，姣妍姽婳彩云披。不晓哪家妮。

122. 河传（又名"庆同天""月照梨花"，双调55字）

P **Z**，P **Z**。Z P **P**。P $_Z$ Z P $_Z$ P $_Z$ Z $_P$ **P**。Z $_P$ P $_Z$ P $_Z$ P $_Z$ Z **P**。P **P**，Z $_P$ P P Z **P**。

Z $_P$ Z P P $_Z$ P $_Z$ Z $_P$ **Z**，P Z **Z**。P Z P $_Z$ P **Z**。Z P **P**，P $_Z$ Z **P**。Z **P**，Z $_P$ P P Z **P**。

游地坛公园（2020年6月4日）

文柏，馀采。入云天。明代根四百年。修身养性人赋闲。地坛，帝王神拜园。

朗日晴天增游兴，寻僻静。吟鸟不朝凤。拜方泽，修业德。树遮，绿荫凉意多。

123. 杏花天（双调55字）

P$_Z$P$_Z$Z$_P$Z$_P$PP$_Z$**Z**，Z$_P$Z$_P$Z$_P$、P$_Z$P**Z**$_P$**Z**。P$_Z$
P**Z**$_P$ZPP**Z**，PZP$_Z$PZ$_P$**Z**。

P$_Z$Z$_P$**Z**、P$_Z$PZ$_P$**Z**。Z$_P$Z$_P$Z$_P$、P$_Z$P**Z**$_P$**Z**。
P$_Z$P$_Z$Z$_P$Z$_P$PP$_Z$**Z**。Z$_P$ZP$_Z$PZ$_P$**Z**。

清明（2023年4月5日）

清明最是花枝乱，愈娇媚、争奇鬥艳。游蜂采蜜飞
旋遍，留下浮踪千万。

春风过、舒和燠暖。大地醒、迎来归燕。农夫勠力馀
粮愿。田事耕牛再现。

小暑日游小月河（2020年7月6日）

时逢小暑天如烤，跨浅径、红桥凭眺。天蓝水碧乌
阳曜，云步柳烟岸道。

松柏翠、夏花碧草。翅翕动、蜂鸣蝶绕。忻然几对寻
欢鸟。旖旎风光独好。

124. 一七令（单调55字）

P。Z$_P$Z，PP。PZ$_P$Z，ZP**P**。PZ$_P$P$_Z$Z，
Z$_P$P$_Z$Z$_P$**P**。Z$_P$PPPZZ，P$_Z$ZZP**P**。P$_Z$ZZ
PZ$_P$Z，Z$_P$PP$_Z$ZP**P**。Z$_P$PP$_Z$PZ$_Z$P$_Z$PP$_Z$Z，

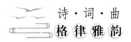
$Z_PZ_PP_ZP_ZZZ_PP$。

元旦赋（2017年1月1日）

辞。二九，一七。除旧岁，创新机。寒风凛冽，白雪柔习。看红尘滚滚，听古刹咿咿。天下事多可判，人间情最难知。烹茶喝尽茶香散，煮酒饮馨酒气弥。

长春南湖公园（2015年8月11日）

湖。谧静，平伏。镶作画，嵌明珠。花锦似绘，叶新如涂。冰心白桦挺，傲骨绿荷孤。水面清漪闪烁，天空云卷飘忽。到后知长春更美，来前料异处犹如。

125.鹧鸪天（又名"思佳客""思越人""剪朝霞"，双调55字）

$Z_PZ_PP_ZP_ZZ_PZ_PP$，P_ZPZ_PZZPP。P_ZPZ_P ZP_ZPZ，Z_PZPPZ_PZP。

P_ZZZ，ZPP，P_ZPZ_PZZPP。P_ZPZ_PZ PPZ，Z_PZPPZ_PZP。

集安小驻（2023年8月16日）

清风拂面夏成秋，乡关避暑始回头。皇都酷暑应还在，北朔清凉已过犹。

晨日曜，晚星稠，辑安尺水亦东流。归途畅饮边城水，旖旎风光醉不休。

小月河公园漫步（2015年5月14日）

气爽风轻醉暖阳，天蓝草绿鸟声长。青桃已有花馀在，绿杏初成叶柄藏。

春色晟，夏晖煌，情深意切盼秋香。将心愿化蝴蝶梦，再看冬时换素装。

126. 南乡子（双调56字）

$Z_PZZP\mathbf{P}$，$Z_PZPPZZ\mathbf{P}$。Z_PZP_ZPPZZ，$P\mathbf{P}$，$Z_PZPPZ_PZ\mathbf{P}$。

$Z_PZZP\mathbf{P}$，$Z_PZPPZZ\mathbf{P}$。Z_PZP_ZPPZZ，$P\mathbf{P}$，$Z_PZPPZ_PZ\mathbf{P}$。

端午节随感（2020年6月25日，庚子年五月初五）

热浪卷栊帘，端午迟来待暮烟。四月成双春已逝，姗姗，万户千家艾叶鲜。

又是半阴天，小径石阶碧草连。更有粽香飘四溢，欢欢，调首回家享一甘。

127. 鹊桥仙（又名"鹊桥仙令""忆人人""广寒秋"，双调56字）

<u>P_ZPZ_PZ，P_ZPZ_PZ</u>，$Z_PZP_ZPZ_P\mathbf{Z}$。$P_ZP$$Z_PZZPP$，$Z_PZ_PZ$、$P_ZPZ_P\mathbf{Z}$。

<u>P_ZPZ_PZ，P_ZPZ_PZ</u>，$Z_PZP_ZPZ_P\mathbf{Z}$。P_ZP

Z_PZZPP，Z_PZ_PZ、P_ZPZ_P**Z**。

昨日黄花（2016年5月29日）

天高九纬，地平一线，气爽风清依旧。皇城正午艳阳骄，举碎步、房前屋后。

红芳今早，黄花昨日，焉可馥芬恒有？盛开亦是败衰时，怎永葆、年华豆蔻？

128. 瑞鹧鸪（又名"舞春风"，双调56字）

P_ZPZ_PZZP**P**，Z_PZPPZZ**P**。ZZP_ZPP

ZZ，P_ZPZ_PZ·ZP**P**。

P_ZPZ_PZPPZ，Z_PZPPZZ**P**。Z_PZP_ZP

PZZ，P_ZPZ_PZZP**P**。

长春初秋吟（2021年8月8日）

长春七月暑徘徊，曲径蜿蜒绕第宅。热浪悄然消遁去，凉风清寂奉呈来。

有心夏末听秋韵，无意秋初待夏衰。歌赋诗词轻逸诵，闲人自乐不登台。

129. 夜行船（又名"明月棹孤舟"，双调56字）

Z_PZPPPZ**Z**。Z_PPPZ、ZPPZ_Z**Z**。ZZPP，

P_ZPZ_PZ，Z_PZZ_PPPZ**Z**。

Z_PZ_PP_ZPPZ_P**Z**。ZPPZ、ZPPZ_Z**Z**。Z_PZ

$P P, P_Z P P_Z Z, Z_P Z Z P P Z$。

上巳节小月河游春（2020年3月26日，庚子年三月初三）

彳亍河边心欲醉。嗅幽馨、透鼻甘味。岸柳新黄，堤杨初绿，养静青松枝翠。

人面桃花争俏媚。闪游蜂、往旋香蕊。止水天长，浮云地久，春景把诗描绘。

130.虞美人（又名"玉壶冰""忆柳曲"，双调56字）

$P_Z P Z_P Z P P Z, Z_P Z P P Z。P_Z P Z_P Z Z P P,$
$Z_P Z Z_P P P_Z Z、Z P P。$

$P_Z P Z Z P P Z, Z_P Z P P Z。Z_P P P Z Z P P。$
$Z_P Z Z_P P P_Z Z、Z P P。$

自京之楚空中作（2023年8月30日）

江山锦绣长空啸，又见三峡貌。九天云外任逍遥，拜谒玉皇大帝、上凌霄。

白云脚下铺绵路，万里追风速。俯临窗外是尘寰。攘攘熙熙一片、辨仙凡。

处暑阵雨（2015年8月23日）

时逢处暑凉烟聚，过午云生雨。枝摇叶晃任摧折，万里苍穹弄水、落如泼。

晴阴转换蓝天后，一捧新阳露。忽闻鸟唱作何猜，气

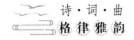

爽风清鸣曲、报秋来。

夜次温州瑶溪王朝大酒店（2015年6月29日）

晨曦敛雾山巅暗，满目蒸腾散。瑶溪尺水逦逶[1]流，奔涌千年一去、不回头。

王朝夜次初憔悴，幸有长酣寐。忽闻晓鸟唱声频，惊扰眠人晨起、看山云。

131. 玉楼春（又名"木兰花"，双调56字，格一）

$Z_PZP_ZPPZ\mathbf{Z}$，$Z_PZZ_PPPZ\mathbf{Z}$。P_ZPPZ ZPP，$Z_PZZ_PPPZ\mathbf{Z}$。

$Z_PZP_ZPPP\mathbf{Z}$，$Z_PZP_ZPPZ\mathbf{Z}$。Z_PPZ_PZ ZPP，$Z_PZP_ZPPZ\mathbf{Z}$。

夏至日作（2023年6月21日）

夜短昼长今至最，酷暑招摇人倦怠。大江南北若蒸笼，逗弄汗流浃老背。

出水芙蓉蛙声沸，翠盖撑天托蓓蕾。蝶蜂盘绕舞轻风，鼓翅于飞寻嫩蕊。

132. 玉楼春（又名"木兰花"，双调56字，格二）

P_ZPZ_PZPPZ，$PZPPPZ\mathbf{Z}$。$ZPPZ_ZZP$

---

1 逦逶：曲折连绵的样子。

P，Z~P~ZP~Z~PPZ**Z**。

P~Z~PZ~P~ZPP**Z**，Z~P~ZP~Z~PPZ**Z**。PPP~Z~Z ZPP，ZZZ~P~PPZ**Z**。

雨霁小区花果（2020年5月31日）

风吹叶摆闲庭院，雨霁新阳光涣烂。千花百果润飘霏，
剔透晶莹同赫焕。

榴花一树争丹艳，苹果刚成人乐见。山楂绿柿紫棠明，
万朵凌霄萱草炫。

闲步遐思（2020年2月18日）

微寒略冷蓝天湛，老树枯枝麻雀乱。纵然春意已追增，
却顾冬心仍未减。

闲身弃置观云淡，小径徘徊怜武汉。人间妖孽正荼毒，
举世征魔无另盼。

133. 芳草渡（双调57字）

P~Z~PZZZZP**P**。PP~Z~Z~P~、Z~P~PP**P**。PPZ~P~Z ZP**P**。PP~Z~Z，P~Z~P~Z~Z，ZP**P**。

P Z~P~Z，ZP**P**。ZPPZP**P**（或PZZ，ZP**P**）。 P~Z~P Z~P~ZZP**P**。PP~Z~Z，P~Z~P~Z~Z，ZP**P**。

并蒂莲（2020年7月17日）

三天过后又来游。莲花池、正丕休。双葩并蒂鬥丰柔。

清晨里，对旭日，若修眸。

称仙子，世无俦。两支合，更娇羞。百年一遇甚难求。因缘好，机遇巧，是丹头。

134. 梅花引（又名"小梅花"，双调57字，格一）

Z_p P **P**，Z P **P**，Z Z P P P Z **P**。Z_p P **P**，Z P **P**，P_z Z Z$_p$ **P**，P P P Z **P**。

P P Z$_p$ Z P P **Z**，P P Z$_p$ Z$_p$ P P P$_z$ **Z**。Z P **P**，Z P **P**，P Z Z P，P$_z$ P Z$_p$ Z$_p$ **P**。

格律咏叹（2022年11月7日）

韵千年，律千年，韵律幽奇经世传。有人欢，有人癫，顿挫抑扬，行云流水间。

而今寡见分平仄，诗词谱式遭冷落。著新书，画新图，承继续延，欲留后人读。

135. 夜游宫（又名"新念别"，双调57字）

Z_p Z P P P **Z**，Z_p P P$_z$ Z、Z_p P P **Z**。Z_p Z P P Z$_p$ Z **Z**。Z_p P P$_z$ P$_z$，Z P P$_z$，P$_z$ Z P$_z$ **Z**。

Z_p Z P P **Z**，Z_p P P$_z$ Z、Z_p P P **Z**。Z_p Z P P P$_z$ Z$_p$ **Z**。Z_p P P$_z$ P$_z$，Z P$_z$ P$_z$，P$_z$ Z P$_z$ **Z**。

十七孔桥金光穿洞（2017年12月8日）

欲晚冬阳自傲，似又见、金台夕照。晖焕十七孔桥曜。

洞鎏金，水冰封，人惯闹。

小径湖边道，举云步、轻盈巡绕。红日西沉弱柳妙。看香阁，赏寒亭，生悦笑。

136. 一斛珠（又名"醉落魄""醉落拓""怨春风"，双调57字）

P$_Z$P Z$_P$Z，P$_Z$P Z$_P$Z P P Z。P$_Z$P Z$_P$Z P P Z，Z$_P$Z P P，Z$_P$Z P$_Z$P Z。

Z$_P$Z$_P$P$_Z$P$_Z$P Z$_P$Z，P$_Z$P Z$_P$Z P P Z。P$_Z$P Z$_P$Z P P Z，Z$_P$Z P P，Z$_P$Z P$_Z$P Z。

咏海棠花（2018年4月16日）

云天送暖，等闲识得东风面。海棠枝杪春光艳，茂木繁英，引惹新蜂乱。

傲骨冰心尘不染，花香直上凌霄殿。嫣红姹紫非妆扮，百媚千娇，一任群芳羡。

137. 东坡引（双调58字）

P$_Z$P$_Z$P Z$_P$Z，P$_Z$P Z$_P$Z P P Z。P P Z$_P$Z P P Z，Z$_P$P P Z Z，Z$_P$P P Z Z（叠前句）。

P$_Z$P Z Z，P$_Z$P Z$_P$Z。Z$_P$Z Z、P P Z。P$_Z$P Z Z P P Z，P$_Z$P P Z$_P$Z，P$_Z$P P Z$_P$Z（叠前句）。

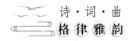

说格律（2021年11月10日）

东学格律雅，歌赋韵音姹。千年百代传佳话，凡人多作诖，凡人多作诖。

闲情逸致，抒思审画。诗有意、词无价。抑扬顿挫行天下，而今需普洽，而今需普洽。

138. 踏莎行（又名"喜朝天""柳长春"，双调58字）

$\underline{Z_p Z P P}$，$P_z P Z_p \mathbf{Z}$，$P_z P Z_z Z P P \mathbf{Z}$。$P_z P$
$Z_p Z Z P P$，$P_z P Z_p Z P P \mathbf{Z}$。

$\underline{Z_p Z P P}$，$P_z P Z_p \mathbf{Z}$，$P_z P Z_z Z P P \mathbf{Z}$。$P_z P$
$Z_p Z Z P P$，$P_z P Z_p Z P P \mathbf{Z}$。

游趵突泉及大明湖（2023年9月18日）

行旅齐州，乐游大邑，趵泉尺水尤修丽。山东好客自传情，大明湖里多佳趣。

阵雨淋淋，秋风细细，易安居士词声谧。千年咏诵率诗坛，文人墨客无相继。

小月河游春（2020年4月14日）

路滚杨花，河漂柳絮，粼粼万道波光趣。横桥碧水对云天，花繁叶茂红黄绿。

有客离分，无人敛聚，游春顿感多优遇。淋漓兴致载诗来，长空晏静终归去。

南昌（2008年4月16日）

赣水穿城，长桥卧虎，原来竟是双猫[1]赌。黑白两个苦争雄，能抓耗子方成主。

峻宇修成，名楼写筑，滕王阁美江东矗。朱耷妙笔写春秋，菊花待放观樟树。

139. 小重山（又名"小冲山""小重山令"，双调58字）

$Z_P Z P P Z_P Z \mathbf{P}$。$Z_P P P Z Z$，$Z P \mathbf{P}$。$P_Z P Z_P$ $Z Z P \mathbf{P}$。$P_Z P_Z Z$，$P_Z Z Z P \mathbf{P}$。

$Z_P Z Z P \mathbf{P}$。$Z_P P P Z Z$，$Z P \mathbf{P}$。$P_Z P Z_P Z Z$ $P \mathbf{P}$。$P P_Z Z$，$P_Z Z Z P \mathbf{P}$。

颐和园赏新荷（2020年5月27日）

碧水涟漪绿藻浮。芙蕖伸嫩角，戏龙珠。蜻蜓点水绕荷芜。休光照，一卷美丹图。

官柳绕明湖。睡莲争早放，正丹姝。妍芳尚待再之如。菡萏笑，应在夏中出。

140. 杏花天影（双调58字）

$Z_P P P Z P P \mathbf{Z}$。$Z P Z$、$P P Z \mathbf{Z}$。$Z P P Z Z P$ P，$Z \mathbf{Z}$，$Z P P$、$Z Z \mathbf{Z}$。

---

1 双猫：南昌大桥有二猫雕塑，一黑一白。

ＰＰＺ，ＰＰＺＺ。ＺＰＺ、Ｚ_PＰＰ_ZＺ。ＺＰＰＺ
ＺＰＰ，ＺＺ，ＺＰＰ、ＺＺＺ。

紫竹院公园游趣（2018年5月4日）

雨袭风卷春芳减。野萍满、瑶池阆苑。紫竹灵秀笑残花，抱憾，尔虽妖、却日短。

清波闪，红枫鬥艳。望湖水、绿鸭浮面。耳边忽起响蛙声，快看，小摇船、簸荡慢。

中调词

1. 钗头凤（又名"折红英"，双调60字）

ＰＰＺ，ＰＰＺ，ＺＰＰＺＰＰＺ。ＰＰ_ZＺ（不同韵），ＰＰＺ。ＺＺ_PＰＰ_Z，ＺＰＰＺ。ＺＺＺ（叠）。

ＰＰＺ，Ｐ_ZＰＺ，ＺＰＰＺＰＰＺ。ＰＰＺ，Ｐ_ZＰＺ，ＰＺ_PＰＰ_Z，ＺＰＰＺ。ＺＺＺ（叠）。

玉渊潭暮春游（2020年5月12日）

清波泛，涟纹乱，玉渊潭水乌光鉴。春临暮，花稀簇。鸳鸭同戏，鸟禽归处。顾顾顾。

晴空远，微风淡，鲁冰花俏无旁愿。神无主，光夸目，景辉凉影，惬怀无数。赋赋赋。

旅次南京（2016年6月17日）

梧桐影，金陵胜，养闲学赋钗头凤。朝都古，经无数。千年丹史，盛名凭负。慕慕慕。

钟山景，秦淮梦，载歌云舞七音进。持平目，挪方步。珍珠泉¹里，莫相怀顾。住住住。

2.蝶恋花（又名"鹊踏枝""凤栖梧"，双调60字）

Z_PZ P_Z P P Z **Z**。Z_PZ P P，Z_PZ P P **Z**。Z_P Z P_Z P P Z **Z**，P_Z P Z_P Z P P **Z**。

Z_PZ P_Z P P Z **Z**。Z_PZ P P，Z_PZ P P **Z**。Z_P Z P_Z P P Z **Z**，P_Z P Z_P Z P P **Z**。

本意²（2023年8月31）

气爽秋高京外走。旷远夷陵，迎客频招手。万里长江更锦绣，繁花蝶恋生怀诱。

野草杂枝淑静久。忽近幽芬，蝶舞芳心露。不老吟怀情依旧，花开花落成樗栎。

本意（2019年10月9日）

谁在天人菊上戏？蝶恋花香，不舍今朝蜜。万朵千枝凋谢已，寻芳正在清秋里。

---

1 珍珠泉：所居住的酒店名。

2 本意：与词牌同义。

笑看人间经万世。攘攘熙熙，暗斗明争历。莫问前程天佑必，但行好事无旁议。

重阳（2018年10月17日，戊戌年九月初九）

又到重阳人愈老。昨日黄花，依旧争分秒。雨雨风风情未了，悠悠往事知多少？

正是秋光七彩俏。万里长空，血色残阳曜。信步闲庭吟古调，明天或比今天好。

鼓浪屿（2007年4月26日）

鼓浪石新沙壤旧。高处飘云，皓月园人瘦。彩带当空风雨后，群芳斗艳一枝秀。

似已相识多许久。巨变沧桑，旧貌新颜露。忙里偷闲南闽走，耳边似是钢琴奏。

3. 临江仙（双调60字）

Z$_P$Z P$_Z$ P P Z Z，P$_Z$Z P$_Z$ Z P **P**。P$_Z$Z P$_Z$ P Z Z P **P**。P$_Z$ P P Z Z，Z$_P$Z Z P **P**。

Z$_P$Z P$_Z$ P P Z Z，P$_Z$Z P$_Z$ Z P **P**。P$_Z$Z P$_Z$ P Z Z P **P**。P$_Z$ P P Z Z，Z$_P$Z Z P **P**。

病愈感怀于珠海（2022年12月27日）

浩渺珠江飞入海，滔滔万里扬波。闲翁不舞亦婆娑。悠然情侣路，举步更柔活。

奥密克戎侵我日，几天岁月蹉跎。吟诗亦是废词多。
而今康复了，格律再斟酌。

病中感怀（2007年11月22日）

体病心增烦意久，天阴更感秋凉。安身静养在孤房。
西邻白塔寺，东倚帝王墙。

上下亲朋关爱切，同僚挚友相帮。诸仁皆有热心肠。
当专心治痼，为永久安康。

再临重庆（2007年7月12日）

骤雨摧花方止怒，凌空又上山城。天公一喝奏雷鸣。
乌云行有意，细雨润无声。

再看方知重庆美，浪涛卷起嘉陵。朝天门外夜光明。
长江东逝水，破浪待新生。

4. 唐多令（又名"糖多令""南楼令"，双调60字）

$P_Z Z Z P \mathbf{P}$，$P_Z P Z_P Z \mathbf{P}$。$Z Z_P P$、$P_Z Z P \mathbf{P}$。
$Z_P Z Z_P P P Z Z$，$P_Z Z_P Z$、$Z P \mathbf{P}$。

$P_Z Z Z P \mathbf{P}$，$P_Z P Z_P Z \mathbf{P}$。$Z P_Z P$、$P_Z Z P \mathbf{P}$。
$Z_P Z Z_P P P Z Z$，$P_Z Z_P Z$、$Z P \mathbf{P}$。

癸卯年立春（2023年2月4日）

天地四时轮，周回又立春。冷风吹、冬意仍深。温转
尚需多日待，寒欲退、暖将临。

紫陌看红尘，纷纷攘攘音。智思稀、非是难分。佛海魔宫难置辨，焉可以、对祥云？

暑夏（2015年7月13日）

团火一轮曦，能熔地上石。帝都悲、燋热频袭。浅草不堪拼烈日，期几许、绿纷披？

虽是燠炎时，争驱不偃息。傍河行、人影疏稀。岂惧汗流如落雨？心旷快、径逶迤。

5.一剪梅（又名"腊梅香""玉簟秋"，双调60字）

Z_P Z P P Z_P Z P，Z_P Z P P，Z_P Z P P。P_Z P Z_P Z Z P P，Z_P Z P P，Z_P Z P P。

Z_P Z P P Z Z P，Z_P Z P P，Z_P Z P P。P_Z P Z_P Z Z P P，Z_P Z P P，Z_P Z P P。

元旦作（2023年1月1日）

珠海逍遥半月馀，阴也徐徐，晴也徐徐。蹉跎岁月是闲居，饱饭吁吁，足睡吁吁。

也染新冠病体虚，走路崎岖，站立悕歔[1]。三天暂痛病邪祛。冷也逶迤，暖也逶迤。

---

1 悕歔（xī qū）：叹息的样子。

月夜燕赵行（2007年8月30日）

子夜急驰燕赵川，一路遄观，两伴攀谈。车轮滚滚起尘烟，星也伤怜，月也凄单。

沃土丰和硕果甘，绿李仍酸，青枣犹甜。无边旷野正初寒，夏已阑珊，秋已蹒跚。

6. 贺熙朝（双调61字）

ZZPPPZ**Z**。ZPP**Z**，Z$_P$PP**Z**。P$_Z$PZ$_P$Z，ZPP**Z**。ZP$_Z$P**Z**，PZP**Z**。

ZPPZZ$_P$P**Z**。Z$_P$ZZP$_Z$P，PZZ$_P$P$_Z$**Z**。ZPPP**Z**，PZZP，Z$_P$ZP**Z**。

大暑日游西海湿地（2020年7月22日）

大暑皇城什刹海。只闻难逮[1]，望穿云霭。今临湿地，五光七彩。满园馀态[2]，夺目宏恺。

万千风景伴怡快。看水映芙藻，鸣鸟奏天籁。玉阑围荷盖，尖角嫩蓬，花叶同在。

7. 定风波（又名"定风波令"，双调62字）

Z$_P$ZPPZ$_P$Z**P**，P$_Z$PZ$_P$ZZP**P**。Z$_P$ZPZ$_Z$P PZ$_P$**Z**，P$_Z$Z，P$_Z$PZ$_P$ZZP**P**。

---

1 逮：到。

2 馀态：无穷的美好姿态。

$Z_P Z_P Z_Z P P Z\mathbf{Z}$，$P_Z \mathbf{Z}$。$P_Z P Z_P Z Z P \mathbf{P}$。$Z_P$
$Z P_Z P P Z \mathbf{Z}$，$P_Z \mathbf{Z}$，$P_Z P Z_P Z Z P \mathbf{P}$。

小寒日散步于小月河公园（2023年1月5日）

珠海归来遇小寒，闲人举步踏河边。别久重逢如几载，松柏，棵棵冻树入云端。

百里川流奔逝水，东汇。真情笃定更无前。冷酷严冬应不久，参透，春光自会醉花间。

旱忧（2015年7月25日）

暑日骄阳赛火炉，无边大地土如酥。热浪蒸腾连日烤，侵恼，甚忧灾厄正连出。

久盼甘霖徒企望，惆怅。农夫心内似汤潜。田裂禾枯青欲尽，何忍，谁能弄雨解烦茹？

8. 破阵子（又名"十拍子"，双调62字）

$\underline{Z_P Z_P Z_Z P Z_P Z}$，$P_Z P Z_P Z Z P \mathbf{P}$。$Z_P Z P Z_Z P P$
$Z Z$，$Z_P Z P P Z_P Z \mathbf{P}$。$Z_P P P Z_Z Z \mathbf{P}$。

$Z_P Z_P Z_Z P Z_P Z$，$P_Z P Z_P Z Z P \mathbf{P}$。$Z_P Z P Z_Z P P$
$Z Z$，$Z_P Z P P Z_P Z \mathbf{P}$。$Z_P P P Z_Z Z \mathbf{P}$。

无题（2023年1月9日）

数载习穿旧履，三年误戴新冠。人祸偏灾齐倒泻，海北江南共溃澜。恍惚神鬼间。

久惯时时假话，难容日日箴言。启后承前皆睿作，继往开来俱雅篇。不知天外天。

元土城遗址公园之春（2015年3月30日）

暖日融融醒木，轻风阵阵催芽。一树梨白蜂惹蕊，万朵桃红蝶恋花。满园春色发。

信步幽幽旧径，徘徊渺渺新涯。锦绣神州多绣卷，壮丽河山有丽葩。放诗情九遐。

9. 苏幕遮（又名"鬓云松令"，双调62字）

$\underline{ZPP}$，$PZ\mathbf{Z}$，Z_PZPP，$Z_PZPP\mathbf{Z}$。Z_PZP_Z
$PPZ\mathbf{Z}$，Z_PZPP，$Z_PZPP\mathbf{Z}$。

$\underline{ZPP}$，$PZ\mathbf{Z}$，Z_PZPP，$Z_PZPP\mathbf{Z}$。Z_PZP_Z
$PPZ\mathbf{Z}$，Z_PZP_ZP，$Z_PZPP\mathbf{Z}$。

长春恋歌（2015年8月3日）

碧云天，黑土地，北畔之东，夏日清风细。欲道长春多逸丽，却怕人言，乡恋情沉溺。

梦交紫，魂访觅，日月如梭，感逝堪追忆。不羡君王功践帝，志在文坛，千古诗章立。

10. 渔家傲（双调62字）

$Z_PZP_ZPPZ_P\mathbf{Z}$，$P_ZPZ_PZP_ZP\mathbf{Z}$。Z_PZP_Z
$PPZ\mathbf{Z}$。$PZ_P\mathbf{Z}$。$P_ZPZ_PZPP\mathbf{Z}$。

Z_PZP_ZPPZ，P_ZPZ_PZPPZ。Z_PZP_ZP PZ_PZ。P_ZZ_PZ，P_ZPZ_PZPPZ。

正午小月河散步（2020年5月7日）

正午徘徊轻举步，他来她往河边路。非是人闲无去处。因何故？十年久惯成专固。

欲雨天阴行不住，花稀叶茂春收束。仍有景光留在目。平静度，童心未老登云树。

张家界（2015年7月6日）

云梦仙崖峰立峭，层峦叠嶂岚烟老。细雨霏霏生古调。蛇蜿绕？天门脚下盘山道。

止水长空相映照，神工鬼斧岩如刨。此景本应天上造。今更妙，骚人墨客扬名[1]噪。

出院（2007年11月18日）

北土冬来寒气傲，晴空万里霜晖俏。如洗蓝天圆日杲。佳讯到，危机躲尽欣然笑。

病榻馀温仍拱绕，郎中妙手回春道。赶走疾魔传喜报。出院了，前头更是明光照。

---

1 骚人墨客扬名：据说张家界因吴冠中的画作而名扬四海。

11. 品令（双调64字，格二）

$PPP_Z Z。Z_P ZZ、PP Z。Z_P PPZ，ZPP_Z Z，$
$Z_P PP Z。Z_P ZZ_P PP_Z Z，ZPZ Z。$

$PPZ_P Z。ZZ_P Z、PP Z。PPZ_P Z，Z_P PZ_P Z，$
$Z_P PP Z。ZZ_P PP，Z_P ZZPZ Z。$

秋分日作（2020年9月22日）

秋分如梦。草木倦、寒蝉静。天高云淡，雁南飞去，
长空留影。硕果香飘庭院，不知醉醒。

霄霞渤涌。日落处、西乡迥。石榴熟透，山楂红遍，
海棠夸逞。四季依规，且看此时美景。

12. 醉春风（又名"怨春风"，双调64字）

$Z_P ZPP Z，PP_Z PZ_P Z。PPZ_P ZZPP，$
$ZZZ（叠）。Z_P ZPP，ZPPZ，ZPP Z。$

$Z_P ZPP Z，PP_Z PZ_P Z。P_Z PZ_P ZZPP，$
$ZZZ（叠）。Z_P ZPP，Z_P PP_Z Z，ZPP Z。$

本意（2023年3月21日）

万缕微风煦，千棵新柳绿。昭清浅水向东流，谥谥谥。
不负春光，赏花观草，翘心停履。

携友同游去。常行成兴趣。云天午影步松林，聚聚聚。
气候宜人，借来声调，咏怀寰宇。

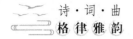

13. 淡黄柳（双调65字）

P$_Z$PZZ，PZPPZ。ZZPPPZZ。ZZPP Z$_P$Z，PZPPZPZ。

ZPZ，PPZPZ。Z$_P$PZ$_Z$Z、ZPZ。ZPPZ ZPPZ。ZZPP，ZPZPZ$_P$，Z$_P$ZPPZZ。

本意（2023年3月13日）

东风袅袅，春早乌阳粲。小月河风吹柳岸。万缕黄枝摇曳，拨动琴弦乐音颤。

鹊声唤，明光正无限。舞新叶、暖烟漫。任高天渺渺白云淡。履正轻抒，定睛凝视，云步频抬望眼。

一年后重游小月河公园（2018年11月15日）

心如跳兔，怀渴轻迁绕。漫步低徐行故道。恰似离别几世，今现依然旧时貌。

笑衰草，残花尚争俏。水波谧、柳黄袅。看青松傲挺临风啸。败苇枯藤，亘连成片，装点寒园更妙。

14. 喝火令（双调65字）

ZZPPZ，PPZZP。Z$_P$PPZ$_Z$ZZP。P$_Z$Z Z$_P$PPZZ，P$_Z$ZZPP。

ZZPPZ，PPZZP。ZPP$_Z$ZZP。ZZP P，ZZZPP。ZZZ$_P$PPZ$_Z$，Z$_P$ZZPP。

长春冬日（2016年12月13日）

上午京城水，黄昏省会风。雪白松翠月光明。谁晓凛冬严冽？君可试同行。

室外天墟冷，屋中地板烃。锦花新叶倍鲜莹。起座端茶，起座绕兰灯。起座喜迎寒客，何处是梅亭？

15. 解佩令（双调66字）

P$_Z$PPZ，Z$_P$PP$_Z$Z。ZPP、PP$_Z$PZ。P$_Z$ZPP，ZP$_Z$Z、PPPZ。ZPP、ZPPZ。

PPPZ，PPPZ。ZPP、ZPPZ。P$_Z$ZPP，ZPZ、PPZ$_P$Z。ZPP、ZPPZ。

长春二月（2017年3月14日）

微风清彻，门前残雪。踏冬凌、期春光洩。日上三竿，抬望眼、碧空无界。过白云、似天使躐。

春分欲届，惊蛰未阕。伴融冰、心怀激烈。历史长河，画卷展、谁堪书写？岂由人、意恣捹撤？

16. 锦缠道（又名"锦缠头""锦缠绊"，双调66字）

ZZPP，ZZZPPZ。ZPP$_Z$、Z$_P$PPZ。Z$_P$PP$_Z$ZPPZ。Z$_P$ZPP，Z$_P$ZPPZ。

Z$_P$PZ$_P$Z$_Z$Z$_P$P，Z$_P$PP$_Z$Z。ZPP、Z$_P$PPZ。ZPP、P$_Z$ZP$_Z$PZ$_P$，Z$_P$PP$_Z$Z，ZZPPZ。

夏蝉（2017年7月8日）

雨后初晴，弄翅脆声流淌。藉祥风、九霄同赏。透云穿嶂七音朗。小小虫鸣，万千成交响。

树高枝叶丰，夏蝉幽傍。隐真形、远播嘹亮。笑尘寰、文曲逢迎诏，媚欢歌咏，只为新王唱。

17. 酷相思（双调66字）

Z Z P$_Z$ P P Z **Z**，Z$_P$ P$_Z$ Z、P P **Z**。Z P Z、P P P Z **Z**。Z$_P$ Z Z、P P **Z**，Z$_P$ Z Z、P P **Z**。

Z$_P$ Z P$_Z$ P P Z **Z**，Z$_P$ Z Z、P P **Z**。Z P Z P P P Z **Z**。P Z Z、P P **Z**，P Z Z、P P **Z**。

《诗词曲格律入门[1]》将脱稿赋（2019年4月25日）

梦里临文[2]千百度，世间语、丰词绌。看天地、人寰行万物。笔墨馨、成诗赋，纸墨馨、终诗赋。

据典引经书仿古，半载短、偷闲著。把时月云风都写谱。将翘首、迎倾目，正翘首、添倾目。

18. 谢池春（又名"风中柳"，双调66字）

Z$_P$ Z P P，P$_Z$ Z Z P P **Z**。Z P P、P P Z **Z**。P$_Z$ P P Z **Z**，Z P$_Z$ P P **Z**。Z P$_Z$ P、Z P P **Z**。

---

1 诗词曲格律入门：书名，马维野著，辽宁人民出版社 2019 年 9 月出版。

2 临文：撰写或研读、抄录文辞。

ＰＰＺＺ，ＺＺＰ$_Z$ＰＰＺ。ＺＰＰ、ＰＰＺＺ。ＰＰ
Ｐ$_Z$Ｚ，ＺＰＰＰＺ。ＺＰＰ$_Z$、ＺＰＰＺ。

家乡避暑途中（2023年7月15日）

夏日稀凉，天火欲枯禾草。叹皇城、蒸熏炙烤。远离
焦害，向乡关兼道。享清凉、丽思缭绕。

花花世界，百代千年喧闹。利多争、功名也要。皇权
无上，佞臣奴才貌。脑残人、反当恩报。

19. 行香子（双调66字）

Ｚ$_P$ＺＰ，Ｚ$_P$ＺＰ。ＺＰＰ、Ｚ$_P$ＺＰ。Ｐ$_Z$Ｐ
Ｚ$_P$Ｚ，Ｚ$_P$ＺＰ。ＺＰＰＺ，ＰＰＺ，ＺＰＰ。

Ｐ$_Z$ＰＺＺ，Ｚ$_P$ＺＰ。ＺＰＰ、Ｚ$_P$ＺＰ。Ｐ$_Z$Ｐ
Ｚ$_P$Ｚ，Ｚ$_P$ＺＰ。ＺＰ$_Z$ＰＺ$_P$，ＰＺ$_P$Ｚ，ＺＰＰ。

家乡晨练遐思（2023年8月8日）

秋首云萦，夏末风生，守乡关、避暑离京。习亲厚遇，
乐享天成。看红花艳，黄花俏，绿花琼。

时光似电，日月如风。近三伏[1]、待驾归程。凝思南北，
环视西东。念万民苦，千人怨，百官衪。

---

1 近三伏：当年8月8日为二伏的最后一天，次日三伏。

于东坝参加培训班（2016年6月12日）

日透云裳，水半荷塘。对悠闲、鸟语花香。天鹅一对，鸭子三双。看桃儿青，杏儿绿，麦儿黄。

田园美景，都市时光。坝东学、国是新腔。谈天说地，论短言长。品今天事，明天忘，后天伴。

20. 感皇恩（又名"感皇恩令""人南渡"，双调67字）

$P_Z Z Z P P$，$P_Z P Z_P Z$，$Z_P Z P P Z P Z$。$Z_P P P_Z Z$，$Z_P Z P_Z P P_Z Z$。$Z_P P P Z Z$，$P P Z$。

$P_Z Z P_Z P$，$P_Z P Z_P Z$，$Z_P Z P P Z P Z$。$Z_P P P_Z Z$，$Z_P Z Z_P P P Z$。$Z_P P P Z Z_P Z_P$，$P_Z P_Z Z$。

荚蒾（2017年4月28日）

频遇好春光，晶莹如雪，盘朵花轮静和惬。迸发芬馥，百里芳香无埒。不须争比艳，惜零谢。

轻风淡云，乌阳仰借，银瓣抒情绿枝嬡。舞姿天裒，一展白衣凡界。看人间搅攘，何时却?

21. 青玉案（又名"西湖路"，双调67字）

$P_Z P Z_P Z P P Z$，$Z P_Z Z$、$P P Z$。$Z_P Z P Z_P P$ $P Z$。$Z_P P P_Z Z$，$Z_P P P_Z Z$，$P_Z Z P P Z$。

$P_Z P Z_P Z P P Z$，$Z_P Z P P P Z$。$Z_P Z P Z_P P$ $P Z$。$Z_P P P_Z Z$，$Z_P P P_Z Z$，$P_Z Z P P Z$。

仲夏末日之晨（2016年7月3日）

东方破晓闻啼鸟，醒晨梦、贪今早。特立独行芳径绕。满园青翠，蝉鸣高调，万丈朝晖照。

狭长树影铺新道，青果初成挂枝俏。气爽风清天气好。却怜时短，未出所料，转瞬骄阳傲。

22. 两同心（双调68字）

Z_PZPP，$ZPPZ$。$P_ZP_ZZ_P$、P_ZZP_ZP，P_ZZP_ZZ、Z_PPP_ZZ。ZPP、Z_PZPP，$Z_PZ_PP_ZZ$。

$Z_PZ_PZ_PPP_ZZ$，Z_PPZ_PZZ。P_ZP_ZZ、Z_PZPP，Z_PPZ_Z、Z_PPP_ZZ。ZZ_PP，Z_PZPP，Z_PPP_ZZ。

滇池边作（2023年5月15日）

又见滇池，未临洱海。遇阴雨、烟气蒸腾，逢云雾、水波澎湃。役春潮、雨燕归来，旅鸥何在？

问讯牵风暝霭，几时七彩？南乡绘、楹木蓝花，北国写、景诗宏恺。醉花间，墨客书痴，静听天籁。

23. 殢人娇（双调68字）

Z_PZP_ZP，$Z_PZP_ZP_ZP_PZ$。$Z_PP_ZZ_P$、$Z_PP_ZP_ZZ$。P_ZP_ZZ，ZZ_PPP_ZZ。P_ZZZ、Z_PZ_PZ

$P\ P_Z\ Z$。

$Z\ Z\ P_Z\ P$，$Z_P\ P\ P_Z\ Z$。$Z_P\ P\ P\ Z\ Z_P$、$Z_P\ P\ P\ P_Z\ Z$。$P_Z\ P\ Z_P\ Z$，$Z_P\ Z\ P_P\ P\ P\ Z$。$P_Z\ Z\ P\ Z$、$Z_P\ Z\ P_P\ Z_P\ Z\ P_Z\ Z$。

$P_Z\ Z$。

久违小月河（2022年6月6日）

许久相违，小月河吟孤调。疫情起、居家乐道。核酸日日，又谁知功效？街寂静、唤作大局需要。

昨晚方知，今晨就到。谁唤醒、复工令号。园林漫步，顺水流东眺。环视后、还是宜人风貌。

24. 江城子（又名"江神子"，双调70字）

$P_Z\ P\ P_Z\ Z\ Z\ P\ P$。$Z\ P\ P$，$Z\ P\ P$。$Z_P\ Z\ P_Z\ P$，$Z_P\ Z\ Z\ P\ P$。$Z_P\ Z\ P_Z\ P\ P\ Z\ Z$，$P\ Z_P\ Z$，$Z\ P\ P$。

$P_Z\ P\ P_Z\ Z\ Z\ P\ P$。$Z\ P\ P$，$Z\ P\ P$。$Z_P\ Z\ P_Z\ P$，$Z_P\ Z\ Z\ P\ P$。$Z_P\ Z\ P_Z\ P\ P\ Z\ Z$，$P\ Z_P\ Z$，$Z\ P\ P$。

珠海至北京空中作（2023年1月3日）

人生易老怕呆痴。左吟诗，右填词。饭后茶馀，格律是谈资。试与东坡分煮酒，心未醉，影飘移。

大千世界百般奇。走东西，越藩篱。地北天南，何处话元机？画意诗情终不灭，追偃月，起相思。

咏嘉峪关（2015年5月21日）

长城万里贯西凉。最丰庞，好巍昂。拔地冲天，惕厉瞩八方。大漠雄关戈壁峭，威武势，镇边疆。

今朝更有好儿郎。辟原荒，壮新乡。继往开来，世业正恢扬。再走丝绸经济路，凭智慧，靠心光。

25. 千秋岁（又名"千秋节"，双调71字）

$Z_P P P_Z Z$，$Z_P Z P P Z$。$P_Z Z_P Z$，$P P Z$。<u>P_Z</u><u>P P Z Z</u>，<u>$Z_P Z P P Z$</u>。$P Z_P Z$，$P_Z P Z_P Z P P Z$。

$Z_P Z P P Z$，$Z_P Z P P Z$。$P_Z Z_P Z$，$P P Z$。<u>Z_P</u><u>P P Z Z</u>，<u>$Z_P Z P P Z$</u>。$P Z_P Z$，$P_Z P Z_P Z P P Z$。

立秋日作（2020年8月7日）

立秋风细，仍在炎威里。高温下，升晨日。千花希一雨，百草争三气[1]。窥夏果，枝头挂满丹情寄。

敞朗云空碧，何处生凉意？忽瞬刻，微风起。沁心人意爽，润肺元神谧。堪揣料，伏天过后安舒季。

26. 粉蝶儿（双调72字）

$Z_P Z P P$，$Z_P P_Z P_Z Z_P P_Z Z$。Z P P、Z P P Z。Z P P，$P_Z Z Z$，$Z_P P P Z$。Z P P、$P Z_P Z P P Z$。

---

1 三气：天、地、人之气。

诗·词·曲
格律雅韵

$Z_P P_Z Z_P P_Z$，$P_Z P_Z Z Z_P P \mathbf{Z}$。$Z P P$、$Z P P_Z \mathbf{Z}$。$Z P P$，$P Z Z$，$P_Z P Z_P \mathbf{Z}$。$Z Z_P P$、$Z_P Z_P Z P P \mathbf{Z}$。

雨天次苏州（2020年9月23日）

览虎丘山，八月细霏缭乱。已秋分、渗凉凄感。水溅溅，雾霭霭，若黄梅现。有佳人、纤手把撑绢伞。

烟雨江南，天堂一角濡染。任鸾弦、雅吟流缓。见云开，晴日曜，意足心满。正流连、花好月圆当返。

27. 离亭燕（又名"离亭宴"，双调72字）

$Z_P Z P P Z_P \mathbf{Z}$，$P P_Z Z P P \mathbf{Z}$。$Z_P Z P_Z Z P P Z_P$ Z，$Z Z P_Z P P \mathbf{Z}$。$Z Z Z_P P P$，$Z_P Z_P Z P P \mathbf{Z}$。

$P Z Z_P P P \mathbf{Z}$，$Z_P Z_P Z P P \mathbf{Z}$。$Z_P Z P_Z Z P P Z_P$ Z，$Z Z P P P \mathbf{Z}$。$Z Z Z P P$，$P Z_P P_Z P P \mathbf{Z}$。

秋韵（2020年10月8日）

四季轮回循转，秋韵婉约柔缓。满目彩蝶翩妙舞，却是叶飘凌乱。啸叫断长空，征旅南飞鸿雁。

头顶天蓝云卷，脚下草黄矜炫。绿紫褐红千百变，一派风光无限。俯首唤诗来，谁诵低吟清啭？

28. 于飞乐（双调72字）

$Z Z P P$，$Z P P Z P \mathbf{P}$。$P P Z Z P \mathbf{P}$。$Z P P$，$P Z Z$，$Z_P Z P \mathbf{P}$。$P_Z P Z_P Z$，$Z_P Z P Z_P$、$Z_P Z P \mathbf{P}$。

ZZPP，PPPZ，PPZZP**P**。ZPP，PZZ，
P$_Z$ZP**P**。P$_Z$PZ$_P$Z$_P$，P$_Z$PZ$_P$、Z$_P$ZP**P**。

游动物园水禽湖（2023年6月7日）

一抹湖平，荡扬鸣鸟声欢。微波隐掌嫒绵。雪潭深，清泖浅，水锁蓝天。南风拂过，扫漾面、卷起恬澜。

夏柳垂条，轻摇云影，优悠树下花前。耳根清，心底静，岁月安然。置身世外，无杂念、便是神仙。

29. 传言玉女（双调74字）

ZZPP，PZZPP**Z**。ZZPP，ZPPZ$_P$**Z**。
PPZZ，ZZPPP**Z**。PPZ$_P$Z，Z$_P$PP**Z**。

ZZPP，Z$_P$ZZPP**Z**。P$_Z$PZ$_P$Z，ZPPZ$_P$**Z**。
PPZZ$_P$，ZZZ$_P$PP**Z**。PPZ$_P$Z，ZPP**Z**。

春之遐思（2023年3月23日）

信步松林，吟鸟韵流飘荡。二月春风，化繁花怒放。芬芳四溢，便作云腾千丈。河清海晏，万民攀想。

小径幽幽，如傍影形悠漾。山河易改，也云心不让。传言玉女[1]，是否静娴仪状？凡尘俗世，令人神往。

---

1 传言玉女：据东汉班固所著《汉武帝内传》记载："帝闲居承华殿，忽见一女子曰：'我墉宫玉女王子登也。至七月七日，王母暂来。'言讫，不知所在。世所谓传言玉女也。"这也是词牌《传言玉女》之由来。

30.风入松（又名"远山横"，双调74字，格一）

$P_Z P Z_p Z Z \textbf{P}$，$Z_p Z P \textbf{P}$。$P_Z P Z_p Z P P Z$，$Z_p P Z P Z_z$、$Z_p Z P \textbf{P}$。$\underline{P_Z Z Z_p P P Z_z}$，$\underline{P_Z P Z_p Z P \textbf{P}}$。

$P_Z P P Z Z P \textbf{P}$，$Z Z P \textbf{P}$。$P_Z P Z_p Z P P Z$，$Z_p P P Z$、$Z_p Z P \textbf{P}$。$Z_p Z Z P P Z_z$，$Z_p P Z Z P \textbf{P}$。

冬日观竹（2021年12月10日）

隆冬叶碧北风寒，冷翠竹斑。高枝挂雀凌空戏，似残花、几朵高悬。潇洒风流日后，舒心快意当前。

浮生若梦不同般，天上人间。烟云过眼毋需恋，且凝神、侧目旁观。败草难招八骏[1]，竹林不见七贤[2]。

31.河满子（又名"何满子"，双调74字）

$\underline{Z_p Z P Z_z P Z_p Z}$，$\underline{Z_p P P Z_z P \textbf{P}}$。$Z Z_p Z_p P Z_z P Z_p Z$，$Z_p P P Z_z P \textbf{P}$。$Z_p Z P Z_z P P Z_z$，$Z_p P P Z_z P \textbf{P}$。

$\underline{P_Z Z P P Z_p Z}$，$\underline{Z_p P P Z_z P \textbf{P}}$。$Z_p Z P Z_z P Z_p Z$，$Z_p P P Z P \textbf{P}$。$P Z Z P P Z$，$Z_p P P Z_z P \textbf{P}$。

---

1 八骏：泛指骏马。

2 七贤：指史上竹林七贤。三国时期的嵇康、阮籍、山涛、向秀、刘伶、王戎及阮咸七人，常在当时的山阳县（今河南辉县、修武一带）竹林下喝酒、纵歌，肆意酣畅，生活十分洒脱。世谓竹林七贤。

自嘲（2020年10月5日）

佑启三生美梦，终归一世凄凉。花好月圆风景秀，谁能地久天长？岁月频催年老，青春不染儒装。

早已豪情不再，迟来胜义犹强。目睹山河多变换，人间正道沧桑。作画无能泼墨，吟诗凑趣篇章。

32. 剔银灯（双调74字，格一）

Z P Z P P Z P Z ， Z P Z P Z P P Z 。 Z P Z P P ， Z P Z Z ， P Z Z P P P Z 。 Z P P Z Z ， Z P Z Z 、 P Z P Z P Z 。

Z P Z P P Z Z ， Z Z Z P P P Z 。 P Z P P ， Z P P Z Z ， Z Z P Z P P Z 。 P P Z Z ， Z Z P Z 、 P Z P Z Z 。

格律吟（2021年12月22日）

格律华章国粹，千载流芳香蕊。平仄交融，韵声顿挫，词字俪然成对。古今外内，比俊雅、无他论最。

可叹如今减退，承继渐疏荒废。诗浅愈多，义深颇寡，不免燥枯乏味。事心求备，著述盼、教习后辈。

33. 剔银灯（双调75字，格二）

Z P Z P P Z Z ， Z Z Z 、 Z P P Z 。 Z Z P P ， P P P Z ， Z Z Z P P Z 。 P P P Z ， Z Z Z 、 P P P Z 。

Z Z P P Z P Z ， Z Z P P P Z 。 Z P Z P ， P P Z Z ， Z Z P P P Z 。 P P Z Z ， Z P Z Z 、 Z P P Z 。

景山望故宫（2020年9月16日）

昨有阴云雨落，看再昼，艳阳高卧。气爽天晴，风和日暖，便是最佳游措。心闲人辵[1]，动步履、优悠轻跺。

放眼周边修阔，最是皇宫交过。壁红瓦黄，松青柏翠，一线经通南朔。王权无上，任挥洒、岂分强弱？

34. 风入松（又名"远山横"，双调76字，格二）

$P_Z P Z_P Z Z P$ **P**，$Z_P Z Z P$ **P**。$P_Z P Z Z P P Z$，

$P_Z P Z_P$、$Z_P Z P$ **P**。$Z_P Z P P P Z$，$P_Z P Z_P Z P$ **P**。

$P_Z P Z_P Z Z P$ **P**，$P Z Z P$ **P**。$P_Z P Z_P Z P P Z$，

$P_Z P Z_P$、$P Z P$ **P**。$P Z P P Z_P Z$，$P_Z P Z_P Z P$ **P**。

德州行（2015年7月27日）

山东西北冀津南，沃土造平原。长河摆尾冲积地，看德府、乐业家园。通往天衢心路，司疆门户石盘。

公差受命趁馀闲，忽见陌田宽。如风铁骥倏然到，霎时觉、情满人间。今夏先尝鲤嫩，明秋再赏菊鲜。

35. 侧犯（双调77字）

$Z P Z_P Z$，$Z P Z_P Z P P$ **Z**。P **Z**，$Z Z Z P P Z$

P **Z**。$P P Z Z Z_P$，$Z Z P P$ **Z**。P **Z**，$P Z Z$、$P P Z$

---

1 辵（chuò）：忽走忽停。

P Z。

P P Z_P Z_P Z，Z_P Z P P Z。P Z Z，Z P P Z_P、P Z Z_P Z。Z Z P P，Z P P Z_P Z。Z_P Z P Z_P Z，Z P P Z。

小月河春前（2022年2月28日）

几丝嫩绿，悄然微把春前染。随感，正大地回苏渐天暖。
柔柔弱柳密，静静流河浅。迷乱，波荡起、晶晶烁光闪。

双鸭戏水，南北西东伴。从头恋，永相随、陪侍到无远。
小草新萌，绿黄谐焕。醒木凄凄，煦风期盼。

36. 祝英台近（又名"祝英台令""祝英台""宝钗分""月底修箫谱"，双调 77 字，格一）

Z P P，P Z Z，P_Z Z Z Z P Z。Z Z P P，Z_P Z Z P Z。Z P Z Z P P，P_Z P P Z，Z P_Z Z、Z_P P P Z。

Z P Z。Z Z_P P Z P P，P_Z P_Z Z P Z。Z_P Z P P，P_Z Z Z P Z。P_Z Z P Z_P Z P P，Z_P P P Z。Z P Z_P Z、Z_P P P Z。

仲夏小月河公园漫步（2020年7月13日）

小河边，垂柳岸，闲步午时愿。一座红桥，跨尺水清浅。
影疏木密花香，紫薇游伴。更欣有、微风拂面。

亦无汗。转眼当入初伏，荫凉也稀罕。却赖天公，偷将世程[1]换。心闲倦懒寻诗，性高情淡。念尘世、人生如幻。

37. 祝英台近（又名"祝英台令""祝英台""宝钗分""月底修箫谱"，格二）

Z_PPP，P_ZZ_PZ，P_ZZZ_PPZ。Z_PZPP，P_Z
$Z_PZ_PP_ZZ$。$Z_PP_ZZ_PZZPP$，Z_PPP_ZZ，Z_PP_ZZ、
Z_PPP_ZZ。

ZP_ZZ。$P_ZZ_PP_ZZPP$，$P_ZP_ZP_ZZ_PZ$。Z_P
ZPP，$P_ZZ_PZ_PPZ$。ZP_ZP_ZZPP，P_ZPZ_PZ，
$Z_PP_ZZ_P$、Z_PPP_ZZ。

颐和园小游（2022年6月15日）

赏铜牛，观石舫，许久未临止。气爽风和，上苑好游历。
碧水湖面清波，恍浮荷叶，露尖角、万里如是。

暮情志。乏倦疲懒心闲，曾经几多次。往事如烟，成
败俱儿戏。莫谈国是家风，颐和园景，乃真有、画情诗意。

38. 一丛花（又名"一丛花令"，双调78字）

P_ZPP_ZZZPP，$PZZP P$。$PPZZPPZ$，
ZP_ZZ_P、Z_PZPP。$P_ZZ_PZ_PPZ$，P_ZPZ_PZ，P
$ZZPP$。

---

1 世程：世人的轨范、法式。

P$_Z$PP$_Z$ZZPP，P$_Z$ZZPP。P$_P$PZ$_P$ZPPZ，ZP$_Z$Z$_P$、Z$_P$ZPP。P$_Z$Z$_P$PZ$_Z$P，P$_Z$PZ$_P$Z，P$_Z$ZZPP。

五塔寺观银杏落叶（2020年11月11日）

风梳寒掠作秋深，银杏叶如金。皇封一座真觉寺，六百载、古木非林。人生易老，梵光不灭，传万世佛音。

天天都有坠纷纷，今日更缤缤。黄蝶乱舞迷人眼，欲极目、望断残云。大千世界，凡间诸事，成滚滚红尘。

39. 御街行（又名"孤雁儿"，双调78字）

PPZZPPZ，Z$_P$Z$_P$Z、PP$_Z$Z。PPZ$_P$ZZPP，P$_Z$ZZ$_P$PPZ。Z$_P$PPZ$_Z$，ZPPZ，PZPPZ。

PPZ$_P$ZPPZ，ZZ$_P$Z、PPZ。P$_Z$PZ$_P$ZZPP，PZZ$_P$PPZ。P$_Z$PZ$_P$Z，P$_Z$PPZ，PZPPZ。

颐和园春日（2019年4月10日）

悠然气派皇家苑，野卉处、山花乱。东风无力水波平，垂柳低眸湖岸。铜牛静卧，石桥多孔，妙舞天鹅炫。

高天厚土多玄幻，赏胜景、长迷恋。颐和园里好游春，闲步花香如伴。小桃争俏，稚蜂偷蜜，回首兰舟泛。

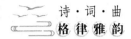

40. 金人捧露盘（又名"铜人捧露盘引""上西平""西平曲"，双调79字）

$ZPP，P_ZP_ZZ，ZPP。ZP_ZZ_P、Z_PZPP。$

$P_ZPZZ，ZPP_ZZZPP。P_ZPZ_PZ，ZPZ_P、$

$ZZPP。$

$P_ZPZ_P，Z_PP_ZZ，P_ZPZ_Z，ZPP。Z_PZ_PZ、$

$Z_PZPP。P_ZPZ_PZ，Z_PP_ZPZZPP。P_ZPZ_PZ，$

$ZP_ZZ_P、Z_PZPP。$

三峡人家游（2020年9月9日）

过三江,赞三甲,抵三峡。楚天阔、满目无涯。山峦翠碧,

壁拥洄水簇湍花。惊鹰拊翼,向玄旷、展翅奇拔。

闲情爽,尘情切,幽情厚,寄情遐。兴致好、到此斟茶。

轻舟云影,仿如仙境透窗纱。风微秋浅,可曾见、对岸人家?

41. 斗百花（双调81字）

$Z_PZPPPZ。Z_PZPPP_ZZ。PP_ZZ_PZ_PZ_$

$P_Z，Z_PZP_PZ_PZ。Z_PZP_PZ_PZ，PP_ZZZPP，$

$Z_PZZPP_ZZ。Z_PZPP_ZZ。$

$Z_PZP_ZP_Z，ZZ_PPP_ZP_ZZ。PZZZ_P，P_$

$P_ZZP_ZP_Z。Z_PZPP，PPZ_PZPP，Z_PZZP_ZP_Z$

$P_Z。$

惊蛰日随想（2023年3月6日）

万缕晴光斜照，落日馀晖萦绕。寒冬渐远伤离，大地柔融回报。倦鸟归巢，三两为比啼声，飞上高枝鸣叫。已是黄昏到。

乍暖还寒，正是春来迹兆。楼后寓前，园中已见新草。万物苏萌，江山社稷葱茏，恒久力求之道。

42. 最高楼（双调81字）

P P _Z Z，Z _P Z Z P **P**，Z _P Z Z P **P**。<u>Z _P P P _Z Z</u> P _Z P Z，Z _P P P _Z Z Z P **P**。Z P P，P Z Z _P，Z P **P**。

Z _P Z _P Z、Z _P P P Z **Z**。Z Z _P Z、Z _P P P Z **Z**。P _Z Z _P Z，Z P **P**。<u>P _Z P Z Z P P Z，P _Z P Z _P Z Z P **P**</u>。Z P P，P Z Z，Z P **P**。

初秋（2015年8月28日）

空园寂，水静影形赅，雁叫作秋来。穹苍顶上白绵绽，皇城故里紫薇开。露蝉鸣，声紧促，唱娱哀。

有道是、路遥知马力；更何况、天长升底气。足下路，世间侪。弟兄振臂扬尘去，惊鸿展翼破云来。看尘寰，多变幻，亦无猜。

43. 蓦山溪（又名"上阳春"，双调82字）

P _Z P Z _P Z，Z _P Z P P **Z**。P _Z Z _P Z P P，Z _P P _Z

P$_Z$、Z$_P$P$_Z$P$_Z$**Z**。Z$_P$PP$_Z$Z，P$_Z$ZZPP，P$_Z$Z$_P$
Z$_P$，Z$_P$P$_Z$P$_Z$，Z$_P$ZPP**Z**。

P$_Z$PZ$_P$Z，Z$_P$ZPP**Z**。P$_Z$ZZPP，Z$_P$P$_Z$P$_Z$、
Z$_P$P$_Z$P$_Z$**Z**。P$_Z$PZ$_P$Z，P$_Z$ZZPP，P$_Z$Z$_P$ZZ$_Z$，Z
PP，Z$_P$ZPP**Z**。

除夕（2020年1月24日，己亥年腊月三十）

乾坤化转，日月如梭变。今又是除夕，大中华、承迎
鼠旦。深沉不夜，看耀目华灯，天地炫，风云灿，景色迷
人眼。

红尘如幻，起起伏伏乱。叹物土交纷，正荼毒、疫行
武汉。新年伊始，祝万户千家，长和满，圆期盼，岁岁舒
心愿。

44. 千秋岁引（又名"千秋万岁"，双调82字）

Z$_P$Z$_P$Z$_P$P，PPZ$_P$**Z**，ZZPPZP**Z**。PPZZ$_P$
P$_Z$P$_Z$Z，P$_Z$PZ$_P$ZPP**Z**。Z$_P$PZ$_P$Z，Z$_P$PZ$_P$Z$_P$，
P$_Z$P$_Z$**Z**。

P$_Z$ZZ$_P$PPPZ**Z**，P$_Z$ZZ$_P$PPP$_Z$**Z**。Z$_P$ZP$_Z$P
P$_Z$Z$_P$P**Z**。P$_Z$PZ$_P$PP$_Z$PZ$_P$Z，PPZZPP**Z**。Z$_P$
P$_Z$PZ，Z$_P$P$_Z$Z$_P$，PP**Z**。

飞经楚地高空观景（2020年9月10日）

云雾冲穿，苍穹撞透，万里雄图宛如绣。凌空俯视千山小，低头远眺长江瘦。似泥丸，若丝线，视之谬。

南北地川观一又，谁绘景光涂以就？过眼烟云入峡口。人生自古多遗憾，征途永远难足够。置闲心，弄宜愿，天知否？

45. 新荷叶（又名"折新荷引"，双调82字）

$Z_p Z P P$，$P_z P Z_p Z P \mathbf{P}$。$Z_p Z P P$，$P_z P Z_p Z P \mathbf{P}$。$P_z P Z Z$，$Z_p Z_p P_z$、$Z_p Z P \mathbf{P}$。$Z_p P P Z$，$P_z P Z_p Z P \mathbf{P}$。

$Z_p Z P P$，$Z_p P Z_p Z P \mathbf{P}$。$Z_p Z P P$，$Z P_p P_z Z P \mathbf{P}$。$P_z P Z_p Z$，$P_z P_z Z_p$、$Z_p Z P \mathbf{P}$。$Z_p P P Z$，$Z_p P P_z Z P \mathbf{P}$。

寒衣节吟鸟（2020年11月15日，庚子年十月初一）

十月秋深，云开日朗天凉。谨送寒衣，人寰地久天长。风吹叶落，草犹青、似化新妆。成群麻雀，争食绿地惊忙。

攘攘熙熙，献音百鸟如簧。假话真言，莫衷一是同昌。浮夸谄媚，叫喳喳、喜鹊荣光。乌声逆耳，梦中一枕黄粱。

46. 早梅芳（又名"早梅芳近"，双调82字）

$P_z Z_p P$，$P_z P_z Z$，$Z_p Z P P \mathbf{Z}$。$Z_p P P_z Z$，

219

$Z_p Z P_z P Z P Z$。$Z_p P P Z Z$，$Z_p Z P P Z$。$Z P P Z Z$，$P_z Z Z P Z$。

$Z P P$，$Z_p Z Z$，$Z_p Z P P Z$。$P P Z_p Z$，$Z Z P P Z Z$。$Z_p P P Z Z$，$Z_p Z P P Z$。$Z P P$，$Z_p P_z P Z Z$。

癸卯年人日作（2023年1月28日）

玉兔行，初七俏，宇宙真奇妙。女娲仙术，万物千灵运泥造。今天人日举，你我生辰到。大寒虽最冷，春欲近旁闹。

过新年，众欢笑，把酒升歌调。丹情一片，五谷丰登念吉兆。盼优游岁月，世路依三曜。看今朝，万千情未了。

47. 洞仙歌（又名"洞仙歌令""羽仙歌""洞仙词"，双调83字）

$P_z P Z_p Z$，$Z_p Z_p P P Z$。$Z_p Z P P Z P Z$。$Z P P$、$Z_p Z P_z Z P P$，$P_z Z_p Z$，$P_z Z P_z P Z P_z Z$。

$Z_p P Z_p P Z_p Z$，$Z_p Z P P$，$Z_p Z P P Z P Z$。$Z_p Z_p P P Z P_z$，$Z_p Z P P$，$P_z P_z Z$、$Z_p P P Z_z Z$。$Z_p Z_p Z_p P Z_z$，$Z P P$，$Z_z Z_p Z P P$，$Z P P Z$。

芍药咏（2017年4月30日）

皇城孟夏，正盛开芍药。万朵嫣红牡丹貌。更雍容、华贵堪小群芳，花仙子，令称名归信道。

恰风和日丽，云淡天蓝，蝶舞蜂飞朔光好。厚土长茁苗，新蕾枝头，轻盈绽、愈加华耀。任香蕊含羞，醉芳心，怒放不争荣，雅洁凌傲。

48.鹤冲天¹（双调84字，上阕9句5仄韵，下阕8句5仄韵）

P P Z Z，Z_P Z P P **Z**。Z_P Z Z P P_Z，P P **Z**。Z P_Z P Z_P Z，P P Z_Z、P P **Z**。Z_P Z P P **Z**。Z P P_Z Z，Z_P Z Z P P_Z **Z**。

P P Z Z P P **Z**。P_Z Z_P P Z Z，P P **Z**。Z Z P P Z，P Z Z、P P **Z**。Z Z P P_Z **Z**。Z_P P P Z，Z P_Z Z P_Z P **Z**。

秋叶（2023年11月12日）

深秋叶色，五彩斑斓貌。云舞任飘摇，随风蹈。越上天庭看，凡界远、虚缥缈。面对红尘笑。众俗庸碌，凄苦尽皆自找。

人生自古多烦恼。名利成两重，倾心讨。暗鬥明争久，终有损、非君道。个处多奸脑。莫如凡木，与世不争同好。

---

1 与"喜迁莺""春光好"之别名"鹤冲天"不同。

49. 江城梅花引（又名"江梅引""摊破江城子""明月引""西湖明月引"，双调87字，格二）

Z$_P$PPZZP**P**。ZP**P**，ZP**P**。ZZPP，PZZP**P**。P$_Z$ZPPPZZ，P$_Z$Z$_P$Z，ZPP、Z$_P$Z**P**。

P$_Z$PZP$_Z$PZZP$_P$**P**。ZPP，P$_Z$Z**P**。P$_Z$PZP$_Z$Z，PPZ$_P$、ZZP**P**。ZZPP，PZZP**P**。ZZZ$_P$PPZZ，PZZ，ZPP、ZZ**P**。

春天遐思（2023年3月21日）

风轻云淡艳阳天。倚朱阑。嗅兰烟。二月东君，楚楚送春还。袅袅柔丝垂嫩叶，小河静，水流缓、映碧蓝。

世尘幻演状万千。易相逢，别却难。五声杂乱，怎能辨、肺腑之言。煦暖南风，吹在百花前。益智丛芳香漫野，洒清芬，助众生、醒脑残。

50. 八六子（又名"感黄鹂"，双调88字）

ZP**P**。ZPPZ，PPZZP**P**。ZZZPPZZ，ZPZ$_P$ZPP，ZPZ**P**。

PPZ$_P$ZP**P**。ZZZPPZ，PPZZP**P**。ZP$_Z$Z、PPZPPZ，ZPPZ，ZPP$_Z$Z，ZPZZP$_Z$PZ$_P$Z，PPZ$_P$ZP**P**。ZPP，PPZPZ**P**。

除夕（2021年2月11日，庚子年腊月三十）

欲行天。光阴如箭，将停丑座尘寰。看小鼠摇头隐遁，巨牛迎面而来，恰似凯旋。

人生沧海桑田。算账总于秋后，备耕永在春前。夜宴启、周天众星暄曜，宇楼林立，万家温暖，犹如化雨春风入室，堆云瑞气拂阑。作吉言，亲朋倚云拜年。

51. 惜红衣（双调88字）

Z Z P P，P P Z Z，Z P P Z。Z$_\text{P}$ Z P P，P P Z P Z。P P Z Z，P$_\text{Z}$ Z$_\text{P}$ Z$_\text{P}$、P P Z P Z。P Z，P$_\text{Z}$ Z Z$_\text{P}$ P，Z$_\text{P}$ P P P Z。

P P Z Z，Z$_\text{P}$ Z P P，P P Z P Z。P P P$_\text{Z}$ Z Z Z，Z P Z。Z$_\text{P}$ Z Z P P Z，Z$_\text{P}$ Z Z$_\text{P}$ P P Z。Z Z$_\text{P}$ P P Z，P Z Z$_\text{P}$ P P Z。

《诗词曲格律入门》代序（2019年4月23日）

艺苑千年，文坛万载，尚诗词曲。不朽吟怀，流传俊声举。而今社会，将断代、合规无句。格律，和者盖稀，亦歪充幽趣。

闲身顺履，急手发篇，心存正清欲。书工访觅宪矩，力删叙。数百谱重编纂，任事用多如许。定稿非完卷，当付梓从头捋。

52. 卜算子慢（双调89字）

ＰＰＺＺ，ＰＺＺＰ，ＺＺＺＰＰＺ。Ｚ_PＺＰＰ，Ｚ_P
ＺＺＰＰＺ。ＺＰＰ、ＺＺＰＰＺ。ＺＺ_PＺ_P、ＰＰＺＺ，
ＰＰＺＰＰＺ。

ＺＺＰＰＺ。ＺＺＺＰＰ，ＺＰＰＺ。ＺＺＰＰ，Ｚ
_PＺＰＰ_ZＺ。ＺＰＰ、Ｚ_PＺＰＰＺ。ＺＺＺ_P、ＰＰＺＺ，
ＺＰＰＺ_PＺ。

$$\text{秋（2020年10月22日）}$$

红枫带翠，银杏渐黄，片片瑟然飘落。姹紫嫣红，满
目尽多熟果。秋光盈、拯抚残花怍。覆黛草、随机委叶，
妆新五彩澄廓。

万里无云朵。看攘攘熙熙，物华南朔。壮美河山，日
月绕围九陌。笑凡尘、辗转争权握。任世界、分分秒秒，
不停窥右左。

53. 探芳信（又名"西湖春"）

ＺＰＺ。ＺＺＺ_PＰＰ，Ｐ_ZＰ_ZＰ_ZＺ。ＺＺＰＰ_ZＺ，
Ｐ_ZＺ_PＰ_ZＺ。Ｚ_PＰＰ_ZＺＰＰＺ，Ｚ_PＺＰＰＺ。Ｚ
ＰＰ、ＺＺＰＰ，ＺＰＰＺ。

Ｚ_PＺＺ_PＰＺ。ＺＺＺＰ_ZＰ，Ｐ_ZＰ_ZＰ_ZＺ。ＺＺＰＰ，
Ｚ_PＰＺ、ＺＰＺ。ＺＰＺ_PＺＰＰＺ，Ｚ_PＺＰＰＺ。ＺＰ

P 、Z Z P P Z **Z** 。

甲辰元日（2024年2月10日，甲辰年正月初一）

甲辰路。正虎跃龙腾，千家万户。卯兔刚归隐，寻幽纵深处。一年之计春为始，勤早生民富。酒杯盈、喜笑颜开，满怀吉祝。

智者谋朝暮。念世贵人家，田收五谷。借取东风，探芳信、且遥睹。雪融冰释无多久，静候垂光吐。命句芒、绽蕊桃花满树。

1. 采莲令（双调91字）

Z P P，P Z P P **Z**。P P Z、Z P P **Z**。Z P Z Z Z P ᴢ P ᴢ，Z Z P P **Z**。P P Z、P P Z Z，P P Z Z，Z ᴘ P P Z P **Z**。

Z Z P P，Z Z Z ᴘ Z P P **Z**。P P Z、Z ᴘ P P **Z**。Z P P Z，Z Z Z、Z Z P P **Z**。Z P Z、P P Z Z，P ᴢ P P Z，Z Z Z ᴘ P P **Z**。

立夏日作（2021年5月5日）

夏之初，仍是春声切。河边树、柳丝摇曳。万千怒放百花繁，采蜜群蜂界。枝头隐、争鸣候鸟，七音巧弄，化成交响仙乐。

滚滚红尘，四季轮转光阴借。忽而感、岁年相谴。老来方晓，以往事、过眼云烟灭。盼青少、勤于补脑，致知从义，睿敏力寻真解。

2. 夏云峰（双调91字）

Z$_p$P$_z$P。P$_z$P$_z$Z，P$_z$P$_z$Z$_p$ZP**P**。PZZP Z$_p$Z$_p$，Z$_p$ZP**P**。ZPPZ，P$_z$ZZ、ZZP**P**。Z$_p$ZZ、PPZZ，Z$_p$ZP**P**。

Z$_p$P$_z$Z$_p$Z$_p$Z**P**。ZPZ$_p$、ZP$_z$PZP**P**。PZ ZPZZ$_p$，ZZP**P**。Z$_p$PPZ，PZZ、Z$_p$ZP**P**。Z$_p$ZZ、P$_z$PZZ，P$_z$ZP**P**。

术后两年感怀（2021年8月15日）

一兼年。生死界，峰回路转蹒跚。成病数十载久，人在危岩。赖朱君[1]术，医者练、异技如仙。展妙艺、移山造海，假道魂还。

鬼神难料尘凡。大劫后、更知馀命维艰。休论富贫贵贱，最享安然。世名丰禄，无不是、过眼云烟。且自乐、嘲花咏月，

---

1 朱君：指为作者做手术的北京友谊医院外科专家。

千百悠闲。

3. 醉翁操（双调91字）

P_ZP，PP，PP，ZP_ZP。PP，$PPZP_ZPPP$。Z_PP_PPZPP，P_ZZP。Z_PZZZ_PPP，$Z_PZ_PPZ_P$ PZP。

$ZPZ_?$，$PZPP$。ZPZ_PZ，Z_PZPPZP。P_ZZPPPP，ZZZ_PPPP。P_ZPPZP，$PPPP_ZP$。Z_PZZPP，$ZZ_PP_ZZP_ZZ_PP$。

秦淮河夜游（2021年6月21日）

星稠，洁修，听讴，韵悠悠。清幽，秦淮水中行云舟。夜风贴岸啾飕。湿热收。览瞩却回头，不尽连浪波映楼。

大千世界，谁弄权谋。六朝都会，自古金陵不休。听古筝弹千秋，奏旧韵鸣三丘。争知人永由，天天皆顺流？看岁月如谋，明年当比今岁牛。

4. 东风齐著力（双调92字）

Z_PZPP，PPZ_PZ，$ZZPP$。P_ZPZ_PZ，Z $ZZPP$。$ZZPPZ_PZ$，PP_ZZ，$ZZPP$。PPZ，P_ZPZ_PZ，Z_PZPP。

$ZZZPP$。PZ_PZ、ZPZ_PZPP。ZPP_ZZ，$ZZZPP$。$ZZPPZ_PZ$，PPZ、$ZZPP$。PPZ，

$P_Z P Z_P Z，Z_P Z P \mathbf{P}。$

夏日热浪（2023年6月17日）

晓日腾腾，晨风寂寂，树影藏凉。庐园漫步，百鸟共鸣扬。令草[1]闻声起舞，花繁茂，丽色金黄。新坪草，香绒旋卷，伏谒[2]旻苍[3]。

世态正炎凉。虽暑热、也难地久天长。正人君子，梦一枕黄粱。是是非非难辨，寻常见、玉帝新装。皆心向，乾坤朗朗，善恶昭彰。

5. 法曲献仙音（双调92字）

$P Z P P，Z_P P P Z_Z，Z Z P P P \mathbf{Z}。Z Z P P，$
$Z P P Z，P_Z P Z Z_P P \mathbf{Z}。Z Z Z P P Z，P P Z P \mathbf{Z}。$

$Z P \mathbf{Z}，Z P P、Z P P \mathbf{Z}。P Z Z、P Z Z P P_Z Z。$
$Z Z Z P P，Z P P、P Z P \mathbf{Z}。Z Z P P，Z P P、P_Z$
$Z P_Z \mathbf{Z}。Z P P Z_P Z，Z Z P_P P P \mathbf{Z}。$

除夕（2019年2月4日，戊戌年腊月三十）

飞雪迎新，啸风辞旧，岁暮时光严月。地北仍寒，天南回暖，依依守犬交卸。己亥宿猪归客，临门在今夜。

---

1 令草：萱草的别称。

2 伏谒：谒见尊者，伏地通姓名。

3 旻苍：苍天，上苍。

兆民悦，喜洋洋、万家同惬。年景话、开盛世朝天阙。百里酒香飘，举杯觞、春日同跃。把盏清茶，满屋馨、郁润显烈。待餐桌铺宴，美味人人饕餮[1]。

6. 金盏倒垂莲（双调92字）

ＰＺＰＰ，ＺＰＰＺₚＺ，Ｚₚ ＺＰ**Ｐ**。Ｚₚ ＺＰＰ，Ｚₚ ＺＺＰ**Ｐ**。ＺＺＺ、ＰＰＰＺ，ＺＰＰＺＰ**Ｐ**。ＺＺＺₚＺ，ＰＰＺₚＺＰ**Ｐ**[2]。

ＰＰＺₚＰＰ𝗓Ｚ，ＺＰ𝗓ＰＺＺ，Ｚₚ ＺＰ**Ｐ**。ＺＺＰＰ，ＰＺＰ**Ｐ**。ＺＺₚＺ、ＰＰＰＺ，ＺＰＰＺＰ**Ｐ**。ＺＺＺＺ，ＰＰＺＺＰ**Ｐ**[3]。

秋思（2023年11月9日）

松翠枫红，更经霜妙染，镶嵌云天。丹彩追风，情洒落尘凡。冷意骤、凌空飘叶，已呈秋意阑珊。沃壤宁静，寒蝉备拟冬眠。

旁观百千万象，正熙熙攘攘，扰乱人间。漫卷西风，谁可辨愚贤。但祈盼、苍生蒙幸，扫除罗刹神坛。峻朗世界，丘民指望安然。

---

1 饕餮（tāo tiè）：比喻贪吃的人。

2 ＺＺＺＰＺ，ＰＰＺＰＺＰＰ：亦可断句为ＺＺＺＰＺＰＰ，ＺＰＺＰＰ。

3 ＺＺＺＺ，ＰＰＺＰＺＰＰ：亦可断句为ＺＺＺＰＰ，ＺＰＺＰＰ。

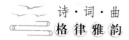
7. 塞翁吟（双调92字）

Z$_P$Z P P Z，P$_Z$ Z Z$_P$ Z P **P**。Z$_P$ Z$_P$ Z，Z P **P**，
Z Z$_P$ Z P **P**。P P Z Z P P Z，P$_Z$ Z$_P$ Z$_P$ Z P **P**。Z$_P$
Z Z，Z P **P**。Z Z$_P$ Z P **P**。

P **P**。P$_Z$ Z P$_Z$ Z、P P Z$_P$ Z，P Z$_P$ Z、P P Z **P**。
Z Z$_P$ Z，P P Z$_P$ Z，Z P Z、Z$_P$ Z$_P$ P P$_Z$ P$_Z$ Z，Z$_P$ Z P **P**。
P$_Z$ P Z Z，Z Z P P，P$_Z$ Z P **P**。

海棠花溪看海棠（2022年4月13日）

玉树琼枝茂，晨气馈赠丹霞。万朵绽，海棠花，正演
溢清佳。年年此地春光好，都是三月精华。飘瑞雪，笑人家。
落瓣尽娇撒。

奇葩。听凭任、风吹雨打，也不怕、沙尘检刮。对曜日，
昂扬奋起，把嘉丽、赆送倾心，广衍根芽。云天映蔚，锦
簇千团，纷乱如麻。

8. 满江红（双调93字）

Z$_P$ Z P P，P$_Z$ P$_Z$ Z、P$_Z$ P Z$_P$ **Z**。P$_Z$ Z Z$_P$ Z、Z$_P$
P P$_Z$ Z，Z$_P$ P P **Z**。Z$_P$ Z P$_Z$ P P P Z Z，P$_Z$ P Z$_P$ Z
P P **Z**。Z Z$_P$ P$_Z$ Z、P$_Z$ Z Z P P，P P **Z**。

Z$_P$ P$_Z$ Z，P Z$_P$ **Z**。P$_Z$ Z$_P$ Z，P P **Z**。Z$_P$ P Z$_P$ P$_Z$
P$_Z$ Z$_P$，Z$_P$ P$_Z$ P **Z**。Z$_P$ Z P$_Z$ P P P Z Z，P$_Z$ P Z$_P$ Z

P P **Z**。P$_Z$Z$_P$P$_Z$、Z$_P$ZZPP，P P **Z**。

秋怀（2007年11月10日）

逆水行舟，五十载、夷然[1]觊利[2]。如梦幻、你来他往，万千尘世。鼠辈仍能登碧殿[3]，庸才亦可成皇器[4]。看乾坤、倒转亦寻常，人间戏。

晚霜迫，添凉意。枯绿抖，残红谧。听秋风落叶，弄音悲泣。欲使今身争日月，情堪馀岁赢天地。为山河、万代永茏葱，倾心力。

清华抒怀（1980年3月5日）

沐浴春风，同窗友、东西南北。怀壮志、心揣诗梦，化蝶蝉蜕。万代宏图明日展，千秋美景今朝绘。奋攻关、破堡垒科学，当吾辈。

忆昔往，忧国泪。骁虎卧，蛟龙睡。叹十年动乱，运交非类[5]。秋雨摧拉奸佞祸，春雷唤醒忠良寐。待新英、把社稷隆兴，先灵慰。

---

1 夷然：坦然；鄙视的样子。

2 觊（jì）利：企求利益。

3 碧殿：金碧辉煌的殿堂。

4 皇器：指帝位；大器，王佐之材。

5 非类：志向不合、志趣不同的人。此处特指"文化大革命"中废除高考制度而靠推荐上大学的人。

9.六幺令（又名"六幺令""六幺"，双调94字）

Z$_P$PP$_Z$Z，Z$_P$Z$_P$Z$_P$PZ。P$_Z$PZ$_P$PP$_Z$PZ，P$_Z$
ZP$_Z$PZ。Z$_P$ZPPZZ，Z$_P$ZPPZ。Z$_P$PPZ，
P$_Z$PZ$_P$Z，Z$_P$ZP$_Z$PZPZ。

Z$_P$ZPPZ$_P$Z，Z$_P$ZPPZ。P$_Z$Z$_P$Z$_P$ZPP，
ZZPP$_Z$Z。Z$_P$ZPPZZ，Z$_P$ZPPZ。Z$_P$PPZ，
P$_Z$PZ$_P$Z，Z$_P$ZP$_Z$PZPZ。

中秋乡思（2021年9月21日，辛丑年八月十五）

仲秋凉意，玉宇仙姿荡。姮娥俯视尘界，到处霜收状。
塞北高粱豆黍，丰硕农家样。稻云如浪，江南沃土，万众
欢腾喜声唱。

此刻人间同乐，惟念萱堂况。家乡大地茫茫，落叶西
风响。老母年超米寿，康健精神爽。酒杯端上，一轮明月，
光耀慈闱更心旷。

10.雪梅香（双调94字）

ZPZ，PPZ$_P$ZZPP。ZPPPZ，P$_Z$PZZ
PP。PZP$_Z$PZPZ，ZPPZZPP。Z$_P$PZ，Z
ZPP，P$_Z$ZPP。

PP。ZPZ，ZZPP，ZZPP。Z$_P$ZPP，Z
PZZPP。Z$_P$ZPPZPZ，ZPPZZPP。PPZ、

ＰＰＺ，ＺＰＺＰ**Ｐ**。

颐和园秋色（2016年10月23日）

遇霜降，长空望断雁南征。锦云高天佩，离宫景象辉增。攀柳凉蝉寂天籁，覆坪衰草响风声。忆丹桂，百里飘香，贪染秋情。

徐行。绕湖畔，彳亍悠闲，碧水晶滢。满目枯荷，几多萎谢莲蓬。已见残阳照温树，又逢霞彩挂寒藤。偷回首、涟波闪，却仍在幽亭。

11. 凤凰台上忆吹箫（又名"忆吹箫"，双调 95 字，格一）

Ｐ_ZＺＰＰ，Ｚ_PＰＰ_ZＺ，ＺＰＰ_ZＺＰ**Ｐ**。ＺＺ_PＰ ＰＺ，ＺＺＰ**Ｐ**。Ｐ_ZＺＰＰＺＺ，ＰＺＺ、ＺＺＰ**Ｐ**。Ｐ Ｐ_ZＺ，ＰＰＺＺ，ＺＺＰ**Ｐ**。

Ｐ**Ｐ**。ＺＰＺＺ，ＰＺＺＰＰ，Ｚ_PＺＰ**Ｐ**。ＺＺ_PＰ Ｐ_ZＺ，ＰＺＰ**Ｐ**。ＰＺＰ_ZＰＰＺ，ＰＺＺ、Ｐ_ZＺＰ**Ｐ**。ＰＰＺ_Z，ＰＰＺＰ，Ｚ_PＺＰ**Ｐ**。

深秋杂感（2015年10月19日）

斗转星移，夏阑秋进，霜天略带清寒。看万山七色，尽染官田[1]。莫道菊黄欲败，君不见、水短荷残？今时令，登高望远，写意空前。

偷闲。放心志举，悲垂暮年华，瞬霎倏然。叹世凡尘昧，五欲[2]流连。百岁人生太久，终也是、一缕青烟。何须苦，名争利夺，自讨忧烦？

12. 满庭芳（又名"满庭霜""潇湘夜雨"，双调95字，格一）

$Z_P Z P P$，$P_Z P Z_P Z$，$Z_P P Z_P Z Z P$ **P**。$P_Z P Z_P Z$，$Z_P Z_P Z P$ **P**。$Z_P Z P Z_P P Z_P Z$，$Z_P P Z_P Z$、$P_Z Z P$ **P**。$Z_P P Z_P Z$，$P_Z P Z_P Z$，$Z_P Z Z P$ **P**。

$P_Z P P Z Z$，$P_Z P Z_P Z$，$Z_P Z P$ **P**。$Z P Z_P P P Z$，P，$Z_P Z P$ **P**。$Z_P Z P Z_P Z P_P Z$，$P_Z P Z_P Z$、$Z_P Z P_P P$ **P**。P **P** $P Z$，$P_Z P Z_P Z$，$P_Z Z Z P$ **P**。

中秋日作（2020年10月1日，庚子年八月十五）

日月如梭，光阴似箭，历载尘世悠悠。纵横交错，一年又中秋。百里云祥气爽，更欲见、大地丰收。想冰镜，寒宫亦暖，娥亦露修眸。

临凡惟瞩望，太平有道，和善无由。万家满馀粮，顺

1　官田：公田。

2　五欲：指耳、目、鼻、口、心的欲望。

美谐柔。天上人间岁事，千般好、风雨同舟。谁知晓，茫茫梦境，含几度闲愁？

13. 满庭芳（又名"满庭霜""潇湘夜雨"，双调 95 字，格二）

Z_p Z P P，Z_p P P Z，Z P$_z$ P Z P **P**。Z P P$_z$ Z，P Z Z P **P**。Z_p Z P P Z Z，Z_p P Z、P Z P **P**。P P Z，P$_z$ P Z$_p$ Z，Z_p Z Z P **P**。

P **P**，P Z Z，P$_z$ P Z$_p$ Z，Z_p Z P **P**。Z Z P$_z$ Z P$_z$ P Z，Z_p Z P **P**。Z_p Z P P Z Z，P$_z$ P Z Z、Z_p Z P **P**。P P Z，P P Z$_p$ Z，P$_z$ Z Z P **P**。

咏玉兰花（2023年3月15日）

晨起迎风，晚眠凝露，聚生琼蕊成春。倩妆丰媚，昂首笑白云。一阵清风掠过，忽掀起、娇嫩花唇。银波闪，晶莹剔透，光影亦留痕。

佳人，多苒袅，仙姿玉色，缭绕香魂。更素雅高洁，不入污群。嗟叹炎凉世态，众俗草、非是难分。德馨永，冰心傲骨，安卧醉芳尘。

14. 满庭芳（又名"满庭霜""潇湘夜雨"，双调 95 字，格三）

Z_p Z P P，P$_z$ P Z$_p$ Z，Z_p P P Z P **P**。Z_p P P Z

Z，P_ZZZP**P**。P_ZZPPZ_PZ，PP_ZZ、Z_PZP**P**。PPZ，P_ZPZ_PZ，P_ZZZP**P**。

PP，PZZ，P_ZPZ_PZ，Z_PZP**P**。ZZ_PPPZ，Z，Z_PPZ_P**P**。Z_PZP_ZPZ_PZ，P_ZPZ、Z_PZP**P**。PPZ，P_ZPZ_PZ，Z_PZZP**P**。

京畿之夏（2017年7月7日）

夏柳成荫，停云如梦，暗生初暑浮凉。步通幽径，忽左右歧旁[1]。临履轻行紫陌，游京苑、鸟语花香。天低树，无边旷野，经雨愈苍茫。

蹉跎，惊岁短，功名未立，虚度时光。黯然魂销处，世路彷徨。已老消残壮志，乏心力、续写华章。闲身赋，诗词格律，更纸短情长。

15. 扫花游（又名"扫地游"，双调95字）

Z_PPZZ，ZZZPP，Z_PPP**Z**。ZPZZ，ZPPZ_PZ，ZPP_Z**Z**。ZZP_ZP，ZZP_ZPZ**Z**。ZPZ，ZZ_PZ_PZ，P_ZZ_PP**Z**。

P_ZZP_PZ_Z**Z**。ZZ_PZPP，Z_PPZ_PZ_Z**Z**。Z_PPZ**Z**。ZP_ZZ_PZ_PZ_P，ZPP**Z**。ZZPP，Z_PZ

---

1 歧旁：双岔路。

P_ZPZ_PZ。ZPZ。ZPP、ZPP_ZZ。

寒露日作（2022年10月8日）

叶枝挂露，正滚滚云滋，悄然幽润。季秋奋迅，卷西风扫地，气温寒沁。老树初黄，上有寒鸦翅振。享亨运，有千缕妙华，迢递香吻。

凡界多混沌。苦短度人生，百年转瞬。事伦莫问，任风吹雨打，水深山峻。与世无争，自处宁安黯忖。已霜鬓，乐昏昏、勿忧高枕。

16. 水调歌头（双调95字，格一）

$Z_PZ_PP_ZP_ZZ$，$Z_PZZP\mathbf{P}$。P_ZPZZ，$P_ZZ_PPZZP\mathbf{P}$。$Z_PZP_ZPP_ZZ$，$Z_PZZ_PPP_ZZ$，$Z_PZZP\mathbf{P}$。$Z_PZ_PP_ZPZ$，$Z_PZZP\mathbf{P}$。

$Z_PP_ZZ_P$，P_ZP_ZZ，$ZZ_P\mathbf{P}$。P_ZPZ_PZ，$P_ZZP_ZZZP\mathbf{P}$。$Z_PZZ_PPP_ZZ$，$Z_PZZ_PPP_ZZ$，$Z_PZZP\mathbf{P}$。Z_PZP_ZPZ，$Z_PZZP\mathbf{P}$。

蒙古国之旅（2007年6月27日）

迥北幽深处，大漠起孤烟。荒原极目远眺，游牧逾千年。满目青枝鬥翠，遍野黄花争艳，猎手带雕旋。起舞婆娑影，洒酒敬苍天。

值晴霁，云涛卷，倚天蓝。山头白桦，引我信步密林前。

月上东方峰侧，日下西边山脉，凉气伴镞穿。多少烦心事，
都付笑谈间。

17. 水调歌头（双调95字，格二）

P_ZZ_PZPZ，Z_PZZPP。Z_PPP_ZZPZ，P
ZZP**P**。ZZPPP**Z**，Z_PZP_ZPZ_P**Z**。P_ZZZP**P**。
ZZZPZ，P_ZZZP**P**。

ZPZ_P，PZZ，ZP_Z**P**。Z_PPZZ，PZPZZ
P**P**。<u>PZPPP_Z**Z**，ZZZPP**Z**</u>，ZZZP**P**。Z_P
ZPP_ZZ，P_ZZZP**P**。

小月河公园漫步遐思（2022年6月27日）

无浪小河浅，东去不奔腾。朗清孤寂流淌，一路静无声。
万里终归沧海，或作云天瑞霭。终也是功成。几度秋冬夏，
起舞待春风。

笑尘界，愚笨久，若顽童。脑残庸众，黑白颠倒是非冥。
仁义中途旁落，道理边沿沉没，都是可怜虫。但愿幡然悟，
世上便无平。

18. 尾犯（又名"碧芙蓉"，双调95字）

Z_PZZPP，PZZP，PZPZ**Z**。Z_PZPP，Z
PPP**Z**。<u>P_ZZ_PZ、PPZZ，ZPP、PPZZ**Z**</u>。Z
PPZ，ZZPP，Z_PZPP**Z**。

PPPZZ，ZZ$_{p}$Z、ZZP**Z**。ZZPP，ZPP
P**Z**。ZPZ、PPPZ，ZPP、PPZ**Z**。ZPPZ，
ZP$_{z}$Z、P$_{z}$PZ$_{p}$**Z**。

小满日作（2022年5月21日）

小满鸟来全，松上柳旁，风送莺啭。蝶舞蜂鸣，戏墙花明暗。云飘过、高天滚滚，雨飞来、层波澹澹[1]。大江南北，内外长城，景色真如幻。

匆匆皆过客，在尘世，代代推换[2]。百岁浮生，似绵绵修远。重名利、贪求功业，享权尊、玩习手段。算机关尽，也都是、曲终人散。

19. 微招（双调 95 字）

Z$_{p}$PZ$_{p}$ZPPZ，PPZPP**Z**。Z$_{p}$ZZPP，Z
P$_{z}$PP**Z**。Z$_{p}$PPZ**Z**，ZPZ、Z$_{p}$PP**Z**。ZZPP，
ZPPZ，ZPP**Z**。

P$_{z}$**Z**，ZPP，PP**Z**，PPZPP**Z**。ZZZPP，
ZPPZ$_{p}$**Z**，Z$_{p}$PPZZ。Z$_{p}$PZ$_{z}$Z、ZPPZ**Z**。Z$_{p}$PPZ，
ZZP$_{z}$P，ZZPP**Z**。

---

1 澹澹（dàn dàn）：水波微微荡漾的样子。
2 推换：推移变换。

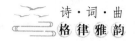
仲夏（2023年6月23日）

炎炎夏日如蒸煮，浮云不遮天火。降雨尚无期，庶民皆烦热。蝉鸣添苦乐，树荫里、弄音倏烁。透壁穿墙，若然交耳，刺心难躲。

宅者，养闲身，玩诗韵，研习古人馀墨。欲正谱千千，替新潮阐拓，逐一究各个。也命笔、渐添新作。醒神脑，延缓痴呆，告老防休惰。

20. 汉宫春（双调96字）

Z_PZPP，ZZ_PPP_ZZ，$Z_PZP\mathbf{P}$。PPZ_PP_Z Z_PZ，$P_ZZP\mathbf{P}$。PPZ_PZ，ZP_ZP_Z、$Z_PZP\mathbf{P}$。P_ZZZ，$P_ZPZ_PZ_P$，$P_ZPZ_PZP\mathbf{P}$。

$Z_PZZ_PPP_ZZ$，ZP_ZPZZ，$Z_PZP\mathbf{P}$。P_ZP Z_PP_Z，$Z_PZZ_PZP\mathbf{P}$。PPZ_PZ，$Z_PP_ZP_Z$、Z_P $ZP\mathbf{P}$。PZZ，P_ZPZ_PZ，$P_ZPZ_PZP\mathbf{P}$。

丁酉年赋（2016年1月27日，除夕）

丁酉雄鸡，正昂扬鬥志，抖擞精神。经年累月历变，万象更新。三山五岳，舞东风、大地回春。塞上雪，飘飘洒洒，江关细雨纷纷。

清晓一声高唱，念乡情有限，世义无垠。征人促匆，凛气扑面寒尘。南来北往，修途远、似箭归心。齐守岁，阖家聚首，团圆方显天伦。

21. **黄莺儿**（双调96字）

Z_P P P P Z P $_Z$ P Z 。 Z_P Z P P ， P Z P P ， P $_Z$ P $_Z$ P P ， Z_P P $_Z$ P Z 。 P Z Z Z P P ， Z Z P P Z 。 Z P P Z P P ， Z Z P P 、 P Z P Z 。

P Z ， Z Z Z P P ， Z Z P P Z 。 Z P P Z $_P$ ， Z Z P ， P P Z $_P$ P $_Z$ P Z 。 P Z Z Z P P ， Z Z P P Z 。 Z P $_Z$ Z $_P$ Z P P ， P $_Z$ Z P P Z 。

芒种日晨情（2021年6月5日）

春消芒种天临夏。作物根萌，风雨催生，光阴东流，抢时农稼。期五谷九秋丰，六畜三春大。万家千户齐功，汗水浇成、前景如画。

幽雅，院树漫晖盈，早果高枝挂。草青花茂，异馥清轻，流光舞风交洽。闻百鸟竞争鸣，九宇声飘飒。任散举步徐行，悠永晨曦下。

22. **天香**（又名"伴云来"，双调96字）

Z_P Z P P ， P $_Z$ P Z $_P$ Z ， P P Z $_P$ Z P Z 。 Z $_P$ Z P P ， Z $_P$ P P $_Z$ Z ， Z Z Z $_P$ P P Z 。 P $_Z$ P Z $_P$ Z ， P $_Z$ Z Z 、 P P P Z 。 Z $_P$ Z P $_Z$ P $_Z$ Z Z ， P P $_Z$ Z Z $_P$ P Z 。

P P Z $_P$ P P $_Z$ Z ， Z P P 、 Z P P Z 。 Z Z P $_Z$ P Z Z ，

ZPP**Z**。P$_Z$ZPP Z**Z**，ZP$_Z$Z、PPP$_Z$Z$_P$**Z**。Z
ZPP，PP Z**Z**。

端午节感怀屈原（2017年5月30日，丁酉年五月初五）

江竞龙舟，门悬野艾，道是鸡年端午。五色柔丝，雄
黄烈酒，打鬼钟馗仙主。木兰汤浴，驱晦气、病邪咸黜。
百叶香侵角粽，千层裹包良黍。

灵均汨罗去猝，志难酬、悍秦亡楚。天问离骚邃美，
世间辞祖。屈子徒行仕路，患奸佞、君王不堪蛊。远放
沅湘，诗魂作舞。

23. 雨中花慢（双调96字）

ZZPP，PP Z$_P$Z，ZP ZZ P**P**。ZZ$_P$P Z$_P$Z，
Z$_P$ZP**P**。Z$_P$ZP$_Z$PZ$_P$Z，PPPZP**P**。PP Z$_P$Z，
P$_Z$PZZ，Z$_P$ZP**P**。

Z$_P$PP$_Z$Z，P$_Z$ZPP$_Z$，P$_Z$P$_Z$Z$_P$ZP**P**。P$_Z$ZZ、
PP Z$_P$Z，Z$_P$ZP**P**。ZZP$_Z$PZ$_P$Z，PP Z$_P$ZP**P**。
P$_Z$P Z$_P$Z，PP Z$_P$Z，Z$_P$ZPP。

中秋（2023年9月29日，癸卯年八月十五）

玉兔春钵，嫦娥舞袖，举家手捧金瓯。正人间天上，
共度中秋。八月金风易送，中旬轻露难求。大千世界，南
来北往，东走西留。

滔滔绿水，滚滚红尘，熙熙攘攘行舟。长面对、惊涛骇浪，欲海阴沟。近看花开花落，遥观云淡云稠。悠悠百事，芸芸万象，一笑回眸。

24. 烛影摇红（双调96字）

$Z_P Z P P$，$Z_P P Z_P Z P P \mathbf{Z}$。$P_Z P Z_P Z Z P P$，
$Z_P Z P P \mathbf{Z}$。$Z_P Z P_Z P Z_P \mathbf{Z}$。$Z Z P P Z$、$P_Z P Z_P \mathbf{Z}$。
$Z_P P P_Z Z$，$Z_P Z P P_Z P_Z$，$P_Z P Z_P \mathbf{Z}$。

$Z_P Z P P$，$Z_P P Z_P Z P P \mathbf{Z}$。$P_Z P P_Z Z Z P P$，
$Z_P Z P P \mathbf{Z}$。$Z_P Z P_Z P Z_P \mathbf{Z}$。$Z_P P P_Z Z$、$P_Z P Z_P \mathbf{Z}$。
$Z_P P P_P Z$，$Z_P Z P P_Z P_Z$，$P_Z P P_Z \mathbf{Z}$。

壬寅端午（2022年6月3日，壬寅年五月初五）

岁月峥嵘，清平世界经端午。今朝节日有何殊？恰遇年寅虎。艾草菖蒲云户。大虫威、登高俯瞩。手包香粽，戏水龙舟，沐兰汤煮。

宦海沉浮，几多贵仕能成主？克心惊颤不逍遥，梦寐图何苦？屈子投江作古。水长流、奔腾作速。万家灯火，照亮人生，幡然冥悟。

25. 暗香（又名"红情"，双调97字）

$P_Z P Z_P Z$，$Z Z_P P P_Z Z$，$Z_P P P_Z \mathbf{Z}$。$Z Z P_Z P$，
$Z_P Z P P Z P \mathbf{Z}$。$Z_P Z P_Z P Z Z$，$P_Z Z_P Z_P$、$Z_P P$

P**Z**。Z_PZ_PZ_P、Z_PZPP，P_ZZZP**Z**。

P_Z**Z**，ZZ_P**Z**。ZZZ_PP_ZP，Z_PZ_PP**Z**。ZP

Z**Z**，PZP_ZPZP**Z**。Z_PZPPZ_PZ，P_ZZZ_PZ_P、

Z_PPP**Z**。ZZ_PZ_P、PZZ，ZPZ_P**Z**。

芒种日作（2022年5月5日）

夏云舒卷，对邈遥玄旷，世涂修远。暮色苍茫，几朵丹霞正偷眼。一阵清风掠过，天声响、宛如丝管。却道是、柳暗花明，佳丽在前面。

迷乱，景如幻。有数点归鸦，不知疲倦。累时渐晚，飞鸟藏林伴鸣浅。多彩缤纷五色，欲赏景、步屐轻缓。浮云起、光影动，再抬望眼。

26.八声甘州（又名"甘州"，双调97字）

Z P_ZP、Z_PZZPP，Z_PP_ZZP**P**。ZZ_PPP_ZZ，

P_ZPZ_PZ，Z_PZP**P**。Z_PZP_ZPZ_PZ，Z_PZZP**P**。

Z_PZP_ZPZ，Z_PZP**P**。

Z_PZP_ZPP_ZZ，ZZ_PPP_ZZ，Z_PZP**P**。ZP_Z

PP_ZZ，P_ZZZP**P**。ZP_ZZ、P_ZPZ_PZ，ZZ_PP、

P_ZZZP**P**。PPZ、Z_PPP_ZZ，Z_PZP**P**。

夏景（2022年7月10日）

望长空、碧镜照心尘，瞰临界无疆。看大千寰宇，熙

熙攘攘，碌碌忙忙。伟木争鸣百鸟，妙响作托腔。天降及时雨，蚂蚁修墙。

更有花前蝶舞，引野蜂偷蜜，弱翅嗡扬。正葱茏青翠，云叶卷乌光。一声声、蝉鸣向晚，侧耳听、风响亦周彰。怜幽景、眼前情趣，夏色裳裳。

27. 长亭怨慢（又名"长亭怨"，双调97字）

Z P$_Z$Z、P P Z$_P$Z。Z$_P$Z P P Z$_Z$，Z P Z$_P$Z。Z Z P P，Z$_P$P P Z$_Z$Z Z P Z。Z P P Z，P Z$_P$Z、P P Z。Z$_P$Z Z P P，Z$_P$Z$_P$Z、P Z$_Z$P P Z。

Z$_P$Z，Z P P Z$_P$Z，Z$_P$Z Z$_P$P P Z。P Z$_Z$P P Z$_Z$Z，Z P Z$_Z$Z、Z$_P$P P Z。Z$_P$Z$_P$Z$_P$、Z$_P$Z P P，Z P Z$_Z$Z、Z$_P$P P Z。Z P Z$_Z$Z P P，P Z$_Z$Z P$_Z$P P Z。

大雪日作（2021年12月7日）

更无雪、晴空蓝透。暗夜长留，几多稀昼。不数寒鸦，泣啼声厉正奔凑。鹊鸣乌噪，声迭起、如合奏。看百木严枯，剩寡叶、飘零前后。

冻柳，弱丝千万缕，倒映水中凄秀。经霜偃草，伏卧睡、根萌依旧。万籁寂、换季从时，四轮替、全凭天构。待二月来风，春水清池吹皱[1]。

28. 凤凰台上忆吹箫（又名"忆吹箫"，双调 97 字，格二）

Z_PZPP，P_ZPZP_PZ，P_ZPZP_PZPP。Z_PZZ、PPZ_PZ，Z_PZPP。$Z_PZP_PP_ZPZP_PZ$，$P_ZZ_PZP_P$、Z_PZPP。P_ZPZ，$P_ZPZ_ZZZ_P$，Z_PZPP。

$PP_ZZ_PPP_ZZ$，PZ_PZ，P_ZPZ_PZPP。ZP_ZZ、$PPZZ$，Z_PZPP。$Z_PZP_PP_ZPZP_PZ$，$P_ZZ_PZP_P$、Z_PZPP。P_ZPZ，P_ZZ_PZZPP。

咏杏花（2023年3月18日）

百草丛生，一枝独秀，晶莹雪杏出墙。逞俏媚、迎风展笑，未饰乔妆。舒缓春风掠过，摇嫩蕊、闪烁播香。新蜂恋，不舍蜜源，酿造琼浆。

冰清玉洁身世，凭丽质，杰魁或可堪当。自孤咏、虚名淡漠，傲视群芳。莫问凡英落去，心静处、万道华光。谁才是，悠哉乱卉花王？

29. 庆清朝（又名"庆清朝慢"，双调 97 字）

$ZZPP$，P_ZPZZ，$P_ZP_ZZ_PZPP$。$PPZZ$，

1　春水清池吹皱：借用冯延巳《谒金门》"风乍起，吹皱一池春水"句义。

$Z_P P_Z P_Z Z P \mathbf{P}$。$Z_P Z Z_P P P_Z Z$，$Z_P P P_Z Z Z P \mathbf{P}$。$P P Z$，$Z P Z_P Z$，$Z_P Z P \mathbf{P}$。

$P_Z Z Z_P P Z_P Z$，$Z Z_P P P_Z Z$，$Z Z P \mathbf{P}$。$P_Z P Z Z$，$P Z_P P_Z Z P \mathbf{P}$。$Z_P Z P_Z P Z_P Z$，$Z P P_Z Z Z P \mathbf{P}$。$P P_Z Z$，$Z_P P_Z P_Z Z$，$Z_P Z P \mathbf{P}$。

雪（2022年1月22日）

大雪纷飞，轻风助兴，连蝶曼舞翩翩。长空降瑞，绵绵絮覆良田。几树青松傲立，银装素裹万花繁。枝头鸟，喙叨冬果，妙戏晨间。

轻步踏歌后土，赏竹林银色，快意无前。人生易老，红尘看破何难？宦海儒林一世，富贫贱贵俱同般。功名禄，百千万亿，过眼云烟。

圆明园赏荷（2020年7月1日）

碧水泓澄，蓝天湛澈，莺吟燕舞婆娑。红衫绿裙仙子，妩媚婀娜。朵朵芙蕖笑傲，荷花湖里荡清波。连成片，乐天艳曳，光捕风捉。

抬望眼，舒振臂，举步悠然缓，俊赏踟蹰。衍迤千秋百代，愈美凌趆。起自淤泥不染，妍芳妩丽任评说。虽娇俏，却无媚骨，岂为廷活？

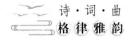

30. 声声慢（又名"胜胜慢""人在楼上"，双调97字，格一）

ＰＰＺＺ，Ｚ_PＺＰＰ，Ｐ_ZＰＺ_PＺＺ_PＺ。ＺＺＰＰＰＺ，Ｚ_PＰＰＺ。ＰＰＺＺＺ，ＺＺ_PＰ、ＺＰＰＺ。Ｚ_PＺＺ，ＺＰＰ、ＺＺＺＰＰＺ。

Ｚ_PＺＰＰＰＺ，Ｐ_ZＺＺ_PＺ、ＰＰＺ_PＰ_ZＰＺ。ＺＺＰＰ_Z，Ｚ_PＺＺＰＺ_PＺ。Ｐ_ZＰＺＰＺ_PＺ，ＺＰＰ_Z、Ｚ_PＺ_PＺ。ＺＺＺ，ＺＺ_PＺ_P、Ｐ_ZＺＺ_PＺ。

荷叶（2017年6月16日）

凌波翠盖，入水白根，轻盈妙舞意态。广叶柔滑珠露，动静无宰。晨光一缕朗照，愈倩娇、万千天籁。碧伞下，有尖尖、几朵小荷闲在。

自玉洁冰清派，出朽秽、泥污岂堪移改？秉性孤高，不与草茅鬥赛。迎风婉悠荡漾，绽芙藻、满沏企待。数日后，必是似、宫阙世外。

31. 声声慢（又名"胜胜慢""人在楼上"，双调97字，格二）

<u>ＰＰＺ_PＺ，Ｚ_PＺＰＰ</u>，ＰＰＺ_PＺＰ**Ｐ**。ＺＺＰＰ，Ｐ_ZＰＺ_PＺＰ**Ｐ**。Ｐ_ZＰＺＺ_PＰ_ZＺ，ＺＰ_ZＰ、Ｚ_PＺＰ**Ｐ**。Ｚ_PＺ_PＺ，ＺＰ_ZＰＺ_PＺ，Ｚ_PＺＰ**Ｐ**。

Z_PZPPP_ZZ，ZPPZ_PZ，ZZP**P**。ZZPP，
PPP_ZZP**P**。PPZPP_ZZ，ZPP、PZP**P**。Z
P_ZZ，ZP_ZP_Z、Z_PZP_Z**P**。

友谊医院通州院区就医（2020年6月11日）

天临盛夏，地扫残春，皇都热浪休扬。弱体依归，通
州友谊分疆。昼生夜次覆诊，待吉时、妙手扶伤。望窗外，
正愁云蔽日，晓雾茫茫。

古有悬壶济世，记仁心医者，万古流芳。砥柱中流，
潮白渌水河旁。念肝胆相照久，现而今、共叙衷肠。疫情在，
禁足术、先守病房。

32. 醉蓬莱（又名"雪月交光""冰玉风月"，双调97字）

Z**P**_ZPZ_PZ，Z_PZPP，Z_PPP**Z**。Z_PZPP，
ZZ_PPP**Z**。Z_PZPP，Z_PPP_ZZ，ZZ_PPP**Z**。
Z_PZPP，P_ZPZ_PZ，Z_PPP**Z**。

Z_PZPP，Z_PPP_ZZ，Z_PZPP，ZPP**Z**。Z_P
ZPP，ZZ_PPP**Z**。Z_PZPP，Z_PP_ZPZ_ZZ，ZZ_P
PP**Z**。ZZ_PPP_Z，P_ZPZ_PZ，Z_PPP**Z**。

大暑日作（2021年7月22日）

正熬煎季夏，酷暑来袭，盼生凉爽。一盏骄阳，照万
禾增长。热浪蒸腾，炽炎翻滚，奏暗虫交响。密叶藏蝉，

高枝隐雀，旭光流淌。

古往今来，史文[1]陈事，过往烟云，旧时模样。厚土高天，任弄思[2]遐想。如梦停云，蓦然成雨，似世权[3]无状。万马齐喑，凭阑指鹿，火球[4]骄亢[5]。

33. 孤鸾（双调98字）

P_z P P Z。Z Z P_p Z P P，P_z P P Z。Z Z P P Z，Z Z P_p P P Z。P P Z P Z Z，Z P P、Z P P Z。Z_p Z P_{zz} P Z P_p Z，Z Z P P Z。

Z Z P_p P、P_z Z Z P_p P Z。Z Z P_z Z P P，P_z Z P_p P P_z Z。Z Z P P Z，Z Z P_p P P_z Z。Z_p P Z P Z Z，Z P P、Z P P Z。P_z P_{zz} P_{zz} P Z P_p Z，Z P_z P P Z。

夏雨后遐思（2023年6月20日）

天蓝如洗。恰夏雨临完，清新无比。燕子惊倏掠，柳浪乘风起。乌光照干露水，便俄顷、亢炎重遇。热热凉凉变换，盛暑皆如此。

想人生、多半不由己。古鹿马相争，今鼠鸭戏。假话

---

1 史文：历史文献。

2 弄思：卖弄才思。

3 世权：承继权势。

4 火球：指酷夏之太阳。

5 骄亢：形容炽烈炎热。

真言混，讨巧赢千事。俱嫌厉声逆耳，到头来、媚承公意。凡尘庸庸碌碌，对穷山乏地。

34. 芰荷香（双调98字）

$Z P \mathbf{P}$，$Z P P_Z Z Z$，$Z_P Z P \mathbf{P}$。$Z P P Z$，$Z Z_P$ $Z_P Z P \mathbf{P}$。$P_Z P Z_P Z$，$Z Z_P Z_P$、$Z_P Z P \mathbf{P}$。$P P_Z$ $Z_P Z_P P \mathbf{P}$。<u>$P_Z P Z Z$，$Z_P Z P \mathbf{P}$</u>

$Z_P Z P P Z P_Z Z$，$Z P_Z P Z_P Z$，$P Z P \mathbf{P}$。$Z_P P P_Z Z$，$P_Z Z_P P_Z Z P \mathbf{P}$。$P_Z Z P Z_P Z$，$Z Z_P Z_P$、$Z_P Z P_Z \mathbf{P}$。$P_Z P_Z Z Z P \mathbf{P}$。$P P Z Z$，$Z Z P \mathbf{P}$。

谷雨日作（2022年4月20日）

弄桑麻，正乘时谷雨，耕作催芽。撒播良种，农心渴待酬答。天高地厚，广袤间、寸草春华。家家户户耕垡。南来旅燕，北去归鸦。

大美江山似锦绣，念江河远去，山海云涯。沃畴原野，遍周灯火万家。风调雨顺，众庶盼、鸡犬桑麻。登高远眺无他。疆封旷远，古道幽遐。

35. 陌上花（双调98字）

$P P Z Z$，$P P P Z$、$Z P P \mathbf{Z}$。$Z Z P P$，$Z Z Z P P \mathbf{Z}$。$P_Z P Z Z P P Z$，$Z Z Z P P \mathbf{Z}$。$Z P P Z Z$，$Z P P Z$，$Z P P \mathbf{Z}$。

$Z\,P\,P\,Z\,Z$，$P\,P\,P\,Z$，$Z\,Z\,P\,P\,P\,Z$。$Z\,Z\,P\,P$，$Z_P\,Z\,Z\,P\,P\,Z$。$P_Z\,P\,Z\,Z\,P\,P\,Z$，$Z_P\,Z\,P\,P\,P\,Z$。$Z\,P\,P$，$Z\,Z\,P\,P\,P\,Z$，$Z\,P\,P\,Z$。

雪（2019年11月30日）

无疆北土，皇州寒透、朔风凄冷。雪驾冬云，昨夜舞龙飞凤。山峦壑谷着白絮，草木向天霜净。笑宫鸦鬥雀，觅食乖乱，逞强争胜。

看河山半壁，恬夷幽素，岁岁年年夸逞。大地苍茫，谁配宰司参秉？诗仙曲圣今安在？世已疏稀酬赠。任长空，醉舞皑皑银粟，雅人馀兴。

36. 扬州慢（双调98字）

$Z_P\,Z\,P\,P$，$Z_P\,P\,P_Z\,Z$，$P_Z\,P\,Z_P\,Z\,P\,P$。$Z\,P\,P$ $Z_P\,Z$，$Z_P\,Z_P\,Z\,P\,P$。$Z\,P_Z\,Z\,P\,P\,Z_P\,Z$，$Z_P\,P\,P_Z\,Z$，$Z_P\,Z\,P\,P$。$Z\,P\,P$，$P_Z\,Z_P\,P\,P_Z$，$P\,Z\,P\,P$。

$P_Z\,P\,Z_P\,Z$，$Z\,P\,P$、$Z_P\,Z\,P\,P$。$Z\,Z_P\,Z\,P\,P$，P_Z $P\,Z_P\,Z$，$Z_P\,Z\,P\,P$。$Z\,Z\,Z_P\,P\,P\,Z$，$P\,P\,Z$、$Z_P\,Z\,P\,P$。$Z\,P_Z\,P\,P\,Z$，$P_Z\,P\,Z_P\,Z\,P\,P$。

元大都城墙遗址秋思（2015年9月6日）

碧水澄莹，紫薇凄秀，安驱少驻尘途。看波光闪烁，映挂叶佻浮。带凉意秋风过耳，已刁萧起，绿景逐疏。纵天蓝，日愈清寒，毕竟凌突。

轻挪碎步，见雕墙、岳立坚孤。任鹗视鹰瞵，龙腾虎跃，不再如初。恨后嗣无能辈，失疆土、未战先输。或残花败柳，回春就在皇都。

37. 应天长（又名"应天长令""应天长慢"，双调98字）

P~Z~PZZ，PZZP，PPZ~P~Z~P~PZ。ZZZPP Z，PPZPZ。PPZ，Z~P~PZ~Z。Z~P~ZZ、Z~P~PPZ。ZPZ~P~，Z~P~ZP~Z~P~，Z~P~P~Z~PZ。

PZZPP，Z~P~ZPP，PZZP~Z~。ZZZ~P~PP Z，PPZP~Z~。P~Z~PZ，PZZ~Z~。ZZZ~P~Z、ZPPZ~Z~。ZP~Z~Z~P~，Z~P~ZPP，Z~P~P~Z~PZ。

春分日作（2022年3月20日）

习风送暖，丝雨带凉，春分日渐长昼。大地郁兴南北，东耕正丛凑。播良种，待秋后。听百鸟、唱声协奏。好时光，万物回苏，赏析无够。

闲步径弯弯，两侧青青，新草翠芽露。只见蚁群忙促，穿梭在其圃。蝶儿闪，形影骤。更有那、叶芽幽秀。且站住，喝令花开，老夫能否？

38. 三姝媚（双调99字）

P~Z~PPZ~Z~。ZZ~P~Z~P~PP，Z~P~PPZ~Z~。ZZPP，

Z Z $_P$ P P Z，Z P P **Z**。Z $_P$ Z P Z $_P$ P，P $_Z$ Z $_P$ Z、Z $_P$ P
P **Z**。Z $_P$ Z P P，Z $_P$ Z P P，Z P P **Z**。

　Z $_P$ Z P P Z $_P$ **Z**。Z Z Z P P，Z P P **Z**。Z $_P$ Z P P，
Z Z $_P$ P P Z，Z P P **Z**。Z Z P P，P $_Z$ Z Z、Z $_P$ P P Z。
Z $_P$ Z P P P Z，P P Z $_P$ **Z**。

紫玉簪咏（2022年7月26日）

　紫簪开放遍。园地撒馀娇，夏阳丛艳。不恋争奇，正默然无语，馥芬元散。翠叶丰肥，衬托起、旭光无限。萼片修长，稚蕊冰清，自生婵婉。

　足令天葩慕叹。已是众芳凋，百花倾羡。傲骨云心，不媚王权势，义肝刚胆。看破红尘，自朗咏、更无杂念。四大皆空游刃，方为冀愿。

39. 锁窗寒（又名"琐窗寒""锁寒窗"，双调99字）

　Z Z P P，P P Z Z，Z P P **Z**。P P Z Z，Z $_P$ Z Z $_P$
P P **Z**。Z P $_Z$ P、P $_Z$ P $_Z$ Z $_P$ P $_Z$，Z $_P$ P Z $_P$ Z P P **Z**。
Z Z $_P$ P P $_Z$ Z，Z $_P$ P P $_Z$ Z，Z P P **Z**。

　P **Z**，P P **Z**。Z Z $_P$ Z P Z $_Z$，Z P P $_Z$ **Z**。P P Z P $_P$ Z，
Z Z P $_Z$ P P **Z**。Z P $_Z$ P、P $_Z$ P $_Z$ Z P P，Z $_P$ P Z Z Z
Z $_P$ **Z**。Z P $_Z$ P、Z $_P$ Z P P，Z Z $_P$ P P $_Z$ **Z**。

冬至日于珠海作（2021年12月21日）

口吐珠江，身邻港澳，面朝南海。时来运转，昼短夜长徐改。望苍穹、鹰鹗倚云，九天揽月凌霄矮。任长空展翅，翱翔鹏路，俯瞰山黛。

仙籁，椰林载。鸟语唱花香，桃源世外。凌波碎步，万点银鸥戏濑。矗亭亭、渔女[1]俏倬，玉珠一举心澎湃。美如斯、梦笔千秋，李杜[2]无文采。

40. 燕山亭（又名"宴山亭"，双调99字）

$Z_P Z P P$，$P_Z Z_P Z P_Z$，$Z_P Z P P P \mathbf{Z}$。$P Z Z$ P，$Z_P Z P P$，$P_Z Z_P Z_P P \mathbf{Z}$。$Z_P Z P P$，$Z_P P Z Z$、$Z_P P P \mathbf{Z}$。$P \mathbf{Z}$。$Z_P Z_P Z_P P_Z P_Z$，$Z P P_Z \mathbf{Z}$。

$P Z_P P_Z Z_P P P_Z$，$Z P Z_P Z_P$，$P_Z P_Z Z Z P P \mathbf{Z}$。$P_Z Z_P Z_P P_Z$，$Z_P Z_P P P_Z$，$P_Z P_Z Z Z P P \mathbf{Z}$。$Z_P Z P P$，$Z_P Z Z$、$Z_P P_Z P \mathbf{Z}$。$P \mathbf{Z}$，$P Z Z$、$P_Z P Z_P \mathbf{Z}$。

格律芳野[3]一周年赋（2021年3月28日）

歌赋诗词，百代世传，最是无双馀趣。平仄令音，上去仁声，顿挫抑扬妍郁。古往今来，有多少、雅人仙曲？

---

1 渔女：指珠海渔女。

2 李杜：李白与杜甫，这里泛指古代著名诗人。

3 格律芳野：作者的个人微信公众号，创建于2020年3月28日。

如许。李杜陆王苏，万千休誉。

格律芳野幽幽，一年整，丕扬正声之举。闲谈社稷，指点江山，低吟四声从欲。小展情怀，文坛上、岂容专据？今语，当助翊、新风可履。

41. 瑶台聚八仙（又名"新雁过妆楼"，双调99字）

$Z_P Z P \mathbf{P}$。$P P_Z Z$、$P_Z P_Z Z Z P \mathbf{P}$。$Z P Z_Z Z_P Z_P$，$P_Z Z Z Z P \mathbf{P}$。$Z Z P P P Z Z$，$P_Z P Z Z Z P \mathbf{P}$。$Z P \mathbf{P}$。$Z P Z Z$，$P_Z Z P \mathbf{P}$。

$P_Z P P_Z P Z Z$，$Z Z_P Z Z Z$，$Z_P Z P \mathbf{P}$。$Z P_Z Z_P Z_P$，$P Z_P Z Z P \mathbf{P}$。$P P Z_P P_Z Z Z$，$Z Z_P Z P P P_Z Z P \mathbf{P}$。$P P Z$，$Z Z_P P P Z$，$P_Z Z_P P \mathbf{P}$。

秋声（2019年10月20日）

一叶知秋。长空朗、朝晖映耀空幽。软风吹过，听落叶妙声讴。万紫千红惊炫目，天人胜处是皇州。魄赳赳。散闲信步，心旷无忧。

悲歌是季自古，俱乃文墨误，士论当休！硕果初尝，观北土正霜收。仲春播下百种，问回报功成赖兆头。谁堪配，这果实累盛，共享田酬？

42. 玉蝴蝶（又名"玉蝴蝶慢"，双调99字）

$Z_P Z Z_P P P_Z Z$，$P_Z P_Z Z_P Z$，$Z_P Z P \mathbf{P}$。$Z_P Z$

P P，P$_Z$Z Z$_P$Z P **P**。Z$_P$P P$_Z$、P$_Z$P Z$_P$Z，Z$_P$Z$_P$
Z、P$_Z$Z P **P**。Z P **P**。Z$_P$P P$_Z$Z，P$_Z$Z P **P**。

　P$_Z$**P**。P$_Z$Z P$_Z$Z，Z$_P$P P$_Z$Z，Z$_P$Z P **P**。Z Z
P P，Z$_P$P P$_Z$Z Z P **P**。Z P Z$_Z$P$_P$、P$_Z$P Z$_P$Z，Z$_P$
Z$_P$P$_Z$、Z$_P$Z P **P**。Z P **P**。Z$_P$P P$_Z$Z，Z$_P$Z P **P**。

清华大学毕业四十年（2022年2月21日）

转瞬卌年光影，时常想起，母校生涯。岁月无痕，惟
念往事环匜。苦钻研、精神抖擞，练体魄、意气风发。厚
德芽。倚天拔地，四海根扎。

　人家。建功立业，大江南北，遍地开花。报效丰恩，
尽倾云智不知乏。天行健、才英亘久，地势坤、伟士昌遐。
更无他。武林独步，水木清华。

43. **东风第一枝**（双调 100 字）

Z$_P$Z P P，P$_Z$P Z$_P$Z，P$_Z$P Z$_P$Z$_P$P **Z**。Z$_P$P
Z$_P$Z P P，Z$_P$Z$_P$Z$_P$P P$_Z$**Z**。P P Z$_P$Z，Z$_P$Z$_P$Z$_P$、
Z$_P$P P **Z**。Z Z Z、Z$_P$Z P P，Z$_P$Z Z P P **Z**。

　P$_Z$Z$_P$Z$_P$、Z$_P$P P$_Z$P$_Z$**Z**。P$_Z$Z Z、Z$_P$P P$_Z$**Z**。
Z$_P$P P$_Z$Z P P，Z P$_Z$P$_Z$P$_Z$P$_Z$**Z**。P$_Z$P Z$_P$Z，Z$_P$Z$_P$
Z$_P$、Z$_P$P P **Z**。Z Z$_P$Z$_P$、Z$_P$Z$_P$P P，Z$_P$Z$_P$Z P P **Z**。

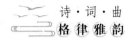
怡生园遐思（2007年7月26日）

塞北葱葱，江南郁郁，京华放眼寰宇。务虚会上神游，乌托邦国闲叙。怡生园内，任思绪、苍茫无律。尚记得、二到杭州，赏宝塔西湖趣。

千里路、始于脚下，百年事、止乎掌际。称王必属赢家，谓寇终当败绩。金陵城下，春秋梦、何时曾几？忆山城、可有梅花，再度盛开芳丽？

44. 渡江云（又名"三犯渡江云"，双调100字）

P_Z P P Z Z，Z_P P P Z_Z，Z_P Z Z P **P**。Z P_Z P
Z_P Z，Z_P Z P P_Z，Z_P Z Z_P P **P**。P_Z P Z P_Z Z，Z_P Z_P
Z_P、Z_P Z P P **P**。P_Z Z P Z_Z、Z_P P P Z_Z，Z_P Z Z P **P**。

P **P**。$\underline{P_Z\ P\ Z_P\ Z，\ Z\ Z\ P\ P}$，$Z$ P Z_Z P Z_P **Z**（叶）。
P_Z Z P_P Z_Z、P P Z_P Z，Z_P Z P **P**。P_Z P Z_P Z P P Z，
Z_P Z_P Z_P、P_Z Z P **P**。P Z P_Z，P_P P Z_P Z P **P**。

夏荷（2022年6月24日）

夏风吹上苑，百荷娇粉，碧叶荡中浮。鹤云飘水面，倒映长空，翠盖滚琼珠。蜻蜓往复，立尖角、茎挺孤突。吟鸟唱、轻飞作舞，何处是归途？

优殊。红花夏日，雪藕秋天，献精华全部。出秽质、淤泥不染，雅志清污。生来自有云心在，百草乱、甘愿零孤。

回头望，玄根已在江湖。

45. 高阳台（又名"庆春泽慢""庆春宫"，双调 100 字）

Z_PZPP，P_ZPZZ，P_ZPZ_PZP**P**。Z_PZPP，P_ZP_ZZ_PZP**P**。P_ZPZ_ZZ_PZPPZ，ZZ_PP、Z_PZP**P**。ZPP，Z_PZPP，Z_PZP**P**。

P_ZPZ_PZPPZ，ZP_ZPP_ZZ，Z_PZP**P**。Z_PZPP，Z_PP_ZP_ZZP**P**。P_ZPZ_ZZ_PZPPZ，ZP_ZP、Z_PZP**P**。ZPP，Z_PZPP，Z_PZP**P**。

家乡避暑（2022年8月9日）

长夜风轻，清晨气爽，乡关避暑悠哉。夜雨中停，纡徐巡绕楼台。云舒云卷初秋至，享清闲、小径徘徊。倚凉亭，举目苍穹，天际皑皑。

人生若梦逍遥过，任风狂雨猛，世道兴衰。一现昙花，何需耿耿于怀？但求无愧承先祖，秉仁心、不惧昏霾。甚忻然，信步优游，庭院花开。

46. 解语花（双调 100 字）

PPZZ，ZZPP，PZ_PP_ZP**Z**。ZPP_Z**Z**，P_ZPZ_P、Z_PZZ_PPPZ_P**Z**。P_ZPZ_P**Z**。P_ZZP_P、P_ZPZ_P**Z**。P_ZZP、Z_PZPP，Z_PZPP**Z**。

Z_PZP_ZP_PP_ZP_Z**Z**。ZZ_PPP_ZZ，P_ZP_ZZ_P**Z**。

Z_PPPZ，P_ZPZ_P，P_ZZP_ZP$Z_P$$Z$。PP$Z$$Z$，$Z_P$ $Z_P$$Z$、$Z_PPPZ_Z$$Z$。$Z_P$$Z$P、$P_Z$ZPP，$Z_P$$Z_PPPZ$。

颐和园深秋游（2019年11月11日）

征鸿过尽，鬥雀留多，秋色皇家苑。柳烟湖畔，铜牛卧、翘首妙观彼岸。佛香寿万。临近睹、桥横水面。七色浓、文绘长廊，风骨残荷炫。

多彩如诗画卷。令闲人凡致，萌起平渐。天高云淡，暇遑趁，乐此善时游转。回归世念，俗界里、衣茶酒饭。馀醒心、规避喧杂，为陋躯康健。

47.念奴娇（又名"大江东去""酹江月""百字令""壶中天""赤壁词""寿南枝"，双调100字，格一）

P_ZP$Z_P$$Z$，$ZPZ_Z$$Z_PPZ_Z$，$Z_PPZ_PPZ$。$Z_P$$ZPZ_Z$P PP$Z$，$Z_P$$ZPZ_ZPPZ$。$Z_P$$Z$PP，$P_ZPZ_P$$Z$，$Z_P$ ZPPZ。P_ZPP$Z_Z$$Z$，ZPP$ZZ_P$$Z$。

$Z_P$$ZPZ_Z$ZPP，$Z_PPPZ_Z$$Z$，$Z_P$$Z_PPPZ$。$Z_P$ ZP_ZPPZZ，Z_PZP_ZPP$Z_Z$$Z$。$Z_P$ZPP，$P_ZPZ_P$$Z$，$Z_P$$ZPPZ$。$Z_PPPZ$，$Z_PPPZPZ$。

辛丑年元日赋（2021年2月12日，辛丑年正月初一）

光阴荏苒，送庚子离俗，又迎辛丑。鼠尾牪头相继缵，万户千家奔凑。雨洒江南，雪飘塞北，云水乡音奏。神州大地，善和祥瑞妍秀。

回首去岁年初，新冠误戴[1]，寰宇凌惊骤。假作真时真亦假，人祸天灾倾构。馀孽难除，荼毒犹在，历史教人否？牛年期冀，亲朋天地同寿。

48. 念奴娇（又名"大江东去""酹江月""百字令""壶中天""赤壁词""寿南枝"，双调 100 字，格二）

Z_PPPZ，ZP_ZZ_P、PZZ_PPPZ。ZZPPP
ZZ，P_ZZPPZ_PZ。<u>ZZPP，PPZZ，ZZPPZ</u>。
Z_PPPZ，ZPPZPZ。

PZPZPP，Z_PPPZZ_P，P_ZPPZ。Z_PZP
PZ_PZP_Z，PZPPPZ。ZZPP，P_ZPZ_PZ，Z_P
ZPPZ。P_ZPZ_PZ，ZPPZPZ。

沙湖（2007年7月12日）

映天湖水，苇蓬簇、千百鹭鸥飞遍。西夏明珠天嵌玉，到处风情无限。远赏波光，近观砾烁，绿柳红花绚。长河荒漠，看仙洲美如幻。

轻舟似箭擎风，一时掀卷起，浪花堆漫。鸟岛丛生鸣百雀，险处凭栏禽苑。塞上精图，沙中霁景，梦绕魂萦泛。

---

1 新冠误戴：双关语，新冠，又指新冠病毒。

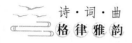
今临胜境，顿游情更舒展。

49. 绕佛阁（双调 100 字）

Z P Z $\mathbf{Z}$。P Z Z Z，P Z P $\mathbf{Z}$。P Z P_Z $\mathbf{Z}$，Z P Z Z，P P Z P $\mathbf{Z}$。Z P Z $\mathbf{Z}$。P Z Z Z，P Z P $\mathbf{Z}$。P_Z Z P_P P_Z $\mathbf{Z}$，Z_P P P_Z Z，P P_Z Z P $\mathbf{Z}$。

Z Z Z P Z_P，Z_P Z P P P Z $\mathbf{Z}$。P Z Z P_Z，P P P Z $\mathbf{Z}$。Z Z Z P P，P_Z Z P_P P $\mathbf{Z}$。Z P P $\mathbf{Z}$，Z Z Z P P，P Z P $\mathbf{Z}$。Z P P、Z P P $\mathbf{Z}$。

处暑日作（2022年8月23日）

起今处暑。秋声迫近，晚热如虎。人世云路，自知冷暖，
非为脑残苦。缅思自主。悲喜利害，听任公禄。怜悯凡庶，
简微见识，随风目如瞽。

莫道去程远，不惧途遥将日暮。禾稼向熟，农夫多盼眴。
翘首待霜收，饷客鸡黍。百千乡物，正万贾筹商，平惠庄户。
盼丰登、普天民富。

50. 桂枝香（又名"疏帘淡月"，双调 101 字）

P_Z P Z P_P $\mathbf{Z}$。Z Z_P Z P Z_P P，P_Z Z P P $\mathbf{Z}$。Z_P Z P P Z Z，Z P P $\mathbf{Z}$。P_Z Z P Z_P Z P P Z，Z P P、Z_P P Z P $\mathbf{Z}$。Z P P $\mathbf{Z}$，P_Z Z P Z_P Z，Z_P P P $\mathbf{Z}$。

Z Z_P Z_P、P P Z $\mathbf{Z}$。Z Z_P Z P P_Z，P_Z Z P_P P $\mathbf{Z}$。

Z_PZPP，Z_PZZPP**Z**。P_ZPZ_PZPP**Z**。ZPP、
P_ZZ_PP**Z**。Z_PPP_ZZ，$P_ZPZ_PZ_P$，ZPP**Z**。

除夕赋（2016年2月7日，乙未年腊月廿九）

贞孤感逝。正乙未休归，启丙申日。万代千秋运斗，
几多尘事。翻云覆雨人间乱，叹权豪、寇王如戏。顺天成道，
逆流遭摈，古今同理。

顾昔往、风华正炽。也指点江山，铁肩道义。纵使豪情，
万丈俱成追忆。交年拱手白羊匿。现而今、凭丙申志。智
仁披沥，倾心展拓，傲然倬立。

51. 锦堂春[1]（又名"锦堂春慢"，双调 101 字）

P_ZZPP，$PPZZ$，PPZ_PZP**P**。Z_PZPPP_ZZ，
ZZP**P**。Z_PZZPPZ_Z，$Z_PZ_PPZ_ZZP$**P**。ZZ_PP
Z_PZ，Z_PZPP，P_PZP**P**。

$Z_PP_ZPPZPZ_Z$，$ZPPZZ$，Z_PZP**P**。P_ZZ
P_ZPPZ_Z，Z_PZP**P**。$ZZPPZ_PZ$，ZZZ_P、P_Z
ZP**P**。$ZZPPZ_PZ$，P_ZZPP，ZZP**P**。

京城初雪（2023年12月11日）

云气团团，长空漫漫，天公妙弄银沙。朔土玄冥初到，

---

1 此"锦堂春"与"乌夜啼"之别名"锦堂春"完全不同。

遍洒冰葩。蝶舞逸翩寰宇，倚风随意丛杂。有南枝鹊踏，素裹轻描，败柳残花。

雾止清寒冬意，看松霜柏露，玉屑涤瑕。叹想人生在世，苦海无涯。且待春风化雨，最可期、萌动新芽。祈愿河清海晏，雪净尘埃，兆庶兴家。

52. 木兰花慢（双调101字）

Z P P Z_P Z，Z_P P_Z Z、Z P **P**。Z Z_P Z P P，P_Z P Z_P Z，Z_P Z P **P**。P **P**。Z P P_Z Z，Z P P Z_P Z Z P **P**。Z_P Z P_Z P Z_P Z，Z_P P Z_P Z P **P**。

P **P**，Z_P Z P_Z **P**。P_Z Z Z，Z P **P**。Z Z_P P Z_Z Z_P Z_P，P P Z_P Z，Z_P Z P **P**。P **P**。Z P Z_P Z，Z P P Z_P Z Z P **P**。Z_P Z P_Z P Z_P Z，Z_P P Z_P Z P **P**。

山楂花（2022年5月1日）

若春天艳雪，蜜蜂恋、戏朝霞。满目尽银光，随风闪烁，摇曳彪发。如麻。万千世态，自清修无意做凡花。宁守高洁净土，不为稗草根芽。

山楂，满院枝丫。春欲暮，暖情撒。静默迎立夏，微风掠过，更显卓拔。奇葩。善声永续，待秋来硕果大如瓜。当以朱红妙色，换来年景丰华。

53. 霓裳中序第一（双调101字）

ＰＰＺＺＺ。ＺＺＰＰＰＺＺ。Ｐ$_Z$ＺＺＺ$_P$ＰＺ$_P$ＰＺ$_P$Ｚ。Ｚ

Ｐ$_Z$ＺＺＺ$_P$Ｐ，Ｚ$_P$ＰＰＺ。Ｐ$_Z$ＰＺＺＺ。ＺＺＰ、ＰＺＰＺ。

ＰＰＺ，Ｚ$_P$ＰＺ$_P$Ｚ，ＺＺＺＰＺ。

ＰＺ，Ｚ$_P$ＰＰ$_Z$Ｚ。ＺＺ$_P$Ｚ、Ｐ$_Z$ＰＺ$_P$Ｚ。ＰＰＰ$_Z$

ＺＺ$_P$Ｚ。Ｚ$_P$ＺＰＰ，Ｚ$_P$Ｚ$_P$ＰＰＺ。ＺＰＰＺＺ。Ｚ$_P$ＰＺＺ、

ＰＰＺ。ＰＰＺ，Ｚ$_P$ＰＰＺ，ＺＺＺＰＺ。

咏芍药（2022年5月3日）

群芳在沮谢。已是天时生夏惬。唯见一丛不阕。正争
绿鬥红，倚风吟月。雍容雅冶。态倩娇、仙子凡界。东风过，
蕊香茎翠，万朵正欢谑。

思且，笑观人孽。最可叹、难分优劣。谁知贤士饕餮。
鹿马纷淆，非是难确。艳花凭绿叶。世代乱、奸邪狡僭。
焉如我，置身尘外，憩睡乃英略。

54. 拜星月慢（又名"拜星月"，双调102字）

ＺＺＰＰ，Ｐ$_Z$ＰＺ$_P$Ｚ，Ｚ$_P$ＺＰＰＺ$_P$Ｚ。ＺＺＰＰ，

ＺＰＰＰＺ。ＺＰＺ，ＺＺＰＰＺＺ，ＺＺＰ$_Z$ＰＰＺ。Ｚ$_P$

ＺＰ$_Z$Ｐ，ＺＰＰＰＺ。

ＺＰＰ、ＺＺＰＰＺ。Ｐ$_Z$ＰＺ$_P$Ｐ、ＺＺＰＰＺ。Ｚ$_P$Ｚ

ＺＰ$_Z$ＰＰＺ$_Z$，ＺＰＰＰＺ。ＺＰＰ、ＺＺＰＰＺ。ＰＰＺ、

Z_pZPPZ。Z_pZ_pZ、Z_pZPP，$ZPPZZ$。

除夕（2022年1月31日，辛丑年腊月廿九）

默送勤牛，承迎雕虎，户户家家守夜。岁岁年年，辗转尘寰界。想今晚，亿万丘民品酒，递盏传杯浓烈。暖意融融，祖先神灵惬。

北方天、洒洒飘飞雪。江南地、喜雨春前借。对广袤河山思，更心怀乡野。愿新年、好运连绵写。亲朋众、个个鸿运确。待倦笔、受命从头，再吟星拜月。

55. 花犯（双调102字）

ZPP，PPZ_pZ，$PPZPZ$。ZPP_ZZ，P_ZZ ZPP，P_ZZPZ。$Z_pPZZPPZ$，$PPPZZ$。ZZ Z、Z_pPP_ZZ，$PPPZZ$。

$PPZZ_pZPP$，$PPZZ_pZ$，$PPPZ$。ZPZ_ZZ，PPZ、Z_pPPZ。PPZ、$ZPZZ$，P_ZZ_pZ、P_Z $PPZZ$。Z_pZZ、Z_pPPZ，P_ZPPZZ。

立夏日作（2022年5月5日）

动娇枝，风吹弱木，云摇作悠摆。鹊声宏恺，飘荡响馀音，传信绵暖。夏初柳絮如云彩，夕阳红暖暆。惮漫燕、极舒宽翼，惊倏穿世外。

山高水远路遥长，风平到永久，人生期待。天下事，

实难可、过多依赖。崎岖径、勇于踏上，艰险处、功成名
气概。这世上、有谁能够，流芳千万载?

56. 齐天乐（又名"台城路""五福降中天""如此江山"，双调102字）

Z_PP P_ZZP PZ，P P_ZZP P_Z**Z**。<u>Z_PZP P，
P_ZP Z_PZ</u>，P_ZZP_ZP P_Z**Z**。P_ZP Z_P**Z**，Z Z_PZ P
P，Z_PP P**Z**。Z_PZP P，Z_PP P_ZZ ZP**Z**。

Z_PP P_ZZ_PZ_PZ，ZP PZZ，P_ZZ_PP**Z**。<u>Z_P
ZP P，P_ZP Z_PZ</u>，Z_PZP P Z_P**Z**。P_ZP Z_P**Z**。Z
Z_PP_ZP P，ZP P**Z**。Z_ZZP P，ZP PZ**Z**。

半个世纪感怀（2016年5月16日）

左行持续成专乱，依稀五十年旧。古物逢殃，生灵
涂炭，灾厄空前绝后。万千童叟，也劫数难逃，未终天寿。
扫地斯文，任尊严法度蒙垢。

逆施焉能久续，邓公凭智勇，诎辱担受。养晦韬光，
藏锋敛锷，无愧中华北斗。狂澜挽骤。导国运昌隆，外邦
倾首。伟绩丰功，必千年不朽!

57. 石州慢（又名"石州引""柳色黄"，双调102字）

Z_PZP P，P ZZP，P_ZZP**Z**。P_ZP Z_PZP P，
Z_PZ Z_PP P**Z**。P PZ_PZ，Z_PP_ZP_ZZP P，P_ZP_Z

P$_Z$ Z P P Z。P$_Z$ Z Z P P，Z P P P Z。

P Z。Z$_P$ P P Z，Z$_P$ Z$_P$ P$_Z$ P$_Z$，Z$_P$ P P Z Z。Z
Z P P，Z$_P$ Z P$_Z$ P P Z。Z$_P$ P P P Z，Z$_P$ Z$_P$ Z$_P$ Z$_P$ P P
P，P$_Z$ P Z$_P$ Z P P Z。Z$_P$ Z Z P P，Z P P P Z。

仲冬次松原（2015年12月28日）

冻冽临风，寒凛枕流，冬日夕照。苍苍凤野无边，莽
莽荒原有道。冰湖覆雪，映射万点繁星，藏藏闪闪馀光曜。
纵使冷如刀，马嘶人喧闹。

来报。寓楼红酒，下室清茶，洗尘餐俏。把盏端杯，
挚友相逢欣笑。天南地北，任尔阔论高谈，抒怀展义添情调。
到此一游人，梦思心头绕。

58. 水龙吟（又名"龙吟曲""庄椿岁""丰年瑞""鼓笛慢""小楼连苑"，双调102字）

Z$_P$ P P Z$_P$ Z P P，Z$_P$ P Z$_P$ Z P P Z。P$_Z$ P Z$_P$ Z，
P$_Z$ P Z$_P$ Z，P$_Z$ P Z$_P$ Z。Z$_P$ Z P P，Z$_P$ P P Z Z，Z$_P$
P P Z。Z P$_Z$ P Z$_P$ Z，P$_Z$ P Z$_P$ Z，P$_Z$ P$_Z$ Z、P P Z。

Z$_P$ Z P$_Z$ P Z$_P$ Z。Z P P Z$_P$、Z$_P$ P P Z$_P$ Z。P$_Z$ P Z$_Z$ Z，
Z$_P$ P P Z，P$_Z$ P Z$_P$ Z。Z$_P$ Z P P，Z$_P$ P P Z$_Z$ Z，Z$_P$
P P Z。Z P P、Z Z P P Z Z，Z P P Z。

268

重庆长江夜游（2018年11月27日）

走龙洴涌淘沙，千年不返东流水。迢迢万里，朝天门下，华灯祥瑞。一叶扁舟，几艘画舸，听涛人醉。看风催岸动，浪花点点，疾如箭、排阖退。

念耳边凉声沸。斗星移、云阴秋尾。林寒涧肃，江郎才尽，英雄无悔。白帝城孤，三峡西起，兆忧刘备。往如烟、旧事缠绵重庆，且明晴未？

颐和园秋兴（2017年10月23日）

北园霜叶凉声，一湖秋水明如镜。秋高气爽，休光临照，凌波云影。扑面残荷，迎风衰柳，孤高亭景。万寿山尽染，斑斓五彩，诗中画、添游兴。

石舫清流波静。看铜牛、昂扬独醒。西堤寄语，佛香谐趣，长廊夸逞。留雀嚚嚚，征鸿寂寂，各怀心境。取容情，当世芸芸吟鸟，愈加争胜。

59. 眉妩（双调103字）

Z P P P Z，Z Z P P，P Z Z P Z。Z Z P P Z，P P Z，P P P Z P **Z**。Z P Z **Z**，Z Z P、P Z P **Z**。Z P Z、Z Z P P Z，Z P Z P **Z**。

P **Z**，P P P **Z**。Z Z P P~Z~Z，P Z P **Z**。Z~P~Z P P Z，P P Z、P P P Z P **Z**。Z P Z **Z**。Z Z P、P Z

P Z。Z P Z P P，P Z Z、Z P Z。

海棠花溪春游（2023年4月3日）

正晨风和煦，晓雾柔温，澄润海棠艳。赖有东君助，新枝俏，春情萌动翻卷。蜜蜂绻恋，奋翼勤、芳蕊寻遍。鸟声脆、隐入花丛里，只闻朗吟软。

非愿，天低云漫。也弱光清曜，流水轻缓。沁养河旁木，生机旺、奇葩条叶滋演。仿佛梦幻。在眼前、云景相伴。看游客流连，情不舍、留馀憾。

60. 探春慢（又名"探春"，双调103字）

P_zZ P P，Z P Z_pZ，P P P Z P Z。Z_pZ P P，P_zP P_zZ，P_zZ P_zP Z_pZ。P Z P_zP Z P，Z P_zZ、P_zP P Z。Z P Z_pP Z P P，Z_pP P Z P Z。

P_zZ P_zP Z_pZ，P_zZ_pZ Z_pP，P_zZ_pP P Z。Z Z P P，P_zP P_zZ，Z_pZ Z P P P Z。P_zZ P_zP Z，Z Z_pZ、P_zP P Z。Z_pZ P P，P_zP P_zZ P Z。

家乡夏日雨霁（2023年7月17日）

侵早风堆，午时天洒，甘霖滋润乡土。翠柳垂条，青松挺干，燕子倏然凌翥。休夏长春惬，享凉爽、皇城争不？此时京域如蒸，庶民无奈危苦。

千百蜻蜓妙态，轻点便成波，花草含露。昊顶停云，丘原聚水，万缕华光飞舞。雨后乌阳曜，弄七色、当空首俯。斜倚雕栏，心闲乃胜人主。

61. 雨霖铃（又名"雨霖铃慢"，双调 103 字）

PPZ_pZ，$ZPPZ$，Z_pZ_pPZ。$P_ZPZ_pZ_pP_Z$，$PPZZ$，P_ZPPZ。ZZP_ZPZ_pZ，ZPZ_pPZ。ZZ_pZ_p、P_ZZPP，$ZZPPZPZ$。

$P_ZPZZPPZ$。ZPP、$ZZPPZ$。P_ZPZZ_p P_ZZ，P_ZZ、Z_pPPZ。$ZZPP$，P_ZZP_ZP，Z_pZ_pPZ。ZZP_Z、Z_pPPP，$ZZPPZ$。

咏月季花（2017年5月5日）

时逢立夏，暮春消尽，万朵中罢。残红似昙花现，东风不在，谁赢天下。礼让三分后绽，岂贪一时霎。向久远、光艳中园，百艳凋衰我犹姹。

浓香免却生休洽。志高洁、寄傲豪情撒。孤芳自赏悠奕，笑百草、附庸风雅。地北天南，浮媚盈盈，为取容姹。喜又见、山野乡间，月季开如画。

62. 澡兰香（双调 103 字）

$PPZZ$，$ZZPP$，$ZZZPZZ$。$PPZZ$，$ZZPP$，$ZZZPPZ$。ZPP、$PZPP$，$PPPPZZ$。$ZZPPZZ$，$PPPZ$。

ＺＺＰＰＺＺ，ＺＺＰＰ，ＺＰＰＺ。ＰＰＺＺ，Ｚ
ＺＰＰ，ＺＺＺＰＰＺ。ＺＰＰ、ＺＺＰＰ，Ｐ_ＺＺＰＰＺＺ。
ＺＺＺ、ＺＺＰＰ_Ｚ，ＰＰＰＺ。

中秋杂感（2017年10月4日，丁酉年八月十五）

寒蝉寂寂，断雁声声，落木彩妆九野。银霜碧瓦，玉露金风，向万里长空阙。念姮娥、红袖飘香，凄寒宫中日夜。玉兔长持药杵，孤光凄切。

莫叹吴刚举钺，桂树难伐，岂惟仙界。千秋百代，桎梏樊笼，只聆诔辞声烈。坐神坛、历代君王，偏爱疏贤近僭。看佞史、过眼烟云，朦胧圆月。

63. 竹马子（又名"竹马儿"，双调103字）

ＰＰＺＰＰ，ＰＰＺＺ，ＺＰＰＺ。ＺＰＰ_ＺＺＺ，Ｐ_ＺＺ_ＰＺ，ＰＰＰＺ。ＺＺＰ_ＺＺＰＰ，ＰＰＺＺ，ＺＰＰＺ。Ｚ_ＰＺＺＰＰ，ＺＰＰ，ＰＺＰＰＰＺ。

ＺＺＰＰＺ，ＰＰＺＺ，ＺＰＰＺ。ＰＰＺＺ_ＰＰＺ。Ｐ_ＺＺＰＰＰＺ。ＺＺＺＺＰＰ，ＰＰＰＺ，ＰＺＰＰＺ。ＰＰＺＺ，ＺＺ_ＰＰＰＺ。

格律浮想（2022年11月23日）

登今古诗坛，凭阑远眺，浩思嗟慨。念中文隽永，东音[1]妙趣，流芳千载。李杜仙圣吟魂，悠扬后世，宛如天籁。缵衍有新声，待中兴，格律绵延传代。

佳苒催人老，承前启后，壮心犹在。今来古往江海。惊浪奔腾澎湃。广袤壮丽中华，丕休词藻，光远[2]成交彩[3]。拨云睹日，便是尘寰外。

64. 长相思慢（又名"长相思"，双调104字）

Z Z P P，P_Z P Z Z，P_Z P Z Z_P Z P $\mathbf{P}$。P P Z Z，Z Z P P，P_Z P P Z P $\mathbf{P}$。Z Z P $\mathbf{P}$。Z P P Z_P Z，P_Z Z P $\mathbf{P}$。Z_P Z Z P $\mathbf{P}$。Z P P、P_Z Z P $\mathbf{P}$。

Z Z_P Z P P，Z P P Z，P Z_P Z Z P $\mathbf{P}$。P P P Z_P Z，Z P P、P_Z Z P $\mathbf{P}$。Z Z P $\mathbf{P}$。P Z Z、P P Z $\mathbf{P}$。Z P P、P P Z Z，Z_P P P_Z Z P $\mathbf{P}$。

术后三年（2022年8月15日）

辗转临年，争流岁月，三年瞬睒如风。人寰短暂，历世悠长，江河铢寸之行。峻速时钟。遇攸关大难，困在危亭。半死亦犹轻。救危墙、云厦将倾。

正交替阴阳，误向阎罗，御殿几进泉冥。还魂之刻短，

---

1 东音：古代称我国东方的歌声。

2 光远：广阔长久。

3 交彩：错杂多彩。

医如神、赫显威灵。鬼斧仙工。抢回来、馀闲寿生。便深知、红尘事理，万千过眼烟容。

65.花心动（又名"桂飘香"，双调104字）

Z_PZPP，ZPP、P_ZZ_PZPPZ。ZZPP，Z_PZPP，Z_PZZPPZ。ZPZ_PZPPZ，PZ_PZ、Z_PPPZ。ZPZ，PPZZ，ZPPZ。

Z_PZPPZ。P_ZPZPP，ZPPZ。ZZP_ZP，Z_PZPP，Z_PZZPPZ。ZPZ_PZPPZ，P_ZPZ、PPPZ。ZPZ，PPZPZ_PZ。

大暑日作（2022年7月23日）

六月将终，正愁人、都是枯煎之苦。日烈高悬，气炽低流，大地恰如汤煮。晴空朗朗乌光射，向九野、亢炎狂吐。最难忍，高温酷虐，倍增无度。

四季难熬大暑。怕炙烤禾焦，减成收谷。一望无边，热浪蒸腾，宛若纵横蛇舞。不知夏后熟禾稼，有多少、满仓金黍。待秋后，农夫庆功酒煮。

66.绮寮怨（双调104字）

ZZPPP_ZZ，ZPPZP。Z_PZ_PZ、Z_PZPP，P_ZPZ、Z_PZPP。PPP_ZPZ_PZ，P_ZPZ_Z、ZZPZP。ZZ_PP、ZZPP，PPZ、Z_PZPZP。

ZₚZZₚPZ**P**。PPZₚZ，Pᵤ PZZP**P**。Zₚ
ZP**P**。ZₚPᵤ Z、ZP**P**。PPZₚPPZ，ZₚZZ、
ZP**P**。PPZ**P**，Pᵤ PZZₚZ、PZ**P**。

紫玉兰（2022年4月6日）

紫瓣含娇清冽，早霞穿仲阳。染云露、剔透晶莹，临风赧、掩面轻妆。翩翩紫蝶起舞，枝头恋、恰似来鬥芳。贵倨颜、傲视群英，姿仪态、嬿婉无可双。

最是绮情亢扬。天南海北，长城内外飘香。敛聚乌光。看花蕊、正恢张。游蜂闪倏寻蜜，俏影乱、做浆糖。微风过墙，轻吹百千朵、如倩妆。

67.绮罗香（双调104字）

<u>ZZPP，PPZZ</u>，ZₚZPPP**Z**。ZₚZPP，
ZₚZZPP**Z**。<u>ZₚPᵤ Z、ZₚZPP，ZPᵤ Z、ZₚP
PZ</u>。ZPᵤ Pᵤ、ZₚZPP，ZₚPZₚZZP**Z**。

PPPZZₚZ，PZPPZₚZ，Pᵤ PᵤZ**Z**。ZZ
PP，ZₚZZPP**Z**。ZₚZPᵤ、ZₚZPP，ZₚZₚZᵤ、
ZPP**Z**。ZPPᵤ Zᵤ、ZₚZPP，ZPPZ**Z**。

夏至日作（2022年6月21日）

峻挺白杨，低垂弱柳，夜昼短长成最。夏至悠扬，吟鸟和鸣珠缀。朝霞早、绚丽云天，暮云晚、彩晕霞陂。伴

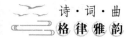

游蜂、蝶舞翩翩，采花镜里情丰媚。

犹如仙笔彧蔚，涂墨乡村邑岭，丰田流水。远望前方，尽是草青山翠。锦绣色、无限风光，宜人景、俊游如醉。坐幽亭、细语声频，且听蝉叫沸。

68. 永遇乐（又名"消息"，双调104字）

$Z_p Z P P$，$Z_p P P Z_z$，$P_z Z_p P Z$。$Z_p Z P P$，$P_z P Z_p Z$，$Z_p Z P P Z$。$P_z P Z_p Z$，$P_z P Z_p Z$，$Z_p Z Z_p P P_z Z$。$Z_p P P Z_z$，$P P Z_p Z$，$Z_p Z_p Z P_z P Z$。

$P_z P Z_p Z$，$P_z P_z P Z_z$，$Z_p Z Z_p P P_z Z$。$Z_p Z P P$，$P_z P P Z_z$，$Z_p Z P P Z$。$Z_p P P Z_z$，$P_z Z P Z_p Z$，$Z_p Z Z_p P P_z Z$。$Z_p P Z P_z$，$P_z P Z_z P_z Z$，$P Z Z$。

元土城遗址怀古（2015年7月20日）

大漠狼烟，荒原丹羽，枭猛鹰犬。铁马金戈，弯弓响箭，剑影刀光闪。南征北战，东伐西讨，逼铁木真强悍。众儿郎，看忽必烈，元都稳坐金殿。

幅员广袤，边疆修远，打下江山千万。功盖秦皇，勋压汉武，举世皆惊叹。人生如梦，长河历史，谁敢争锋蒙汉。败夷寇，追还故土，我方释憾。

69. 二郎神（又名"转调二郎神""十二郎"，双调 105 字）

$ZPZZ$，Z_PZZ、Z_PPPZ。$ZZZPP$，Z_PP
P_ZZ，Z_PZPPZZ。$Z_PZPPPPZ$，ZZZ、Z_P
PPZ。Z_PZZP_ZP，Z_PPPZ，$ZPPZ$。

PZ，P_ZPZ_PZ，P_ZPZ_PZ。ZZ_PZPP，
P_ZPZ_PZ，Z_PZP_ZPZZ。Z_PZPZ_ZP，Z_PPPP_ZZ，
Z_PZZ_PPPZ。P_ZZZ，Z_PZP_ZPZZ，$ZPPZ$。

小暑日作（2022年7月7日）

又临小暑，酷热起、汗流浃背。正愈近初伏，凯风馀响，
恰似传情韵味。密叶遮天林荫厚，送凉气、沁心清肺。听
燕雀交鸣，蝉音嘹亮，叫声清脆。

中晷，幻形图画，真真伪伪。看树木修森，入云凌傲，
拔地参天向瑞。劲草青葱，百花烂漫，有舞蝶缠灵卉。人易老，
盛夏乡情不减，叹思无寐。

70. 南浦（双调 105 字）

P_ZZZPP，ZP_ZP、$Z_PZ_PZ_PZ_PZ$。PZZ
PP，PP_ZZ、$P_ZZ_PZ_PPPZ$。P_ZPZZ，Z_PPP_Z
$ZPPZ$。PZP_ZPPZZ，Z_PZZ_PPPZ。

PPZ_PZPP，$ZP_ZPZ_ZZ_PZ_PP$，$P_ZPZ_ZZ_PZ$。P_Z

ＺＺＰＰ，ＰＰＺ、Ｐ$_Z$Ｚ$_P$ＺＰ$_Z$Ｐ**Ｚ**。Ｐ$_Z$ＰＺ**Ｚ**。ＺＰ$_Z$
ＰＺＰＰ**Ｚ**。Ｐ$_Z$ＺＰＰＰＺＺ，ＰＺＺＰＰ**Ｚ**。

小区冬日待春（2022年12月3日）

衰草亦青青，看冬阳、仿刻秋光如醉。一缕朔风袭，千丝偃、波浪起伏妍媚。飞来数鸟，南枝鸣啭休声沸。红果压枝枝愈俏，几叶翩旋飘坠。

人间变幻无穷，更千奇百怪，杂陈世味。昨误戴新冠，今天又、脱帽换鞋疲惫。怜矜受累。是非颠倒行尘轨。冬去春来应不远，且待满园花蕊。

71. 秋霁（双调105字）

Ｐ$_Z$ＺＰＰ，ＺＺＺＰＰ，ＺＺＰ**Ｚ**。Ｚ$_P$ＺＰＰ，Ｚ$_P$
ＰＰ$_Z$Ｚ，Ｚ$_P$ＰＺＰ$_Z$Ｐ**Ｚ**。Ｚ$_P$ＰＺ**Ｚ**。ＺＰＺ$_P$ＺＰＰ**Ｚ**。
ＺＺ**Ｚ**。ＰＺ、ＺＰＰＺＺＰ**Ｚ**[1]。

ＰＰ$_Z$ＺＺ，ＺＺＰＰ，ＺＺ$_P$ＰＰ，Ｚ$_P$Ｐ$_Z$Ｐ**Ｚ**。Ｚ
ＰＰ$_Z$、ＰＰＺ$_P$，ＰＰＺ$_P$ＺＺＰ**Ｚ**。Ｐ$_Z$ＺＺＰＰＺ**Ｚ**。
ＺＰ$_Z$ＰＺ，Ｐ$_Z$Ｐ$_Z$ＺＺＰＰ，ＺＰ$_Z$ＰＺ，ＺＰＰ$_Z$**Ｚ**。

本意（2022年8月15日）

气爽天蓝，正万里长空，剔透清湛。风卷残云，雷止

---

1 ＰＺ，ＺＰＰＺＺＰ**Ｚ**，可断句为"ＰＺＺＰ，ＰＺＺＰ**Ｚ**"，亦可不断句，即"ＰＺＺ
ＰＰＺＺＰ**Ｚ**"。

秋雨，正呈久违幽淡。乌光漫散。送来禾稼霜收盼。最上愿。前景、普天之下享华焕。

苍垠旷野，草木葱茏，粉蝶寻花，游蜂飞遍。望无边、茫茫荡荡，乡关何处不怀念。花好月圆人迹断。梦牵魂绕，如烟往事悠悠，古今中外，复还循转。

72. 尉迟杯（双调 105 字）

P P **Z**，Z Z Z、Z Z P P **Z**。P P Z Z P P，P Z P P P **Z**。P P Z Z，P$_z$ Z Z、P P Z P **Z**。Z$_p$ P P、Z Z P P，Z P P Z P **Z**。

P P Z Z P P，P$_z$ P$_z$ Z、P P Z Z P **Z**。Z$_p$ Z P P P P **Z**，P Z Z、P P Z **Z**。P$_z$ P Z、P P Z Z，Z P$_z$ Z、P P Z Z$_p$ **Z**。Z P$_z$ P、Z$_p$ Z P P，Z P P Z P **Z**。

癸卯年上元节（2023年2月5日，癸卯年正月十五）

冰轮盎，冉冉起、正慧灯初上。同欢癸卯新年，天镜光圆明亮。嫦娥玉兔，轻俯瞩、人间百千象。笑尘寰、雨雪风霜，一年无尽嚣荡。

厨下沸煮元宵，翻腾水、含藏杳漫期望。五谷丰登田收景，馀粮满、福从天降。春来早、农耕养备，待秋后、乡歌万户唱。壮丹心、继往开来，凯歌声响嘹亮。

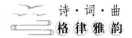

73. 安公子（双调106字）

Z_pZPPZ，ZP_zZ_pZ_pPPZ。Z_pZP_zPPZ，ZP_zPPZ。ZZ_pZ、PPZZPPZ。P_zZP_z、Z_pZPPZ。ZZP_pP_zZ_pZ_p，P_zZPPP_zZ。

P_zZPPZ。Z_pPPZ_zZPPZ。Z_pZP_zPPZ，ZP_zPPZ。ZZ_pZ、PPZ_pZPPZ。P_zZP_z、Z_pZPPZ。ZZ_pZ_pPP_z，Z_pPP_zZ_pPP_zZ。

咏鹅掌楸花（2022年5月15日）

剔透晶莹盏，挂悬鹅掌楸头炫。念郁金香皆早败，我本花开晚。仲夏里、浓浓翠叶无能掩。阳光下、丽质尤丰满。万朵千枝茂，摇曳随风舞抃。

借个英雄胆。瞰临天下群花欵。惯事为奴争宠幸，御前常丢脸。看在下、仙姿不为君王显。尊贵处、恰是孤独感。自在又逍遥，对酒当歌玩丝管。

74. 解连环（又名"望梅""杏梁燕"，双调106字）

ZPPZ。P_zPPZZ，ZPPZ。ZZZ_p、Z_pZPP，ZP_zZZ_pP，ZPPZ。Z_pZPP，Z_pPP_zZ、Z_pPPZ。ZP_zPZZ，Z_pZZ_pP，Z_pZP_zPZ。

PPZPZZ。ZPPZZ，P_zZ_pPZ。ZZZ_p、PZPP，ZZ_pZPP，ZZ_pPZ。Z_pZPP，ZZ_pZ、

Z_PPPZ。P_ZPP_Z、ZPZZ，ZPZ**Z**。

夏雨（2022年7月3日）

凯风扑面。正翻江倒海，以驱旸旱。闪电起、滚滚雷声，乃霹雳大仙，演兵习战。弄水如泼，再看那、九龙团练。作甘霖密聚，厚霭压城，地天昏暗。

连连泻倾漫灌。待云开日曜，晶辉迷乱。旷野邈、一望无垠，看休气蒸腾，隐约如幻。百木新妆，草青翠、夏花彪焕。捕飞食、凌空燕子，万支迅箭。

75. 倾杯乐（又名"古倾杯""倾杯"，双调106字）

Z_PZPP，P_ZPZ_PZ，Z_PPP_Z**Z**。ZPZ、P
P_ZZ，Z_PPPZ，P_ZPP**Z**。P_ZPZ_PZPP**Z**。
ZPPZ，P_ZZ_PZPP**Z**。ZPP_ZZ，ZZ_PPPZ_P**Z**。

P_ZZZ、P_ZPZ_P**Z**。ZZZPPPPZ**Z**。ZZ_PZ
P_ZZPP，P_ZPZ_ZZ_PZ_PPZ_Z**Z**。ZZZ、PPZ**Z**。P_Z
Z_PZ、P_ZPP_Z**Z**。Z_PZZ，P_ZZ_PZ_P、P_ZPZ_P**Z**。

黄山（2022年9月29日）

树大根深，花繁叶茂，跳峦奇峻。入深壑、危崖陡峭，翠峰如簇，高枝烟鬃。名超五岳非夸论。雾岚云海，仙境幻形韬韫。古松迎客，万众争先礼信。

尘世乱、多端转瞬。念历史长河空滚滚。万姓脑残甚无知，可怜父辈遗恨。最可叹、多发鲁笨。且盼眄、人人安枕。但企冀，惟愿己、馀生惬顺。

76. 望远行（双调 106 字）

PPZZ，P$_{Z}$P$_{Z}$Z、Z$_{P}$Z$_{P}$PPP**Z**。ZPPZ，Z$_{P}$ZPP，P$_{Z}$ZZPP**Z**。ZZPP，P$_{Z}$ZZPPZ，P$_{Z}$ZZ$_{P}$PP$_{Z}$**Z**。ZPP，PZPPZ$_{P}$**Z**。

P**Z**。PZZPZZ，ZZZ$_{P}$、Z$_{P}$PP$_{Z}$**Z**。ZZ$_{P}$ZP$_{Z}$，Z$_{P}$PZZ，P$_{Z}$ZZPP**Z**。P$_{Z}$ZPPPZ，PPPZ，Z$_{P}$ZPPP$_{Z}$**Z**。ZZPPZ，PPP**Z**。

壬寅年元宵节作（2022年2月15日，壬寅年正月十五）

寒窗紧闭，气凝冽、欲透帘帏凌犯。傲霜披雪，骇浪迎风，冷月昊空偷眼。遍洒银光，弄影寓前楼后，宫阙姮娥娇面。看人间，欢度元宵如幻。

灯炫。千户万家不夜，对酒茶、笑谈嘉愿。去岁未完，今宵引续，凭己更无恩盼。冬去春来刚好，播田良种，必有秋成无限。但乞新年里，闲身康健。

77. 望海潮（双调 107 字）

P$_{Z}$PPZ，PPP$_{Z}$Z，P$_{Z}$PZ$_{P}$ZP**P**。P$_{Z}$ZZP，PPZZ，P$_{Z}$PZ$_{P}$ZP**P**。P$_{Z}$ZZP**P**。ZP$_{Z}$Z$_{P}$P$_{Z}$Z，Z$_{P}$ZP**P**。Z$_{P}$ZPP，Z$_{P}$P$_{Z}$P$_{Z}$ZZP**P**。

$P_Z P Z_P Z P \mathbf{P}$。$\underline{Z P_Z P Z Z}$，$Z Z P \mathbf{P}$。$\underline{P Z Z P}$，

$\underline{P P Z Z}$，$P_Z P Z_P Z P \mathbf{P}$。$P_Z Z Z P \mathbf{P}$。$P_Z Z_P P P_Z Z$，

$Z_P Z P \mathbf{P}$。$Z_P Z P P Z_P Z$，$P_Z Z Z P \mathbf{P}$。

家乡雪夜上元辞（2016年2月22日）

邑乡光耀，炫然天地，家家户户张灯。室外霜寒，窗前露暖，残冬荡逸春风。好日聚亲朋。话长短今古，转递心声。命酒传杯，品茶飞盏笑萦盈。

凡间大美无穷。恰丰和地利，豫顺天兴。瑞雪纷纷，习风阵阵，欣逢盛世休明。纵目万千程。念月宫寒苦，桂殿冰清。料想嫦娥寂寞，正向往尘听。

78. 夜飞鹊（又名"夜飞鹊慢"，双调107字）

$P P Z P Z$，$P_Z Z P \mathbf{P}$。$P Z_P Z_P Z P \mathbf{P}$。$P_Z P Z_P$

$Z Z_P P_Z Z$，$Z_P P P_Z Z P \mathbf{P}$。$P P Z P Z$，$\underline{Z P_Z P P_Z Z}$，

$\underline{Z_P Z P \mathbf{P}}$。$P_Z P Z_P Z$，$Z P P$、$Z_P Z P \mathbf{P}$。

$P_Z Z Z_P P P Z$，$P Z_P Z P P_Z$，$Z_P Z P \mathbf{P}$。$P_Z Z$

$P P P_Z Z$，$P_Z P Z_P Z$，$P_Z Z P \mathbf{P}$。$Z_P P P_Z Z$，$Z P P$、

$Z_P Z P \mathbf{P}$。$Z P P Z Z$，$P_Z P Z Z$，$Z_P Z P \mathbf{P}$。

癸卯年元日（2023年1月22日，癸卯年正月初一）

兼程走寒兔，冲破黎明。元日豫冀相迎。壬寅虎啸馀音尽，迎来癸卯无声。初来第一拜，喜芳音协奏，歌舞升平。

家家户户，酒千杯、笑口盈盈。

寰宇普天同庆，宗祖佑儿孙，仁孝怀拥。必有连连好运，抬头见喜，康顺安平。慎终追远，共人神、海晏河清。待春光无限，风调雨顺，五谷丰登。

79. 薄幸（又名"薄倖"，双调108字）

$Z\,P\,P\,\mathbf{Z}$。$Z\,Z_p\,Z$、$P\,P\,Z\,\mathbf{Z}$。$Z\,Z_p\,Z$、$P\,P\,P\,Z$，$Z_p\,Z\,Z_p\,P\,P_z\,\mathbf{Z}$。$Z\,Z_p\,P$、$P\,Z\,P\,P$，$P\,P\,Z\,Z\,P\,P\,\mathbf{Z}$。$\underline{Z\,Z\,Z\,P\,P}$，$\underline{Z_p\,P\,P_z\,Z}$，$\underline{P_z\,Z\,P\,P\,P_z\,\mathbf{Z}}$。

$Z_p\,Z_p\,Z$、$P\,P\,Z$，$P_z\,Z\,Z$、$Z_p\,P\,P\,\mathbf{Z}$。$Z_p\,P\,P_z$ $P_z\,Z$，$P\,P\,Z_p\,Z$，$Z_p\,P\,P_z\,Z\,P\,P\,\mathbf{Z}$。$Z\,P\,P\,\mathbf{Z}$。$Z\,P$ $P\,Z_p\,Z$，$P\,P\,Z\,Z\,P\,P\,\mathbf{Z}$。$P\,P\,Z\,Z$，$P_z\,Z\,P\,P\,Z\,\mathbf{Z}$。

夏日听蝉（2022年7月13日）

树丛听话。密叶处、交鸣乐法。不易见、虫儿习隐，细品软声枝下。似琴音、拨动心弦，馀音顿挫如诗画。正鼓翼高频，振膜低抑，百里之遥叱咤。

最可叹、成蝉路，地狱里、四番脱褂。三年五载久，生来晦暗，漫无天日求出化。苦熬冬夏。喜终于破土，浑身铠袄黄金甲。馀活世短，却也争鸣爽飒。

80. 惜黄花慢（双调108字）

$Z\,Z\,P\,P$，$Z\,Z\,P\,Z\,Z$，$Z_p\,Z\,P\,P$。$\underline{Z\,P\,P_z\,Z}$，Z

P Z Z，P_zP Z Z，Z_pZ P **P**。Z P P_zZ P P Z，Z P Z、P Z P **P**。Z Z **P**。Z P Z Z，P Z P **P**。

P P Z Z P **P**。Z Z P Z Z，Z Z P **P**。Z P P Z，Z P Z Z，P P Z Z，Z_pZ P **P**。Z P Z Z P P Z，Z P Z、Z_pZ P **P**。Z Z **P**。Z P Z Z P **P**。

格律谩歌（2022年10月20日）

咏志吟诗，倦懒哼小曲，典雅填词。百花难放，众生易老，云烟过眼，绮梦连展。欲将心血浇文丐，执秃笔、依律成习。未可知。舞文弄墨，延缓呆痴。

浮生若梦何期。叹纵横上下，世道如迷。我为鱼肉，睡沉不醒，人为我主，肆意侵欺。大千世界多奇幻，万花筒、变演争奇。待启迪。抑扬顿挫三时。

81.一萼红（双调108字）

Z P P，Z P_zP Z_pZ，P_zZ Z P **P**。Z_pZ P P，P_zP Z_pZ，P_zZ P_zZ Z P **P**。Z P_zZ、P_zP Z_pZ，Z_pZ_pZ_p、P_zZ Z P **P**。Z_pZ P P，P_zP Z_pZ，Z_pZ P **P**。

P_zZ Z_pP P_zZ，Z P_zP Z_pZ，Z_pZ P **P**。Z_pZ P P，P_zP Z_pZ，P_zZ_pP_zZ P **P**。Z P Z_zZ_p、P P Z_pZ，Z_pP_zZ Z_p、P_zZ Z P **P**。Z_pZ P_zP Z P_pP_zZ，

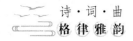
Z_PZPP。

春分日作（2020年3月20日）

看今朝，昼夜平分日，一梦季节新。路侧花黄，河边柳绿，光影斑密留痕。树丛内、流莺百啭，引群鸟、奏五乐争音。叶摆枝摇，蜂盘蝶舞，馥郁幽芬。

踏步行阡意爽，走弯弯小径，颐养精神。两袖清风，一头雾水，缘何鸂起松林。想必是、蟓虫噬树，为木挺、千百度飞临。泛起蓬茸馨香，淡荡春心。

82. 过秦楼（又名"选冠子""选官子""惜馀春慢""苏武慢"，双调109字）

Z_PZPP，Z_PPP_ZZ，Z_PZZ_PPPZ。$PPZZ$，Z_PZPP，Z_PZZPPZ。$PZZ_PZ_PPP_ZP$，P_ZZPP，Z_PPP_ZZ。ZPZ_PZ_PZ，P_ZP_ZPZ，$ZPPZ$。

$P_ZZ_PZ_P$、Z_PZPP，P_ZPPZ_Z，Z_PZZ_PPPZ。$PPZZ$，Z_PZPP，Z_PZZPPZ。Z_PZPP，ZP P_ZZPP，P_ZPP_ZZ。$ZPPZ_PZ$，PZP_ZPZ_PZ。

颐和园之春（2020年3月23日）

万寿山光，昆明湖影，绿柳翠枝飘荡。繁花艳艳，嫩草芊芊，泛起馥芬充畅。云水交映春晖，炫目粼粼，昼星悠漾。看长廊静远，西堤喧近，望羊无量。

还顾见、妙舞天鹅，昂头秀颈，恰似养心凫逛。铜牛像卧，玉带桥横，到此一游神旷。大美尘寰，人生若有逍遥，今朝别样。纵皇亲贵胄，岂与诗坛比尚？

83. 风流子（双调110字）

$P_Z P_Z P_Z Z_P Z，P P_Z Z、Z_P Z Z P P。Z Z_P P_Z Z_P Z_P，Z P P Z，Z_P P P_Z Z，P_Z Z_P P_Z \mathbf{P}。Z_P P Z_P，\underline{Z_P P P Z Z，P_Z Z Z P \mathbf{P}}。P_Z Z Z P，P_Z P Z_P Z，Z_P P P_Z Z，Z_P Z P \mathbf{P}。$

$P_Z P P Z_P Z，P P_Z Z、P Z_P Z_P Z P \mathbf{P}。P_Z Z Z_P P P Z，Z_P Z P \mathbf{P}。Z Z_P Z_P P_Z P_Z，P_Z P Z_P Z，Z P P_Z Z_P，Z_P Z P \mathbf{P}。P_Z Z Z_P P Z_P Z，P_Z Z P \mathbf{P}。$

仲夏颐和园（2020年7月7日）

颐和园仲夏，西堤垒、映满目红霞。望碧波荡漾，玉泉危塔；凯风徐婉，清水荷花。走湖岸，看经年宿鸟，听几处鸣蛙。飞翼夏虫，如风似箭；傍边芦苇，似曳如拔。

人稀蝉声响，凉荫柳、沿路树作虫家。遥指一排桥孔，白玉涤瑕。纵万里浮云，长空有界，百年佛阁，大地无涯。喜见绕亭旅燕，心写诗葩。

84. 疏影（又名"绿意""解佩环"，双调110字）

$P_Z P Z Z，Z P Z_P P Z Z，P_Z Z_P P \mathbf{Z}。Z_P Z P P，$

Z_pZPP，$P_zP_zZ_pZ_pP\mathbf{Z}$。P_zPZ_pZPPZ，Z_pZ_p
Z_p、$P_zPP\mathbf{Z}$。ZZ_pP、Z_pZPP，$Z_pZZ_pPP\mathbf{Z}$。

　$PZPPZZ$，$Z_pZ_zZ_pZZ$，$PZP\mathbf{Z}$。$ZZPP$，
Z_pZPP，$Z_pZP_zPPZ_z\mathbf{Z}$。P_zPZ_pZPPZ，Z_pZP
Z、$Z_pPP\mathbf{Z}$。ZZ_pP_z、Z_pZPP，$Z_pZZPP\mathbf{Z}$。

辛丑年元宵（2021年2月26日，辛丑年正月十五）

　天南地北，共昊苍玉兔，清澈如水。千里银光，万户红窗，谁将幻景勾绘？姮娥妙舞长空炫，望九宇、华光罗缀。看人家、月下厅堂，把盏衔杯微醉。

　嘉世凡间冗闹，元宵愈甚是，长夜无寐。滚滚汤圆，沸热蒸腾，任寄七情弹泪。乡音未改归思重，小百姓、叙心方内。上元节、结彩张灯，共盼丑牛青炜。

85. 霜叶飞（双调111字）

　Z_pPPZ。PPZ，$PPPZP\mathbf{Z}$。ZPP_zZZPP，
$Z_pZPP\mathbf{Z}$。ZZ_pZ、$PPZ\mathbf{Z}$。$P_zPPZPP\mathbf{Z}$。Z
$ZZPP$，ZZZ、$PPZZ_p$，$Z_pP_zP\mathbf{Z}$。

　P_zZZ_pZPP，P_zPZ_pZ，$ZZP_zZ_pZ_pP\mathbf{Z}$。
Z_pPP_zZZPP，$ZZPP\mathbf{Z}$。ZZ_pZ、$PPZ\mathbf{Z}$。P
$PP_zZPP\mathbf{Z}$。ZZP_z、PPZ，P_zZPP，$ZPP\mathbf{Z}$。

癸卯端午（2023年6月22日，癸卯年五月初五）

兔年端午。飘香粽，传情盘袭寻主。万家灯火照乡途，艾草悬门柱。饮黄酒、虫蛇却步。汨罗江里诗魂舞。怒水唱离骚，滚滚去、悲歌一曲，悯怜亡楚。

笑看岁月蹉跎，凡间万象，往事俱成千古。江山一统道歧旁，历代王如虎。最可怕、忠贫佞禄。奸臣当道君惑蛊。近小人、贤明远，万众同声，庶民愁苦。

86. 梅花引（又名"小梅花"，双调114字，格二）

$Z_P Z_P \mathbf{Z}$，$P P_Z \mathbf{Z}$，$P_Z P P_Z P_Z Z_P P \mathbf{Z}$。$Z P \mathbf{P}$，$Z P \mathbf{P}$，$Z_P P_Z Z Z_P$，$Z_P Z_P P_Z \mathbf{P}$。$P_Z P Z_P Z P P \mathbf{Z}$，$P_Z Z Z_P P P_Z Z_P \mathbf{Z}$。$Z_P P \mathbf{P}$，$Z P \mathbf{P}$，$P Z_P P_Z P_Z$，$Z_P Z Z_P Z_P \mathbf{P}$。

$Z_P Z_P \mathbf{Z}$，$Z_P P_Z \mathbf{Z}$，$Z_P P_Z P_Z P_Z Z_P P_Z \mathbf{Z}$。$Z_P P \mathbf{P}$，$Z P \mathbf{P}$，$P_Z P_Z P_Z Z_P$，$Z_P Z_P Z_P P \mathbf{P}$。$P_Z P P_Z Z P P_Z \mathbf{Z}$，$Z_P Z_P P_Z P_Z Z_P Z_P \mathbf{Z}$。$Z_P P \mathbf{P}$，$Z P \mathbf{P}$，$P Z_P P_Z P_Z$，$Z_P P Z Z P \mathbf{P}$。

立秋日作（2022年8月7日）

影倏闪，初秋燕，穿梭杨柳如飞箭。果青青，树葱葱，干霄叶华，累累嘉实丰。繁花落尽需时日，鬥艳争奇待春季。蝶儿飞，影儿追，翩翩起舞，落下叠成堆。

爱沁润，心头恨，织女牛郎银汉困。日煌煌，地茫茫，情丝万里，无处话衷肠。出门岂若居家好，五谷丰登人不老。举贤明，重德行，依遵大道，百事必功成。

87. 沁园春 [1]（又名"寿星明""东仙""洞庭春色"，双调114字）

P~P~ZPP，Z~P~Z~P~P~P~P~，Z~P~Z~P~Z~P~**P**。Z Z~P~P~P~Z~Z，P~Z~P~Z~P~Z，P~Z~P~P~Z~Z，P~Z~Z~P~**P**。Z~P~ZPP，P~Z~P~Z~P~Z~，Z~P~Z~P~P~P~P~Z~Z~**P**。P~Z~P~Z，Z~P~P~Z~P~P~Z~，Z，Z~P~Z~P~**P**。

P~Z~P~Z~Z~ZP~**P**。Z~P~Z~P~Z~P~Z~P~P~P~Z~**P**。Z Z~P~P~P~Z~Z，P~Z~P~Z~P~Z，Z~P~P~P~Z~Z，Z~P~Z~P~**P**。Z~P~Z PP，P~Z~P~Z~P~Z~，Z~P~Z~P~P~P~P~Z~Z~**P**。P~Z~P~Z~Z，Z~P~Z~P~Z~P~Z，Z~P~Z~P~**P**。

除夕（2015年2月18日，甲午年腊月三十）

斗转星移，午未交接，又是一年。看红尘滚滚，丛生万象，黄原莽莽，幻演千般。美酒盈杯，香茶半盏，户户家家守岁酣。

---

1 上阕第四、第五句与第六、第七句宜扇面对，如苏轼之"渐月华收练，晨霜耿耿；云山摛锦，朝露漙漙"；但亦可第四与第五句扇面对，如陆游之"念累累枯冢，茫茫梦境"。下阕第三与第四句宜扇面对，如苏轼之"有笔头千字，胸中万卷"，但亦可第三、第四句与第五、第六句扇面对，如毛泽东之"惜秦皇汉武，略输文采；唐宗宋祖，稍逊风骚"。

燃花焰，夜云霄曜煜，五彩斑斓。

悠悠往事如烟。数十载白驹过隙焉。念丝青亢志，终究有幸，鬓霜寡怨，毕竟无牵。海阔天空，山高水远，历历曾经似梦还。兴家业，赞三阳开泰，谈笑之间。

喀纳斯游记（2007年8月10日）

西域边陲，喀纳斯湖，仲夏日边。看神仙湾里，浮云缭绕；观鱼台下，危路盘旋。碧水蓝天，红花绿叶，地造无双锦绣山。游船稳，满目青峦翠，奇景联翩。

交逢喜事人欢。更乐见今番诸笑颜。任高歌一曲，行云响遏；低吟几句，流水休前。壮美山河，光辉星月，期盼中华永世安。身仍键，愿亲朋遍历，共享同甘。

88. 八归（双调115字）

P P Z Z，P P Z$_P$ Z，P Z Z Z P$_Z$ Z。P P Z Z P Z，P Z Z P P Z，P P Z$_Z$ P Z。Z Z P$_Z$ P P Z Z，Z Z、P P P Z。Z Z Z、Z$_P$ Z P P，Z Z Z P Z。

P Z P P Z Z，P P P Z，Z Z P P P Z。Z P P Z，Z P P Z，Z Z P P P Z。Z P P Z，Z Z P P Z P Z。P P Z，Z P P Z，Z Z P P，P P P Z Z。

秋怀（2020年10月13日）

细风染木，秋霜红叶，描绘五彩京秋。天南地北浓妆俏，周亘灿然夺目，点染乡愁。正是霞光争引曜，湛澈幕、华清云兜。碧绿地、浓显田桑，硕果挂枝头。

惟我人虽已老，身心衰弱，此时仍怀熙柔。百凡尘事，万般官路，俱是纤洄轻流。笑忙忙碌碌，举世仙凡躁无休。临终尽，位高权重，万贯腰缠，无非泥一抔。

89. 贺新郎（又名"贺新凉""金缕曲""乳燕飞""风敲竹""貂裘换酒"，双调116字）

Z$_P$ZPPZ。ZPZ$_P$P、P$_Z$PZ$_P$Z，Z$_P$PPZ。PZPPPPZ，P$_Z$ZP$_Z$PZ$_P$Z。Z$_P$ZP$_Z$Z、P$_Z$PPZ。Z$_P$ZP$_Z$PPZZ，ZPZ$_P$P、Z$_P$ZPPZ。P$_Z$ZZ、Z$_P$PZ。

P$_Z$PZ$_P$ZPPZ。ZPZ$_P$PZ、P$_Z$PZ$_Z$Z$_P$Z，ZPP$_Z$Z。P$_Z$ZPPPPZ，P$_Z$ZPZ$_P$PZ$_P$Z。ZZ$_P$Z、P$_Z$PPZ。Z$_P$ZP$_Z$PPPZZ，ZPZ$_P$P、Z$_P$ZPPZ。P$_Z$ZZ、Z$_P$PZ。

元土城遗址公园游思（2016年5月3日）

又是晴空好。抢时光、悠然自适，绕缭花草。河举双凫园谧静，岸柳争鸣树鸟。曲陌短、捷足轻脚。满目茏葱佳气爽，奈何风、吹乱新词调。思绪断、阒如草。

千年往事知多少？任豪杰、翻云覆雨，力征伐讨。铁馬金戈沙場嘯，拓土開疆遠衺。看世勢、紛爭云扰。朝代更迭皆天意，水浮舟、覆舸皆從道。温歷史、受良教。

90. 摸鱼儿（又名"摸鱼子""买陂塘""买坡塘""迈陂塘""山鬼谣"，双调116字）

ZPP、Z_PPPZ，P_ZPP_ZZPZ。P_ZPZ_PZPPZ，P_ZZZ_PPPZ。PZZ。Z_PZZ、Z_PPZ_PZPPZ。P_ZPZ_PZ。ZZ_PZPP，P_ZPZ_PZ，Z_PZZ_PPZ。

PPZ，P_ZZPPZ_PZ。P_ZPP_ZZPZ。P_ZPP_ZZPPZ，P_ZZZ_PPPZ。PZZ。Z_PPZZ、P_ZPZ_PZ_PPPZ。P_ZPZ_PZ。Z_PZ_PZPP，P_ZPZ_PZ，P_ZZZPZ。

南北之冬（2016年1月19日）

大寒临、朔方无度，晴空风冽穿骨。严冰上下深三尺，气冷峻难出户。且举目。南粤里、葱葱郁郁丛芳馥。萋萋草木。看海碧云舒，马龙车水，酿蜜蜡蜂舞。

鹏城[1]到，斗艳争奇无数。枝头垂挂花束。千红万紫添春意，引惹外乡人妒。轻再顾。观远近、熙熙攘攘八方入。

---

1 鹏城：深圳的别称。

293

繁华四路。往事小渔村，日新月异，恰似有神助。

91. 金明池（又名"昆明池"，双调120字）

Z~P~ZPP，PPZZ，ZZPPZ~P~Z。P~Z~Z~P~Z~P~、

PPZZ，P~Z~PZ、P~Z~P~Z~P~Z~Z。ZPP、ZZPP，

Z~P~ZZ、P~Z~Z~P~Z~PPZ。Z~P~Z~P~ZPP，Z~P~PPZ，

ZZ~P~PPPZ。

ZZPPPZ~P~Z。ZZZPP，Z~P~PPZ。PPZ、

PPZ~P~Z，P~Z~P~Z~Z、~P~PPZ。Z~P~PPZ~、Z~P~ZP

P，ZZ~P~ZPP，P~Z~PPZ。ZZ~P~ZPP，P~Z~PZ~P~Z，

ZZP~Z~PPZ。

上元节赋（2020年2月8日，庚子年正月十五）

明月清风，春灯丽影，子鼠元宵昭亮。旁街寂、寒流涌动，芸窗静、柔光舒畅。动诗情、命笔才庸，欲写却，词穷咏思奔荡。任妙绪东流，临文无状，满纸荒唐充盎。

万里长空星彩放。看一盏冰轮，徐升初上。携银兔、嫦娥寂寞，挥玄钺、吴刚悁想。神仙界、亦有忧烦，更恼尽凡间，滋生冠状。笑宦海多愁，人心向背，岂可但凭私望？

除夕抒怀（2018年2月15日，丁酉年腊月三十）

归酉依依，来戌跃跃，又是交年更漏。天时运、穿梭日月，三光照、扬晖穹厚。小星球、弹子离弓，且看众、

生灵幻尘驰骤。笑历史长河，英雄豪鬥，喜恋王权招手。

五帝三皇闻凯奏。纵汉武秦王，焉能修久？乌纱帽、门楣暂耀，诗词曲、文坛恒秀。新春到、万物复苏，淡水泡清茶，犹如丕酒。勿贪世间俗，争名事利，不若养鸡牵狗。

92. 春风袅娜（双调125字）

ＺＰＰＺ_ＰＺ，ＺＺＰ**Ｐ**。ＰＺＺ，ＺＰＰ。ＺＰＰＺ_ＰＺ，Ｐ_ＺＰＺ_ＰＺ，Ｚ_ＰＰＰ_ＺＺ，Ｚ_ＰＺＰ**Ｐ**。ＺＺＰＰ，ＰＰＰＺ，ＺＺＰＰＰＺ**Ｐ**。ＺＺＰＰＺＰＺ，ＰＰＰＺＺＰ**Ｐ**。

ＰＺＰ_ＺＰＺ_ＰＺ，ＰＰＺＺ，Ｚ_ＰＺ、ＺＺＰ**Ｐ**。ＰＰＺ，ＺＰ**Ｐ**。ＰＰＺＺ，ＰＺＰ**Ｐ**。Ｚ_ＰＺＰＰ，Ｚ_ＰＰＰＺ，Ｚ_ＰＰ_ＺＺ，ＺＺＰ**Ｐ**。ＰＰ_ＺＰＺ，ＺＰＰＺ_ＰＺ，ＰＰＺＺ，ＰＺＰ**Ｐ**。

《山花野草集[1]》代序（2015年6月16日）

伴光阴荏苒，鬓染微霜。苍浩浩，地茫茫。笑尘寰尸位，素餐者众，江山指点，事术骄扬。品至无争，德熟清欲，看破红尘能几桩。幕府迷情弄权柄，文坛何意写华章。

难恋沉沦宦海，机关算尽，也难把、正道弘彰。书香永，礼纲常。偷闲访古，千载流芳。口赋生篇，心填习作，

---

1 山花野草集：书名，马维野著，江苏凤凰文艺出版社 2015 年出版。

天高海阔，论短说长。拙诗成百，记蹉跎岁月，山花野草，
孤赏馀芳。

93. 兰陵王（又名"大犯"，三叠130字）

Z$_P$ P **Z**，P$_Z$ Z P P Z **Z**。P P Z、P Z Z$_P$ P，Z$_P$
Z P P$_Z$ Z P **Z**。P$_Z$ P Z Z$_P$ **Z**。P **Z**，P P Z **Z**。P P Z，
P$_Z$ Z Z P，P$_Z$ Z P P Z P **Z**。

P$_Z$ P Z P **Z**。Z Z$_P$ Z P P$_Z$，P$_Z$ Z P **Z**。P$_Z$ P P$_Z$
Z P$_Z$ P **Z**。P$_Z$ Z$_P$ Z$_P$ P P$_Z$ Z，Z$_P$ P P$_Z$ Z，P Z$_P$ P$_Z$ Z
Z Z$_P$ **Z**。Z P$_Z$ Z$_P$ P **Z**。

P$_Z$ **Z**，Z P **Z**。Z Z$_P$ Z P P，P$_Z$ Z$_P$ P P **Z**。P$_Z$ P
Z$_P$ P P P **Z**。Z Z$_P$ Z$_P$ P Z$_Z$ Z$_P$，Z$_P$ P P Z **Z**。P$_Z$ P Z$_P$ P$_Z$
Z$_P$，Z Z$_P$ Z，Z Z$_P$ **Z**。

冬至日作（2022年12月22日）

又冬至，地冻天寒肇始。三光冷、昼短夜长，也正而
今最尤是。希心亦昭启。如此，天行一理。寰球转，丕运
乱灾，变幻山川乃神力。

众生少奇迹。念脑性平庸，充沛凡世。人生百态多交利。
惜馀禄功位，误迷双眼，沉入红尘俱难制。更知晓何自。

难必，俱推赤。纵傲骨犹存，终也书气。天翻地覆谈
何易。后辈行孰路，已然无计。欲明方向，怎奈是，我

老矣。

94. 大酺（双调133字）

　　Ｚ Ｚ Ｐ Ｐ，Ｐ Ｐ Ｚ，Ｐ_ＺＺ Ｐ_ＺＰ Ｐ Ｚ。Ｐ Ｐ Ｐ Ｚ Ｚ，Ｚ Ｐ_ＺＰ Ｐ_ＺＺ，Ｚ_ＰＰ Ｐ Ｚ。<u>Ｚ_ＰＺ Ｐ Ｐ，Ｐ Ｐ Ｚ_ＰＺ</u>，Ｐ_ＺＺ Ｚ_ＰＰ Ｐ Ｚ。Ｐ Ｐ Ｚ_ＰＰ Ｐ_ＺＺ，Ｚ Ｐ Ｐ Ｚ_ＺＺ_ＰＺ，Ｚ Ｐ Ｐ Ｚ。Ｚ Ｐ_ＺＺ Ｐ Ｐ，Ｚ_ＰＰ Ｐ Ｚ_Ｚ，Ｚ Ｐ Ｐ Ｚ。

　　Ｐ_ＺＰ_ＺＰ Ｚ Ｚ Ｚ。Ｚ Ｐ Ｚ、Ｐ_ＺＺ Ｐ_ＰＰ Ｚ_ＰＰ Ｚ。Ｚ Ｚ Ｚ_ＰＺ、Ｐ Ｐ Ｐ Ｚ_Ｚ，Ｚ_ＰＺ Ｐ Ｐ，Ｚ Ｐ Ｐ、Ｚ Ｐ Ｐ Ｚ。Ｚ Ｚ Ｐ Ｐ Ｚ_Ｚ，Ｐ_ＺＺ_ＰＺ Ｐ_Ｐ、Ｚ_ＰＰ Ｐ Ｚ。Ｚ Ｐ_ＺＺ、Ｐ Ｐ Ｚ。Ｐ Ｚ Ｐ_ＰＰ Ｚ_Ｚ，Ｐ_ＺＺ Ｐ Ｐ Ｐ Ｚ。Ｚ Ｐ Ｚ_ＺＺ_ＰＰ Ｚ_ＺＺ Ｚ。

中秋节作（2022年9月10日，壬寅年八月十五）

　　举世团圆，冰轮转，蟾兔嫦娥宫阙。低头轻俯瞰，看瑞光云景，吴刚停钺。气爽天高，河清海晏，千万庶民丰烈。官田熟稷黍，正青黄色染，炫然欢谑。一年盼霜收，谷填仓廪，委实心切。

　　中秋情祷夜。盼尘世、繁盛若仙界。但愿可、人皆向善，互害恒无，勿侵争、允谐亭榭。莫道谁行早，俱勠力、心灯不灭。向阳木、多生蘖。春来冬去，又是新枝初叶。月亏月盈律铁。

95.绿头鸭（又名"多丽""陇头泉"，双调139字）

ZPP，ZPZ$_p$ZP**P**。ZPP、P$_z$ZPZ$_p$Z，Z$_p$Z$_p$P$_z$ZP**P**。<u>ZPZ$_p$PZ$_z$、Z$_p$PZ$_p$Z$_p$Z，Z$_p$ZP$_p$Z、P$_z$ZPP</u>。<u>Z$_p$ZPP，P$_z$ZPZZ，Z$_p$PPZ$_z$ZZP**P**</u>。Z$_p$Z、P$_z$PPZ，P$_z$ZZP**P**。PPZ$_z$、P$_z$PPZ$_z$Z$_p$，Z$_p$ZP**P**。

ZP$_z$P、P$_z$ZPZ$_p$Z，ZZ$_p$PPZP**P**。<u>ZP$_z$P、ZPZ$_p$Z，Z$_p$Z$_p$P$_p$Z、P$_z$Z$_p$P**P**</u>。Z$_p$ZPP，P$_z$PZZ，P$_z$PPZ$_z$ZZP**P**。Z$_p$PZZ、P$_z$PZ$_p$Z，P$_z$ZZP**P**。PZ$_p$Z，P$_z$PZ$_z$Z$_p$Z$_p$，P$_z$ZP**P**。

游海棠花溪有感（2021年4月14日）

早风微，送来一盏初阳。把春晖、潇潇洒洒，做成涓缕晨光。看翩蜂、影形闪烁，闻啼鸟、歌调清扬。柳绿花红，杨青叶翠，夺魁终竟海棠当。正锦簇、枝头摇曳，传百里芬芳。人欲醉、如临酒肆，频嗅清觞。

想当年、花溪常客，几度遗址彷徨。谈古今、犹言在耳，论内外、恰似无旁。碧血丹心，凌云壮志，意归天下有云章。非我力、炎凉世态，谁不想何尝。黄粱梦，随波傥荡，才是吾乡。

96. 六丑（双调140字）

Z P P Z Z，Z Z Z、P P P Z。Z P Z P_z，P P P Z Z。Z_p Z P Z。Z Z P P Z，Z_p P P Z_z Z，Z Z_p P P Z。P_z P Z_p Z P P Z。$\underline{Z\ Z\ P\ P，P\ P_z\ Z\ Z}$。$P$ P Z P P Z。Z P P Z Z，P_z Z P Z。

P P P_z Z，Z P P Z Z。Z Z P P Z_p，P Z Z。P_z P Z P Z。Z P P Z_p Z，Z P P Z。P P_z Z、Z_p P P Z。P_z Z Z Z_p P P，Z Z Z_p P P Z。P P Z、Z_p P Z Z。Z Z P_z、Z Z P P Z，P_z P Z Z。

秋分日作（2022年9月23日）

正秋声大作，眺望处、苍茫光烂。向风靡然，乡关成眷恋。凉景浮现。望四周苍翠，跳峦层峙，一睹青山远。林间五彩斑斓艳。燕雀喧嚣，凉蝉雅澹。尘音几番吹断。喜山川广阔，天瑞云淡。

人生抱憾，最怜空誓愿。壮志凌云功，多有限。悠悠过往如幻。想当年旧事，历经千万。追忆起、画图扑面。念尘世攘攘熙熙，暗斗明争常演。谁能够、得获期盼？欲望巨、苦海无边久，回头是岸。

97. 六州歌头（双调143字）

P_z P Z_p Z，Z_p Z Z P P。P P_z Z，P P Z，Z P

P。ZP**P**。Z_pZPPZ，Z_pPPZ，PPZZ，P_ZZ_pZ，

PPZZ，ZP**P**。Z_pZPP，ZZPPZ，Z_pZP**P**。

ZZ_pPPZZ，Z_pZZP**P**。Z_pZP**P**。ZP**P**。

ZPPZ，Z_pPPZ，PPZZ，ZP**P**。P_ZZ_pZ，

PPZZ，ZP**P**。ZPZ_p**P**。Z_pZPPPZ，Z_pPZZ，

ZP**P**。P_ZZZ，P_ZP_ZZ，ZP**P**。Z_pZPZ_pPZ_pZ，

P_ZPZ、Z_pZP**P**。ZPZ_pPZ_pZ，P_pZZP**P**。Z_p

ZP**P**。

海棠花溪赋（2016年4月7日）

海棠依旧，正锦簇枝头。白花俏，红芯媚，绽方遒。正缭纠。彩瓣随风舞，纷纷落，洋洋洒，任践踏，成泥土，韵香留。千百新蜂，苦作终成蜜，总也无愁。早霞添丽色，春叶宛如秋。百鸟唧啾。客心柔。

念胸中意，指尖键，铺文路，任怀惆。元朝逝，残垣在，壮心收。欲何求。万里江山美，地连衮，物繁稠。馀古恨，蛮夷掠，北疆丢。三百万方原野，亡失尽、还我难酬。但愿存国耻，勿与虎皮谋。谁已知羞？

98.宝鼎现（又名"三段子""宝鼎儿"，三叠157字）

Z_pPPZ_ZZ，ZZPZ_p，PPP**Z**。PZZ、PPP

Z，PZPPPZ**Z**。ZZ_pZ、ZPPPZ_ZZ，P_ZZPP

ZZ。ZZZ_P、P_ZP_ZZ_PZ_P，P_ZZPPPZ。

ZZP_ZZPPZ。ZPP、P_ZZPZ。PZZ、P

PZ_PZ，PZPPPZ。ZZ_PZ、ZPPP_ZZ，P_Z

ZPPZ。ZZZ_P、PPZZ，Z_PZPPZ_PZ。

PZZZPP，PZZ、PPPZ。ZPP、PZP

P，PPZZ。ZZ_PZ、ZPPZ，ZZPPZ。Z_PZZ、

P_ZZ_PP_ZP_Z，ZZPPZ_PZ。

甲辰上元节（2024年2月24日，甲辰年正月十五）

甲辰正月，正过三五，冰轮圆灿。思旧事、嫦娥低首，
凝视人间同鼓忭。举冷袖、伴馀音偃动，仙子微言叹怨。
在世外、广寒宫阙，云火何如凡岸。

乐土光景千千万。破灯谜、冥智高见。狮子闹、翻腾
弄舞，嬉要如龙成骇炫。水鼎沸、煮汤圆殷满，甜美充盈
隐幻。共享这、佳肴美味，南北西东尝遍。

天地共度元宵，邀玉兔、吴刚长伴。举金樽、丕酒盈杯，
心怀冀愿。纵然是、雪封冰冻，刺骨寒流漫。今夜有、东
风吹过，便是春前不远。

99. 哨遍（又名"稍遍"，双调203字）

Z_PZZP，P_ZZZP，Z_PZPPZ。P_ZZP_Z，

P_ZZZPP（叶）。ZP_ZPP_ZP_ZP_ZZ。ZZ_PP（叶）。

$P_Z P Z P P Z$，$P_Z P Z_P Z P_Z P$**Z**。P**ZZ**$P P$，$P P$
ZZ，$P_Z P P Z_Z P_Z$**Z**。$Z_P Z P_Z P_Z P_Z Z Z P$**P**（叶）。
$Z Z Z P_Z P Z_P P_Z$**P**（叶）。$P_Z Z P P$，$Z_P Z P_Z P_Z P_Z$，
$Z P Z_P$**Z**。

P（叶），$P_Z Z P Z_P$**P**（叶）。$Z_P P Z P Z_P P_Z$**Z**。
$P_Z Z P Z_P Z$，$P_Z P Z_P Z_Z P_Z$**Z**。$Z Z Z P_Z P$，$Z_P P Z$
$Z_P Z$，$P_Z P Z Z P P$**Z**。$P_Z Z_P Z P P$，$P_Z P Z_P Z_P$，
$P_Z P P Z_P$**Z**。$Z Z_P P Z P_Z Z Z Z_P$**P**（叶）。$Z_P Z_P Z$
$P_Z P Z P$**P**（叶）。$Z P_Z P Z$、$Z_P P Z$**Z**。$P P P Z_P Z_P$
$P Z_P$，$Z_P Z_P P P Z$，$Z P P Z_P P P Z_P Z$，$Z_P Z P Z$
$P Z_P$**Z**。$Z_P P P Z_Z Z P$**P**（叶）。$Z P_Z P$、$Z_P Z P Z_P$**Z**。

清明赋（2021年4月4日）

爽亮鹊鸣，婉转燕声，二月东风暖。花满城，桃李遍乡间。看新枝柔黄深浅。露笑颜。红桃蕊含新蜜，群蜂聚采相侵乱。如梦里神游，仙途傥荡，闲来恣意凭览。念长城内外锦江山。享柳绿花红遍人间。曲径通幽，百鸟争鸣，赏心呈现。

然，四季轮番。此时观景最奇幻。万里云崖阔，庄田天际伸展。念引续千年，延绵百代，清明更慎终追远。当尽孝尊前，椿萱并茂，生时堪称圆满。叹子孙纨绔不同甘。

剩几缕青丝肯寒廉。念诸家、总归馀憾。今朝吟兴方醒，岂料知凌旦。且休言老来福海话，命理阴阳暗换。趁乌阳引曛春观。愿尘寰、普世如愿。

100. 莺啼序（又名"丰乐楼"，四叠 240 字）

P P Z P Z Z，Z P P Z $_P$ **Z**。Z $_P$ P $_Z$ Z、Z $_P$ Z P P，Z P $_Z$ P $_Z$ Z P **Z**。Z $_P$ P $_Z$ Z、P P Z Z，P P Z Z P P **Z**。Z P $_Z$ P P $_Z$ Z，P $_Z$ P Z P $_P$ P $_Z$ P **Z**。

Z $_P$ Z P P，Z $_P$ P $_Z$ P $_Z$ Z，Z P $_Z$ P Z $_P$ **Z**。Z $_P$ P $_Z$ Z、Z $_P$ Z P P，Z $_P$ P P Z $_P$ P $_Z$ **Z**。Z P P、P $_Z$ P Z Z，Z $_P$ P $_Z$ Z、Z $_P$ P P **Z**。Z P $_Z$ P，Z $_P$ Z P P，Z $_P$ P P **Z**。

P $_Z$ P Z $_P$ Z，Z $_P$ Z P $_Z$ P，Z $_P$ P $_Z$ P Z $_Z$ P $_P$ **Z**。Z $_P$ Z Z、Z $_P$ P $_Z$ P $_Z$ Z，Z $_P$ Z P Z $_Z$ Z $_P$，Z Z P P，Z P $_Z$ P Z $_Z$ **Z**。P $_Z$ P Z $_P$ Z，P P Z $_P$ Z，P $_Z$ P Z $_P$ Z P P P Z，Z P Z $_P$、Z $_P$ Z P Z $_P$ **Z**。P P Z Z，P $_Z$ P Z $_Z$ Z $_P$ Z P P，Z $_P$ Z P $_P$ Z $_Z$ P $_Z$ P **Z**。

P $_Z$ P Z $_P$ Z，Z $_P$ Z P P，Z Z P P $_Z$ **Z**。Z Z $_P$ Z、Z $_P$ P P $_Z$ Z，Z Z P P，Z $_P$ Z P P $_Z$，Z $_P$ P $_Z$ P $_Z$ **Z**。P P Z Z，P P P Z，P $_Z$ P Z $_P$ Z P $_Z$ P $_Z$ Z，Z P P、Z $_P$ Z P P **Z**。P $_Z$ P Z $_P$ Z P P，Z $_P$ Z P P，Z P P $_Z$ **Z**。

诗词曲赋（2023年7月3日）

唐诗宋词隽永，肆芳生元曲。本同脉、光灿绵长，倚歌隆耀偏据。百代晟、扬名四海，文才墨客多幽趣。有万千佳作，垂名不朽相续。

纵览无馀，古今中外，也独惟汉语。方块字、严整叶齐，韵流天成格律。最和谐、抑扬顿挫，更优美、冰姿妍郁。想当年，李杜如仙，柳苏清举。

而今却见，现代仁贤，渐稀规范欲。看到处、捉刀凡笔，平仄庞淆，弄巧成拙，自以为誉。鱼龙饰混，流传谬种，谁来普洽教人懂，按谱成、撰写合规句。究源正本，中华大雅传承，亟须笃专兴绪。

余闲毋懒，博览群书，想正真中矩。岁衰也、四时难够，尚未呆痴，夙愿心头，朝夕争取。昏花老眼，微光稍露，孤灯底下精勘校，竟终于、书稿当如许。修身养性悠然，执意垂成，此莺啼序。

散曲小令

1. 阿忽令（又名"阿纳忽"，19字）

$\underline{Z\,P\,P\,\mathbf{P}}$。$Z\,Z\,P\,\mathbf{P}$。$P_Z\,P_Z\,Z\,P\,P\,\mathbf{Z}$。$P\,Q\,S\,P\,\mathbf{P}$。

欲春（2016年3月8日）

双凤头金钗。—虎口罗鞋。天然海棠颜色[1]。宜唱那阿纳忽[2]修来。

2. 白鹤子（20字）

$\underline{Z_P\,P\,P\,Z\,Z}$，$\underline{Z_P\,Q\,Z\,P\,\mathbf{P}}$。$P_Z\,P_Z\,Z\,P\,P$，$S_P\,S$
$P\,P\,Q$。

暑日观荷（2016年7月29日）

暑酷知日烈，湖静晓莲香。根深叶盘肥，水浅花冠壮。

3. 一锭银（21字）

$Z\,Z\,P\,P\,Z_P\,Q\,\mathbf{P}$，$Z_P\,P\,P_Z\,P\,\mathbf{P}$。$Z\,Z_P\,P\,P\,Z_P\,\mathbf{Z}$，
$Z\,Z_P\,P\,\mathbf{P}$。

---

1 色：元人读上声 shǎi。

2 忽，普通话读阴平 hū，而按曲谱此处应是上声，可见要么是元代作者用音有误，要么是当时当地"忽"读 hǔ。元曲小令此等情况甚多。

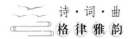

一枝海棠花开全程记（2018年4月14日）

冷暖相交半月忽，海棠花开路。尽享春风满树，怒放_如火如荼。

4. 黄蔷薇（22字）

Z P P Q **Z**。Z Z Z P **P**。Z_P Z P P Q **S**。Z Z P P Q **S**。

月季花（2016年5月11日）

月轮情不改。应季揣合开。满目花繁叶蔼。看尽斑斓色彩。

5. 快活三（22字）

P P Z Z **P**。Z Z Z P **P**。P_Z P Z_P Z Z_P P **P**。Z_P Z P P Q。

珠海海滨公园漫步（2021年4月11日）

繁花缀海滨。密叶扮园林。闲人麋鹿事从心。快意生无尽。

6. 庆宣和（22字）

Z_P Z P P Z_P Z **P**，Z_P Z P **P**。Z Z P P Z P **P**，Q **S**，Q **S**（叠）。

自京飞穗空中（2016年4月11日）

南去羊城万里遥，_{谁待}驾起长飙。饥感传餐乐眉梢，正好，正好。

7. 得胜乐（24字）

P Z S，P P Q，Z$_P$ Z P P$_Z$ Z **Z**。P Z P P P **Z**，P$_Z$ Z$_P$ Z Z P **P**。

元土城遗址公园散步（2017年1月19日）

风峻冷，天清湛，寒水潆洄港港。惊醒成吉思幻，看我好写新篇。

8. 凭阑人（24字）

Z$_P$ Z P P Z$_P$ Z **P**。Z$_P$ Z P P Z$_P$ Z **P**。Z$_P$ P P Z Z **P**。Z P P Z **P**。

撷莓（2016年1月24日）

日艳天寒风朔吹。会友农庄撷草莓。颗颗鲜嫩肥。不堪千手摧。

9. 十二月（24字）

P P Z **Z**。Z Z P **P**。P P Z Z，Z Z P **P**。P P Z **Z**。Z Z P **P**。

小月河散步（2020年5月21日）

一阵阵风吹夏声。午饭罢雨送春情。小月河波洄水浅，元土城树静风平。虽说是修真养性。到而今也就三成。

10. 端正好（25字）

Z P P，P P **Z**。P$_Z$ P Z P$_P$ Z Z P **P**。P$_Z$ P Z P$_P$ Z P
P **Q**。Z$_P$ Z P P **Q**。

小月河公园晚秋（2022年11月3日）

_{头顶}湛蓝天，_{脚踏}金黄地。小月河岸走东西。飘飘落叶无
生气。_{求食}留鸟忙寻觅。

11. 醉高歌（25字）

P$_Z$ P Z P$_P$ Z P **P**，Z$_P$ Z P P Z **S**。P$_Z$ P Z P$_P$ Z P P **Q**，
Z$_P$ Z P P Q **S**。

牛年牛日[1]歌（2021年2月16日，辛丑年正月初五）

牛年牛日牛刀，五路财神倒找。开门正遇仙家到，赶
紧恭迎勿跑。

12. 夜行船（双调26字）

Z$_P$ Z P P Z Q **P**，Z$_P$ Z P$_P$ Z P **P**。Z$_P$ Z P P，Z$_P$
P P **Q**，P$_Z$ Z$_P$ Z P P **Q**。

珠海（2023年11月17日）

一脉珠江水万流，争前竞自由。入海翻腾，踏潮升落，
总归寄情依旧。

---

1 牛日：指正月初五。

13. 落梅风（又名"寿阳曲"，27字）

P P Z，Z Z P，Z$_P$ P P S P$_Z$ P Q。P$_Z$ P Z P Z$_Z$ P$_Z$
Q P，Z P$_Z$ P Z P P Q。

东坝清晨（2016年6月14日）

沿湖畔，顺水边，眼前云影飘浮幻。天鹅野鸭悠漾欢，
小桥流水荷花绽。

14. 双鸳鸯（又名"合欢曲"，27字）

Q P P，Z P P，Z$_P$ Z P P S Z P。Q$_P$ Z P$_Z$ P P Z
Z，P$_Z$ P P Z Z P P。

玉渊潭公园之冬（2017年2月1日）

朔风微，侧寒追，披玉渊潭里晚晖。更有双鸭冰面戏，
白桥羞把玉亭窥。

颐和园暑趣（2016年7月29日）

夏荷娇，棒蒲茅，云影槐头惹草鸮。燕舞柳枝麻雀乱，
天鹅黑羽水中陶。

15. 梧叶儿（又名"知秋令"，27字）

P P Z，Z$_P$ Z P，P$_Z$ Z Z P P。P P Z，Z$_P$ Z P，
Z P P。P$_Z$ P$_Z$ Q$_P$ P P Q S。

咏野兰花（2016年4月29日）

行阡陌，踏秽荒，闻野草兰芳。随人践，仍茂昌，

欲坚强。临风鬥妍无邑赏。

16. **愿成双**（27字）

P P Z Q，Z P Z **P**，Z P P Z P Z P **P**。P Z P Z P Z Q Z P **P**，Z Z Z P P Q **S**。

小区秋冬之交（2022年11月12日）

悲秋去，顿感伤，树槙飘叶欲精光。冬风一夜便凄凉，喜鹊弄音成妙响。

17. **骂玉郎**（又名"瑶华令"，28字）

P P Z Z P P **Z**，Q Z Z P **P**。P Z P S Z P P **Q**。P Z P，Z P Z P，P P **Q**。

衢州夜兴（2016年12月29日）

深冬旅寄衢州夜，不忍古城别。灯红酒绿江波冽。茶厚浓，饼软酥，人欢惬。

18. **鹊踏枝**（28字）

Z P **P**，Z P **P**。P Z P P，Z Z P **P**。Z P P P P Z **Z**，Z P P P Q P **P**。

家门春早（2017年3月11日）

对云天，绽新兰。初叶枝生，嫩草盈园。待春光增深渐渐，李桃樱梨杏花繁。

19. 赏花时（28字）

Z$_P$ZPPZ$_P$Q$_S$P，Z$_P$ZPPZ$_P$Z**P**。Z$_P$ZZP**P**，PPZ$_P$**Z**，Z$_P$ZZP**P**。

秋将尽（2022年11月5日）

又是蓝天爽气时，更渐秋深欲换季。喜鹊抢南枝，_{彩叶}飘摇落地，不舍在低迟。

20. 四边静（28字）

PP**Z**，POPPZZ**P**。PPP**Z**，PPP**Z**。PPQ**P**，ZZPPQ。

出院乐（2018年1月17日）

天寒驱扰，人病无常半月疗。求医寻药，_{幸得}郎中高妙。明_日出院_{再道}豪，_{忽闻}喜鹊枝头叫。

21. 四换头（28字）

PP**Z**，Z$_P$ZPPZZ**P**。PPP**Z**，PPP**Z**。PPZ**Z**，Z$_P$ZPPQ。

大年初一（2022年2月1日，壬寅年正月初一）

寅年初启，万户团圆举酒卮。吉祥如意，春风和气。休明就此，_{必成}虎跃龙腾势。

22. 天净沙（28字）

P$_Z$PZ$_P$ZP**P**，Z$_P$PPZ$_Z$ZP**P**，Z$_P$ZPPQ**S**。

$Z_P P P_Z Q$，$Z_P P P_Z Z P P$。

丙申年末次于小汤山（2017年1月10日）

京畿地旷风寒，村郊路僻天蓝，邑野泉温气暖。寻幽客栈，小汤山里偷闲。

为《山花野草集》出版题（2015年12月8日）

诗词曲赋篇章，字格声调文光，雅兴丹情逸响。偷闲学样，梓行书册平装。

23. 天净沙（28字）

$\underline{P_Z P_Z P_Z Z P P}$，$Z P P Z P P$，$Z Z P P Z P$。$P_Z P P_Z Z$，$Z P P Z P P$。

秋意（2023年9月12日）

朝云漫卷霓裳，晚风轻送初凉，气爽秋高日章。神魂飐荡，涌流仙境柔光。

24. 迎仙客（28字）

$P_Z Q P$，$Z P P$，$Z_P Z_P P P_Z P_Z Z P Z P$。$Z P P$，$P_Z Z P$。$Z_P Q P P$，$Z Z P P Q$。

小月河边观鸟（2017年1月4日）

冬日圆，碧云天，小月河旁黄柳边。冷风微，枯叶干。举目槙冠，小鸟枝头乱。

25. 干荷叶（29字）

P$_Z$P**Z**，S P **P**，Z$_P$Z P P **Q**。Z P **P**，Z P **P**，

P$_Z$P Z$_P$Z Z P **P**。Z$_P$Z P P **Q**。

小寒日小区散步（2022年1月5日）

冬天里，午风丝，步履_{九千}凭馀力。树秃枝，鸟飞低，

_{房前}寓后不见草萋萋。且待_{春来}从头计。

26. 胡十八（29字）

Z$_P$Z$_P$P，Z P$_Z$**Z**。P$_Z$Z$_P$P$_Z$，Z P$_Z$**P**。P$_Z$P Z$_P$

Z Z P **P**。Z **Z**，Z **P**。P$_Z$Z$_P$P，Z$_P$P **Z**。

遇天蓝（2017年1月20日）

逢大寒，过小年。风静静，水宽宽。今天又见北京蓝。

_{向天空}放眼，心无限乐观。敢问碧空，可_永恒清湛。

27. 青哥儿（29字）

P$_Z$P P P P **Z**，P P Z Z P **P**。Z Z P P Q Z **P**，Z

Z P P Z P **P**。P P **Z**。

山城夜色（2016年3月11日）

春来西南思尽，山城五彩缤纷。远望登高暮色沉，灯

火千家照江津。桥横亘。

28. 清江引（29字）

P P Z Z$_P$P Z **S**，Z$_P$Z P P **Q**。P P Z Z **P**，Z Z

P P **Q**。P_Z P Z P P Q **S**。

夕至雁栖湖（2023年3月29日）

雁栖止水湖面渺，夜次临夕到。春风绿树梢，天镜苍穹照。景观待察须破晓。

29. 四块玉（29字）

<u>Z Z P</u>，P P **Z**。Z Z P P Z P **P**。P_Z P Z_P **S** P P **Q**。Z_P Z P，Z Z **P**，P_Z Q **P**。

自京之沪（2016年1月4日）

沪霭霾，京阳杲。朗日皇都雾霾消。瞬间千里阴云抱。丰雨沉，四野浇，心欲飘。

30. 喜春来（又名"阳春曲"，29字）

P_Z P Z_P Z P P **Z**，Z_P Z P P Z_P Z **P**。P_Z P P Z P P **P**。P_Z Z **S**，P Z Z P **P**。

霜降日作（2022年10月23日）

深秋始向初冬靠，但见风吹落叶飘。寒鸦鸣树任逍遥。别再吵，思绪怕魂销。

椰岛韵（2016年2月24日）

花香袅袅弥椰郡，鸟语声声贯雨林。旭光四射透行云。仙境隐，游子忘归心。

入夏（2015年6月22日）

天临夏至春温遁，雨过花繁叶茂馨。萋萋芳草绿如茵。骄阳昑，大地喜夕曛。

31. 玉抱肚（29字）

P P P Z，Z Z Z P Z Z Z，Z Z P P P。P P Z Z Z P P，Z P P P Z Z。

京城冬风（2019年12月30日）

寒风严冽，冷凛凛驰骤彻夜，吼啸千声也不歇。冬来峻酷最相叠，直到天明它方退却。

32. 步步娇（单调30字）

Q$_P$ Z P P P P Z，Z$_P$ Z P P Z，Z$_P$ Z P。Z$_P$ Z P P Z P P。Z P P，Z$_P$ Z P P Q。

颐和园初春（2016年3月19日）

二月皇都春来早，处处风光好，旱花欲放苞。水映十七孔石桥。游友乐逍遥，玉带桥头峭。

33. 大拜门（30字）

Z Z P P，P P Q P，P$_Z$ P$_Z$ Z$_P$、P P P Q。P P Z P，P$_Z$ P Q P，P$_Z$ P$_Z$ Z$_P$、Z$_P$ Z P P。

小区秋叶（2019年10月25日）

雨送新晴，秋声愈浓，凉风起、蓝天下雀儿喧动。兴衰草丛，年年媲隆，寓楼外、云叶初红。

34. 快活年（双调30字）

Z Z P P Z P **P**，Z Z Z **P**。Z Z P P Z P **P**，Z_PZ

P P **Z**。Z_PP_ZP **Z**，P_ZP **Z**（叠）。

成都夜咏（2016年12月5日）

三杰行远次成都，个个特殊。千年战略武侯书，一表

出师著。天下人倾慕，人倾慕。

35. 游四门（30字）

P_ZP S Z Z P **P**，P Z Z P **P**。P_ZP Z_PZ P P **Z**，

Z_PZ Z P **P**。**P**，Z Z Z P **P**。

自珠海之北京空中作（2021年12月28日）

白云脚下九霄游，弹指向方州。长江万里天丝绣，两岸

点点是高楼。嗖，眨眼帝都在前头。

36. 青杏子（又名"青杏儿"，31字）

P Z Z P **P**，Z_PZ_PP_ZZ_PZ P **P**。P_ZP Z_PZ P P

S，P_ZP Z Z，P P Z Z，Z Z P **P**。

秋叶（2022年10月27日）

风过冷飕飕，真个是一叶知秋。盯着几片停凝瞅，丹

黄浣染，晕红渍浸，黛绿和揉。

37. 枳郎儿（30字）

Z P **P**，Z P **P**（重复前句三字）Z Z Q **P P**。S Z
P P P Z **P**。P P P **Z**，Z Z P P Z Q **P P**。

深圳红树林公园（2016年11月28日）

遇天晴，遇天晴趁早探鹏城。走进滨园挪步轻。椰林
宁静，鸟语花香满目茏葱。

38. 拨不断（又名"续断弦"，31字）

Z P **P**，Z P **P**，P$_Z$ P Z$_P$ Z P P **Z**。Z$_P$ Z P P Z P
Z **P**，P$_Z$ P Z$_P$ Z P P **Z**。Z$_P$ P Z$_P$ **Q**。

参观北京农业嘉年华（2016年3月18日）

百农兴，看昌平，嘉年华里人攒动。赏牡丹开引凤鸣，
千姿百媚繁花景。人生若梦。

39. 节节高（31字）

Z P P Z，Z P P **Q**。P P Q S，P P S **Q**。Z Z P，
P P Z，Q S **P**。Q S P P Z **P**。

丁酉年国颂（2017年1月28日，丁酉年正月初一）

赵钱孙李，史牒渊浩。山川绣锦，经天两曜。几许妍，
千秋媚，万古娇。_听汉咏七音远飘。

40. 庆元贞（31字）

P$_Z$ P Q$_P$ Z Z P **P**，Z P P$_Z$ Q Z P **P**，Z$_P$ P P Z S

$P\mathbf{P}$。$PPZZ\mathbf{P}$，$Z_P ZZP\mathbf{P}$。

西安秋访（2017年11月13日）

兴高迹访到长安，昊空飞渡路通宽，无边秋色美心田。江山有续篇，上下五千年。

41. 阅金经（又名"金字经""西番经"，31字）

$Z_P Z PP_Z \mathbf{Z}$，$ZPPZ\mathbf{P}$，$ZZP_Z PPZ_P \mathbf{P}$。P，$PPZ_P Z\mathbf{P}$。PPZ，$ZPPZ\mathbf{P}$。

谷雨日看花（2021年4月20日）

谷雨人愉快，卷云花写怀，满面清风送爽来。拍，欲将春意裁。今何待？宿根宜种栽。

42. 春闺怨（32字）

$ZZPPPZ_P \mathbf{Z}$，$O_P PPZ OZP\mathbf{P}$，$P_Z PZ_P Z PPZ$。$PZ\mathbf{P}$，$ZZ\mathbf{P}$，$PZZP\mathbf{P}$。

门前赏玉兰（2016年3月20日）

小径弯弯通屋宇，艳阳高挂照斋居，枝头飞雪人来觑。周细盱，看花满布园墟，新蕊展如趋。

43. 后庭花（32字）

$\underline{P_Z PZ_P Z\mathbf{P}}$，$P_Z PZ_P Z\mathbf{P}$。$Z_P OPPZ$，$PPZ_P Z\mathbf{P}$。$ZPP$，$Z_P PPZ_Z$，$P_Z PPZ\mathbf{P}$。

初春（2016年3月21日）

心闲漫步轻，水滢流势平。冬逝寒云尽，春来暖气升。看蝶蜂，争花纷乱，芳园听鸟鸣。

44. 行香子（32字）

$Z_p Z \mathbf{P}$，$Z Z \mathbf{P}$，$Z_p P P Z_p Z P_z \mathbf{P}$。$P_z P_z$ $Z Z$，$Z_p Z \mathbf{P}$。$Z P P$，$P Z Z$，$Z P \mathbf{P}$。

除夕（2023年1月21日，壬寅年腊月三十）

寅虎归山，卯兔凭阑，除夕之夜拜个年。金银两满，福禄双全。百族忻，千邑乐，万家欢。

45. 大德歌（33字）

$Z P \mathbf{P}$，$Z P \mathbf{P}$，$P P Z_p Z \mathbf{P}$。$Z Z P P \mathbf{Q}$，$P P Z_p$ $Z P$。$Z_p P_z P_z Z P P_z \mathbf{Z}$。$P Z Z_p P \mathbf{P}$。

天一阁（2016年3月24日）

看宁波，景如魔，清晨春色多。鉴史人无过，经学好立德。藏书万卷留香墨，_{道是}天下第一阁。

46. 红衫儿（33字）

$\underline{Z_p Z P P Z}$，$\underline{Z_p Z P P Z}$。$Z P \mathbf{P}$，$Z P \mathbf{P}$，$P_z Z$ $P P \mathbf{Z}$。$Z P \mathbf{P}$，$Z P \mathbf{P}$，$Z Z P P_z Z \mathbf{Z}$。

五塔寺深秋（2018年11月20日）

叶萎花歇季，秋末冬初里。断云稀，岁阳迟，遗塔凌空睇。朔风披，灿黄枝，古木千年傲立。

47. 新水令（33字）

P_ZPZZZP**P**，ZPP、ZPP_Z**Q**。Z_PPP_ZPZZ，

Z_PZ_PZP**P**。Z_PZP**P**，P_ZZZP**Q**。

韭兰花开二度（2021年9月3日）

梅开二度不寻常，最难逢、韭兰花再次开放。粉盈盈地展六瓣，嫩嫩的也留香。天下群芳，韭绽蕊更优尚。

48. 一半儿（33字）

P_ZPZ_PZZP**P**，Z_PZPPZ_P**Q**P，Z_PZP_ZP

P**Q**P。ZP**P**，一半儿PP一半儿**S**。

雪花（2015年12月27日）

烂盈云舞坠无声，聚水生来赛玉晶，俳笑东西南北风。甚光莹，一半儿柔温一半儿冷。

49. 醉扶归（33字）

ZZPP**Z**，PZZP**P**，Z_PZPPZZ**P**。Z_PZ

PP**Z**，ZZPPZ**P**，ZZPP**Q**。

盛夏果实（2016年8月6日）

六月天时馈，枝上种实垂，苹果石榴朗润肥。红果海棠媚，柿子核桃绿瑰，也有山楂翠。

50. 得胜令（双调34字）

Z_p Z Z P **P**，P_z Z Z P **P**。Z Z$_p$ P P P_z Q，P P Z Z **P**。P **P**，Z Z P P Q。P **P**，P_z P Z Z **P**。

谷雨（2023年4月20日）

谷雨润秧苗，农事最辛劳。暂种千颗籽，将充万座廒。丝条，细柳弹弦调。登高，人宜往远处瞧。

51. 红绣鞋（34字）

P_z Z P P P **Z**，P_z P Z_p Z P **P**，P Z_p P P P_z Z P **P**。P_z P Z_p Z Z，P Z Z P **P**，P P Z Z **S**。

小区最早桃花（2021年3月13日）

一树春桃初放，溢传十里芬芳，独开犹自撒清香。千花苞未醒，惟有我先张，从清晨开到天傍响。

52. 沉醉东风（双调35字，7句3平韵3叶韵）

Z Z P P Z **P**，P_z P Z_p Z P **P**。Z Z$_p$ P，P P Z，Z Z P **P**。P_z Z P P P Z P_z Z，Z Z P_z P Z **Z**。

春咏（2016年3月29日）

碧水蓝天暖阳，春风翠柳霞光。草茸葱，芽荣旺，小河寂映花黄。更喜新蜂采蜜酿，也有蝴蝶造访。

53. 庆东原（35字）

P_z P Z，Z_p Z **P**，P P Z Z P P Q。P P Z **P**，P

P Z P，P Z P P。Z Z Z P P，Z_p Z P P Q。

立冬日作（2022年11月7日）

刚霜降，又立冬，如刀凛气扎人痛。天高地平，寒风浸凌，留鸟争雄。满目尽枯荣，待借春光用。

54. 汉东山（36字）

P_z P Z_p Z P，P_z Q Z P P。P_z P Z_p Z P P Z_p P，Z P Z Z P。Z Z P P Z P P。Z_p Z P，Z_p Z P，Z P P。

暑日（2017年7月19日）

京畿暑日偟，树大好乘凉。高天佩骄阳，夏花半夭殇。健步如飞紫陌长。人引吭，鸟语咙，小河旁。

55. 河西六娘子（36字）

Z Z P P Z Q P，P P Z P P P。P P P Z P P Z，P Q Z P P。P Z Z P P，Z P P Q Z P。

大暑之凉（2017年7月22日）

弄水驱风雨骤袭，天公送爽飑来急。高温侵虐了诸多日，今也把头低。看花草又舒枝，赏霁清新夏美时。

56. 卖花声（36字）

P_s P Z_p Z P P Z，Z_p Z P P Z Q P，P_z P Z_p Z P P。P_z P Z_p Z，P_z P Z_p Z，Z P P Z P P Q。

皇都霾日（2015年12月25日）

寒烟弥漫阳光遁，百尺难分对面人，看花雾里是何神？桃源小镇，不期忽进，欲飘然到天宫问。

57. 太平令（36字）

$Z_PZ_PPPZ_PQ$，Z_PPZZ_PPP。$Z_PZPZ_PPP_Z$ Q，Z_PZPPZ_PQ。ZP，ZP，ZP。P_ZZPPZ_PQ。

飞赴南京参加论坛（2018年11月16日）

千里长空一步，北京去往南途。毕竟身牵公务，大好秋光逆负。天下世儒，学问万殊，齐聚古都。非是无聊闲住。

58. 上小楼（37字）

$PPZP$，PPZ_PZ。$PZPP$，Z_PZPP，Z_P ZPP。ZZP，ZZP。PPZ_PZ，P_ZPZ_PZP PZ。

颐和园秋桂（2016年9月30日）

离宫馥充，秋风飘送。金桂金黄，银桂银青，丹桂丹红。耳目聪，向远垌。心随花动，遍寻仙卉无相共。

59. 鬥鹌鹑（38字）

$PZPP$，$PPZZ$。$ZZPP$，$PPZZ$。$ZZPP$，$PPZZ$。ZZZ，ZZP。$ZZPP$，$PPZS$。

小月河深秋（2022年10月10日）

阳气削温，凉风渐冷。老树将眠，残花不醒。丽日清光，流河倒影。立翠柏，挺老松。意向秋声，心飞化景。

60. 风入松（38字）

ZPPZZP**P**，PZZP**P**。P$_Z$PZ$_P$ZPPZ，

PPZZ$_P$ZP**P**。PZ$_P$PZP$_Z$PZ$_P$Z，P$_Z$PZ$_P$ZP**P**。

清明（2016年4月3日）

凯风吹绿满山蓬，交彩染皇城。孟春乱色千般美，清明令日好踏青。盈目花繁似锦，小园仄径独行。

61. 酒旗儿（38字）

<u>PZPP**Z**，SZQP**P**</u>。PZPPZZ**P**，ZQP

P**Z**。QZPPZ**P**，ZPS**Z**，ZPPZP**P**。

紫竹院公园赏春（2018年3月25日）

晨起修枝懒，午后对花闲。晴好无云映堑渊，又送乌光艳。漫步轻盈半边，赏春紫苑，看幽篁已参天。

62. 绿么遍（38字）

PP**Z**，PP**Z**。PPZZ，ZZP**P**。PPZ**P**，

PPZ**P**，P$_Z$PZ$_Z$PZ$_P$PP**Z**。PP**P**，PPQQZP$_Z$**P**。

长春初秋（2020年8月20日）

碧空晴朗，清风吹荡。蓝天皎澈，一朵斜阳。神州北方，

长春日光，彩云笼罩青纱帐。新凉，千家万户待秋香。

63. 醉中天（38字）

Z_P Z P P **Z**，Z_P Z Z P **P**，Z_P Z P P Z Z_P Z **P**。Z_P Z P P **Q**，Z_P Z_P P P Z **P**。Z_P P P $_Z$ **Z**，P P Z Z_P Z P **P**。

元旦日作（2021年1月1日）

几度公元梦，寰宇再无争，人类和谐世界宁。万事由天定，纷乱新冠逆行。赋闲习静，盼休期四海升平。

64. 播海令（39字）

P Z **P**，Z Z **P**，P Z **P**。Z P P P P **Z**，P P Z P Z **P**，P P Z Z S **P**。Z Z P P Z P **P**，P P P Q **P**。

昆玉河春意（2016年3月27日）

昆玉湄，柳影垂，云浪飞。艳阳温亲桃醉，香花远播郁芬，天蓝气爽蕊肥。彼岸花黄映流洄，春光风欲追。

65. 粉蝶儿（39字）

Z_P Q_S P **P**，Z_P P P_Z P Z P P **Q**。Z_P P P_Z P Z Z_P P **P**。Z P Z_P **P**，P Z_P **Z**，Z_P P P **Q**。Z_P Z P **P**，Z_P P_Z P Z P P **Q**。

小区秋叶（2022年10月28日）

远看如春，百花齐放排成阵。近看秋色染层林。彩蝶飞，黄鸟舞，万千烘衬。国邑乡村，正此时画图无尽。

66. 红锦袍（40字）

Z_p P P P $_z$ Z Z **P**，P $_z$ P Z P $_p$ Z **Z**。P $_z$ P $_z$ P $_z$ Z **Z**，P P Z Z **Z**。P Z Z P **P**。Z_p Z P P，P P P Z，Z P $_z$ Z_p P Z **Z**。

酷夏午间散步小月河（2023年6月29日）

小月河午时怜喜树荫，饭后步行快走进。此时无风干热甚，旸煤天人人犯倦困。须打起精神。万步功程，逶迤行路，只为强身自信。

67. 楚天遥（40字）

Z_p Z $_p$ Z $_p$ P $_z$ P，Z_p Z P P **Q**。P $_z$ P $_z$ Z Q P P $_z$，Z_p Z P P **Q**。Z_p Q $_p$ Z $_p$ P P $_z$ P，Z_p Z P P **Z**。Q $_p$ Z Z P P，Z_p Z P P **Q**。

小区初春散步（2021年3月21日）

走过草无穷，看过花无数。春来彩色多，总有闲人顾。今日醉东风，迈腿三千步。复往任徘徊，误作云游处。

68. 寄生草（41字）

P P Z，Z Z **P**，P P Z $_p$ Z P P **Q**。P P Z $_p$ Z P P **Q**，P $_z$ P Z $_p$ Q P P **Q**。P P Z $_p$ Z Z P P，P P Z $_p$ Z P P **Q**。

春节次珠海（2016年2月12日）

行洲里，走海边，听涛渔女明珠献。临风白鹭黄石占，观光游客轻舟泛。云天迎我九霄情，珠江送你八方愿。

69. 满庭芳（又名"满庭霜"，41字）

P P Z **P**。Z$_P$ P P $_Z$ Z，Z Z P **P**。Z$_P$ Z P P **Z**，Z Z P **P**。P P Z **Z**，Z Z P **P**。Z P **Z**，P Z $_P$ Z **P**，Z$_P$ Z Z P **P**。

秋日小景（2022年9月25日）

秋深草闲。黄花正盛，绿叶犹鲜。$_{游蜂}$采蜜知时限，飞上云端。$_{正是乌}$阳旸谷现，$_{旭光}$照耀根前。暖风漫，缠绕树边，才去扫枝槎。

70. 山坡羊（41字）

P P P Q，P P P Q，Z Z P P Q。Z P **P**，Z P **P**，P P Z Z P P Q。P Z Z P P Q S。P，P Q S。P，P Q S。

三月京城（2016年4月8日）

京城三月，生枝催芥，$_{杨花}$柳絮飘萧烈。看黄蝶，嗅青节，常临茂苑争春切。蜂恋李香白似雪。瞧，景色写。行，景色写。

71. 碧玉箫（42字）

Z$_P$ Z P **P**，Z$_P$ Q Z P **P**。Z$_P$ Z P **P**，Z$_P$ S Z P **P**。P$_Z$ P Z$_P$ S **P**，P P Z$_P$ Z **P**。Z$_P$ Z **P**，Z$_P$ Z P P Q。**P**，

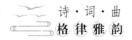

P Z P P Q。

玉渊潭赏樱花（2016年3月30日）

风煦天蓝，信步盛名园。花海人喧，绕走玉渊潭。白樱如雪山，红桃似血峦。湖碧涟，戏水鸳鸯乱。观，波映夕阳艳。

72.殿前欢（又名"小妇孩儿""凤将雏""凤引雏"，42字）

Z P **P**，P$_z$ P Z P$_p$ Z Q P **P**。P$_z$ P Z P$_p$ Z P P **Z**，Z$_p$ Q P **P**。P P Z Z **P**，P P **Z**，Z$_p$ Z P P **Z**。P$_z$ P Z P$_p$ **Z**，P$_z$ Q P **P**。

游榆林镇北台和红河峡（2017年12月21日）

过榆林，身闲游走到寒村。凛风打透了冬装衬，满目苍凉衰草如茵。高台镇北岑，红河峡绵亘，千古石窟恨。金阳幻耀，惊目销魂。

73.平湖乐（42字）

Z$_p$ P P Z Z P **P**，Z$_p$ Z P P **Z**。Z$_p$ Z P P Z P **Z**，Z P **P**，Z P P$_z$ Z P P **Z**。P$_z$ P Z Z，P P Z P$_p$ Z，Z$_p$ Z Z P **P**。

小年乐（2022年1月25日，辛丑年腊月廿三）

灶王今日要登天，万户千家盼。好事多言玉皇殿，保平安，世间祥瑞存长远。糖瓜入口，窗花寄语，备足_年货过寅年。

74. 水仙子（双调42字）

P_QPZ_PZZ_PP**P**，Z_PZPPZZ**P**。P_ZPZZ_PPP**Z**，PPZ_PZ**P**。P_ZPZ_PZP**P**。<u>P_ZPZ，Z_PZ</u>**P**，Z_PZP**P**。

小区樱花（2023年4月7日）

春风化雨润樱芽，一夜齐开满树葩。左邻右舍来花下，声声_都把美艳夸。娇容好似_{早上的}红霞。_{采蜜}蜂齐整，_{寻花}蝶沓匝，日月光华。

75. 小桃红（42字）

ZPPZZP**P**，Z_PZPP**Q**。ZZPPZP**Q**。ZP**P**，P_ZPZ_PZPP**Q**。P_ZPZ_P**Z**，P_ZPZ_P**Q**，Z_PZZP**P**。

查干湖冬渔（2015年12月28日）

松原冬里冷如刀，凛冽寒风啸。袤广湖心午光照。捕鱼潮，八方聚众查干钓。看天网绞，听人欢笑，_{一网}十几万斤捞。

初夏杭州（2015年6月24日）

风微云淡次杭州，入夏人消瘦。莫道黄梅季依旧。晚霞柔，偷闲西子湖边走。断桥不朽，柳莺何就？看塔影逐流。

76. 一枝花（42字）

P$_Z$ P$_Z$ Z$_P$ Z P，Z Z P P **Z**。P P P Z Z，Z Z Z P **P**。
Z Z P **P**，Z$_P$ Z P P **Z**，P P Z$_P$ Z **S**。Z$_P$ Z P P，P P Z **S**。

春前之暖（2021年2月8日）

风凉败草尖，气暖活枝杈。新牛寻土地，老鼠遁田家。腊月无花，日暖非冬罢，乌光也倚法。_{勿匆匆}万紫将嫣，且_等_等千红必姹。

77. 朝天子（单调43字）

Z P，Z P，Z Z P P Q。Z$_P$ P P Z Z P **P**，Z Z P P Q。Z Z P P，P P Z$_P$ **Z**，Z$_P$ P P Z Z **P**。Z P，Z P，Z$_P$ Z P P Q。

门前春色（2016年3月26日）

午天，宇前，日丽风拂面。九春初染花满园，芳草连成片。丹紫清兰，洁白杏瓣，吐芬馥绕旋。权端，蕊间，采蜜新蜂恋。

78. 霜角（43字）

P Z P P，Z P P Z P。Z Z Z P P Z，P$_Z$ Z Z，Z P P。Z P，P Z P，Z P P Z P。Z$_P$ Z P P Z Z，P P Z，

Z P **P**。

冬（2017年1月29日）

云淡穹清，有乌阳送明。凛冽朔风惊噪，如曼啸，起凉声。例行，挪步轻，看枯枝败藤。纵使天寒地冻，_静眠衰草，_正待春萌。

79. 摊破喜春来（43字）

P P P S P P **Z**，P Z P P P Q **P**。Z P Z Z P P，Z P P P Z Z，P S Z Z P **P**。P Z **P**，P S **Z**，Z Z Z P **P**。

小月河初冬（2016年11月23日）

河边黄柳柔枝荡，阡陌白杨青叶殇。几只雀跃顽石，水深寒鸭傲戏，松塔对视雕墙。花不香，争比尚，万木抢冬阳。

80. 醉太平（又名"凌波曲"，44字）

P P Z **P**，P Z P **P**。Z P P Z Z P **P**，P P Z **P**。P_Z P Z_P Z P P **Z**，Z P Z Z P P **Z**。Z P Z_P Z Z P P，P_Z P_Z Q **P**。

戊戌年上元节赋（2018年3月2日）

云天未暄，冰地犹寒。地羊初作戊戌官，元宵愈鲜。月宫寂冷姮娥怨，斧头欲锈吴刚恋。世间彩绚耍灯欢，_{仙界}

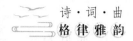

~~尘世~~如何去返。

81. 八声甘州（45字）

ＰＰＱＳ，ＺＺＰＰ$_Z$，ＰＺＰ**Ｐ**。ＰＰＺ$_P$Ｚ，Ｐ$_Z$Ｚ
ＺＺＰ**Ｐ**。<u>ＰＰＺＺ$_P$Ｐ$_Z$ＺＰ，Ｚ$_P$ＺＰＰＺＺ**Ｐ**</u>。ＰＺＺ
Ｐ$_Z$Ｐ，Ｚ$_P$ＺＰ**Ｐ**。

九日（2022年10月4日，壬寅年九月初九）

重阳日里，气爽天高，凉意深秋。变迁时代，惟见尊
长长留。山川不移终欲老，日月蹉跎也不休。菊酒就茱萸，
人在琼楼。

82. 叨叨令（45字）

Ｐ$_Z$ＰＺ$_P$ＺＰＰＱ，Ｐ$_Z$ＰＺ$_P$ＺＰＰＱ。Ｐ$_Z$ＰＺ$_P$Ｚ
ＰＰＱ，Ｐ$_Z$ＰＺＺＰＰＱ。ＺＺＺＰＰ，ＺＺＺＰＰ（叠），
Ｐ$_Z$ＰＺ$_P$ＺＰＰＱ。

自北京飞往长沙（2018年10月25日）

深秋寒意偷袭静，皇城又是尘霾赠。腾空而起银云凤，
高天转瞬长沙径。看湘水北流平，看湘水北流平，经年再赏
重游梦。

83. 塞鸿秋（45字）

Ｐ$_Z$ＰＺ$_P$ＺＰＰＱ，Ｐ$_Z$ＰＺ$_P$ＺＰＰＱ。Ｐ$_Z$ＰＺ$_P$
ＰＰＱ，ＰＰＺ$_P$ＺＰＰＱ。Ｐ$_Z$ＰＺ$_P$ＺＰＺ$_Z$，Ｚ$_P$ＺＰＺＱ，

P $_Z$ P Z $_p$ Z P P **Q**。

三亚览胜（2016年2月18日）

清穹千片白云逭，沙滩万点黄石卧。茫茫碧水征帆过，滔滔银浪游人�。高楼观海潮，近岸听涛迫，无涯风月椰林落。

84. 普天乐（46字）

<u>Ｚ P P，P P **Z**</u>。Z $_p$ P P Z，Z Z P **P**。<u>P $_Z$ Z P，P P **Z**</u>，Z $_p$ Z P P P P **Z**。Ｚ P P Z $_p$ Z P **P**，P $_Z$ P Z Z，P $_Z$ P Z Z，Z $_p$ Q P **P**。

冬日昆玉河边（2016年1月10日）

百树凉，一河冻。太阳高宇，止水薄凌。塔影斜，寒光进，气冷风微霜天静。趁馀闲步履优轻，轻行岸上，忻然举目，一片熙冰。

85. 玉交枝（又名"玉娇枝"，46字）

Ｐ P P Z，P P Z $_p$ **Z**，P P Z $_p$ S P P **Z**。Ｚ P P Z $_p$ Z **P**，P $_Z$ P Z Z P Q **P**，P P Z $_p$ Z P P **Q**。Ｐ P Z **S**，Q P Z P P Z **Z**。

西塘小景（2016年5月17日）

江南名镇，西塘古韵，蓝天绿水晴波衬。老桥新道柳荫，石皮弄里一线旻，长廊烟雨别惜斋。倪宅又曛，木

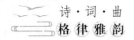
雕馆中情未尽。

86. 驻马听（46字）

ＺＺＰＰ，ＱＺＰＰＰＺ**Ｐ**。ＰＰＺ$_P$Ｑ，ＺＰＰＺＱ
Ｐ**Ｐ**。Ｐ$_Z$ＰＺ$_P$ＺＺＰ**Ｐ**，Ｐ$_Z$ＰＺ$_P$ＺＰＰ**Ｚ**。ＺＰ**Ｐ**，
Ｚ$_P$ＰＰ$_Z$ＱＰＰ**Ｓ**。

打虎拍蝇（2016年5月3日）

大举拍蝇，勠力同心常打虎。赃官污吏，显形乖露罪
当书。绘出长治久安图，阳光之下无贪腐。待优殊，遍达
严气清风普。

87. 人月圆（48字）

Ｐ$_Z$ＰＺ$_P$ＺＰＰＱ，Ｚ$_P$ＺＺＰ**Ｐ**。Ｚ$_P$ＰＰＺ，Ｐ$_Z$
ＰＺ$_P$Ｚ，Ｚ$_P$ＺＰ**Ｐ**。Ｐ$_Z$ＰＺ$_P$Ｚ，ＺＰＰ$_Z$Ｚ，Ｚ$_P$ＺＰ**Ｐ**。
ＺＰＰ$_Z$Ｚ，Ｐ$_Z$ＰＺ$_P$Ｚ，Ｚ$_P$ＺＰ**Ｐ**。

重庆早春（2016年3月11日）

山城二月风光秀，惹满目葱菁。蜿蜒长水，曲折古道，
旧事新城。朝霞晚露，万花千柳，云岸烟汀。鸟鸣枝顶，
园林翠茂，草木勃兴。

88. 凉亭乐（49字）

ＰＰＱＺＺＰ**Ｐ**，ＺＺＰ**Ｐ**。ＳＺＰＰＺＺ**Ｐ**，Ｚ$_P$Ｚ
ＰＰ**Ｚ**。ＰＰＳＺ，ＰＰＳＺ**Ｚ**。Ｚ$_P$ＺＰ**Ｐ**$_P$，Ｚ$_P$ＺＰＰ

Z Z **P**$_Z$。 P P P， P$_Z$ Q **P**。

玉渊潭看花（2019年3月26日）

春初到访玉渊潭，<small>满目</small>水净天蓝。只见花繁叶未添，<small>芬芳</small>新瓣勤装扮。游人走脚，蜂蝶采蜜见。戏水鸭欢，陪同鸳鸯好为伴。歌声扬，众乐添。

89. 太常引（49字）

P$_Z$ P Z$_P$ Z Z P **P**， Z$_P$ Z Z P **P**。 Z$_P$ Z Z P **P**。 P$_Z$ Z$_P$ Z P P Z **P**。 P$_Z$ P Z Z， P$_Z$ P Z$_P$ Z， Z$_P$ Z Z P **P**。 Z Z Z P **P**， P$_Z$ Z$_P$ Z P P Z **P**。

紫荆花（2021年3月15日）

天开簇簇紫荆花，似异卉奇葩。冶艳赛娇娃。庭院里忻愉旧家。不争僭宠，但求澹雅，何似在云涯？看一阵风刮，舞飞瓣凝妆四匝。

90. 蟾宫曲（又名"折桂令""天香引""秋风第一枝"，50字）

P P Z$_P$ Q$_P$ P **P**， Z$_P$ Q P P， Z$_P$ Z P **P**。 Z$_P$ Z P P， P$_Z$ P Z$_P$ Z， Z$_P$ Z P **P**。 Z Z P P Z$_P$ **S**， P$_Z$ P P Z Z$_P$ **P**。 Z$_P$ Z P **P**， Z$_P$ Z P **P**， Z$_P$ Z P **P**。

冬日暖阳（2016年1月8日）

隆冬暖日尤稀，明灿流河，昭烂涟漪。遗址元都，清寒气爽，接踵如织。咏叹前朝橛笔，嗟唏今日描诗。贵贱高低，百世伦纪，俱已成迷。

91. 甘草子（50字）

P P S，S S P P，Z Q Z P P Z。Z Z P，P P Z，Z P Q，Z P P。S S P P P P P Z，P P P P Q S。Z Z P P Z Z S，Z Q P P。

东郊野公园游（2018年10月4日）

西风起，彳亍悠然，勉力野行乡里。树欲萧，花将闭，稻弯穗，雀争食。塔影西山云台亭立，含羞秋池镜里。万踟功成健四体，止步将息。

92. 湘妃怨（双调50字）

P_Z P Z Z Z P P，Z Z P P Z_p Z P。P_Z P Z_p Z P P Q，Z_p P Z_p P P Z_p Z P。Z P P Z_p Z P P。Z_p Z P P Z，Z_p P P Z P，Z Z Z P P。

大寒日作（2023年1月20日）

今时四九第三天，恰是周回又大寒。风声滚滚冰光泛，大地茫茫一番。草衰枝脆太空蓝。小月河边走，上桥观碧涟，浅水映红阑。

93. 黑漆弩（51字）

P_Z P Z_p Z P P Q，P_Z P Z_p Z Z_p Z P Z。Z P Z_p P Z Z

P P，Z Z P$_Z$ P Z P$_p$ Z。P P$_Z$ Z Z P P，Z$_p$ Z Z P P Z。
Z P$_Z$ P Z P$_p$ Z Z$_p$ P，Z$_p$ Z P$_Z$ P Z$_p$ Z。

小月河四月（2021年5月13日）

春阑夏进枝繁茂，千姿百态花儿俏。走河边月季争妍，五色齐开衬芳草。看林间叶透阳光，点点映辉清照。起微风爽意昭临，更想再徘徊迥道。

94. 耍孩儿（一般涉调51字）

P$_Z$ P Z$_p$ Z P P Z，Z$_p$ Z P P Q P。P$_Z$ P Z$_p$ Z Z
P P，P$_Z$ P Z$_p$ Z P P。P$_Z$ P Z$_p$ Z P P Z，Z$_p$ Z P Z$_Z$
Z$_p$ Z P。P P Q，P$_Z$ P Z$_p$ Z，Z$_p$ Z P P。

写于珠海海滨公园（2023年11月19日）

海滨交臂公园旷，绿草红花深秋也肆芳。轻风拂过卷情澜，寒吹万缕思绪飘扬。世人多有功成梦，殊不知算去算来梦一场。争什么，听天由命，便是荣光。

95. 刮地风（52字）

P Z P P Z Z P，Z Q P P。P$_Z$ P Z$_p$ Z Z P P，Z
Z P P。Z$_p$ P P Q，Z P P Z。Z$_p$ Z P P Z$_Z$，Z P P Q。
P P Z Z P，P$_Z$ P Z$_p$ Z P，Z Z P P。

秋意（2016年10月25日）

落叶飘萧遍地黄，景色无疆。残花败柳欲争强，止水潾光。小河悠漾，木斜石上。草静风微，鹊声嘹亮。忽闻树顶忙，惊松鼠放狂，一盏乌阳。

96. 柳营曲（54字）

Z_PZ**P**，Z P **P**。P P Z Z_PZ_PZ **P**。Z_PZ P **P**，Z_PZ P **P**，Z_PZ Z P **P**。Z_PP_ZP Z P **P**，P P P Z P **P**。Z P Z_PZ **P**，Z P_ZP_ZZ_P**P**。**P**，P_ZZ Z P **P**。

植物园赏菊（2022年10月25日）

比锦纱，赛云霞。吐芳五色目不暇。左侧娇花，右侧奇葩，吸引万千家。北来南往豪夸，东三西四啾哗。晚秋颜色佳，早冬香味撒。嗟，别忘了回家。

97. 鹦鹉曲（54字）

P P Z_PZ P P **Q**，Z_PZ Z Z P_ZP **S**。Z P P Z Z P P，Z Z P_ZP P **S**。Z P_ZP Z_PZ P P，Z Z **Q** P P **Q**。Z P P Z_PZ P P，**Q** **S** Z P_ZP **S** **Q**。

赏梅（2021年3月27日）

京城二月春梅绽，嫩嫩楚楚九枝满。万红千紫衬天蓝，正有新槙舒展。醉人香馥显芳浓，仗赖寄情馨瓣。弄姿夭袅对乌光，共与旷奇花炳焕。

98. 寨儿令（54字）

Z_PZ **P**，Z P **P**，P P Z P P Z **P**。Z_PZ P **P**，Z_P

$\underline{Z\ P\ \mathbf{P}}$，$Q_P Z Z P \mathbf{P}$。$P_Z P Z_P Z P \mathbf{P}$，$P_S P Z_P Z P \mathbf{P}$。$P_Z P P Z S$，$S Z Z P \mathbf{P}$。$\mathbf{P}$，$Z_P Z Z P \mathbf{P}$。

小区赏杏花（2021年3月26日）

瓣有灵，蕊无声，枝头玉蝶争翠晶。素雅王京，散淡乡城，傲纵更有柔情。芬芳不显妆浓，轻纤不是低能。清风勤送爽，暖煦引群蜂。听，树顶上下响嗡嗡。

99. 小梁州（55字）

$P_Z P Z_P Z Z P \mathbf{P}$，$Z_P Q P \mathbf{P}$。$P_Z P Q_P Z Z P \mathbf{P}$，$P_Z P \mathbf{Z}$，$Z_P Z Z P \mathbf{P}$。$P_Z P Z_P Z P P Q$，$Z P P Z_P Z P \mathbf{P}$。$\underline{Z_P Z P}$，$P P Q$。$Z_P P P Q$，$Z_P Z Z P \mathbf{P}$。

仲夏散步逢雨（2016年6月10日）

风梳夏柳柳成行，望断白杨。凭河静水映乌光，听虫唱，仲夏好乘凉。偷闲简陌心花放，鸟鸣蜂乱草幽香。林岸依，渠边傍。风云突变，丝雨打薄裳。

100. 集贤宾（58字）

$P P Z P P_Z Z S$，$Z_P Z Z P \mathbf{P}$。$Z_P Z P P Z_P \mathbf{Z}_Z$，$Z_P Z P \mathbf{P}$。$Z P P Z_P Z Z P \mathbf{P}$，$Z_P P P Z_Z Z_P Z P \mathbf{P}$。$P P Z P Z S$，$P_Z Z_P Z_P P_Z P \mathbf{Z}_\mathbf{P}$。$\underline{Z_P P P Z Z}$，$Z_P Z Z P \mathbf{P}$。

小寒日作（2023年1月5日）

皆知小寒天更冷，在东北洒水成冰。凭在京畿轻冻，这儿是皇城。走出门仍感刺骨刀刮，霎时间扑来满面凄风。松涛响万千木挺，河流静浅淌无声。冬寒仍愈近，春暖在乡程。

101. 哨遍（一般涉调81字）

$Z_P Z P_Z P Z_P Q$，$P_Z Z P_Z Z P P Q$。$P_Z Z P_Z Z P P$，$P_Z Z P_Z Z P P$。$P_Z P_Z Z$。$\underline{P_Z Z P_Z Z，Z_P Z P P}$，$\underline{Z_P Z P_Z P Q}$。$Z_P Z P_Z Z P_Z Z，Z_P P P_Z Z$，$Z_P Z P P$。$\underline{P_Z Z P_Z Z Z P P，Z_P Z P_Z P Z P P}$。$Z_P Z P P$，$Z_P Z P P$，$P_Z Z P Q Z$。

冬至日作（2023年12月22日）

冬至悄然临场，夜长昼短今尤最。酷冷敲打窗棂，任由朔风使劲儿狂吹。天欲坠。虽然至暗，却是初明，长夜漫漫堪安寐。但求息养身心康健，邀迎雪落，更待春晖。苍穹滚滚送寒流，大地茫茫起冰堆。凛冽称雄，拱手乌阳，节节败退。

102. 昼夜乐（黄钟107字）

$Z_P Z P P Z Z P$。$P P，P P$（叠前句）$Z Z_P Z P P$。$Z_P Z_P Z P P Q Q$，$P_Z P Z Z_P P P Q$。$Z P P Z Z P$，$Z Z P$。$Z_P Z P P，Z_P Z P P$（叠前句）。$Z Z Z P P Q$。

$Z_P P$, $Z_P P$（叠前句）$Z Q \mathbf{P}$。$\mathbf{P} \mathbf{P}$, $\mathbf{P} \mathbf{P}$, $\mathbf{P} \mathbf{P}$（叠前句）$Z_P Z Z \mathbf{P}$。$Z Z \mathbf{P} \mathbf{P} \mathbf{P} Q \mathbf{S}$, $\mathbf{P}_Z \mathbf{P} Z_P \mathbf{P} \mathbf{P} Q \mathbf{P}$。$\mathbf{P}_Z$ $\mathbf{P} Z_P Z Z \mathbf{P}$。$Z_P Z \mathbf{P} \mathbf{P}$, $Z_P Z \mathbf{P}_Q \mathbf{P}$（叠前句），$Z_P$ $Z Z \mathbf{P} \mathbf{P} \mathbf{Q}$。

立夏日作（2023年5月6日）

立夏春风不敢吹。风微，风微气爽鸟于飞。农事不闲人受累，盼秋成五谷丰登会。一生之计在东归，念九回。昼夜思谁，昼夜思谁。梦里挂牵安睡。客魂，客魂也跳追。闲维，白黑，白黑百代自相随。莫问凡尘人弄鬼，丹心向阳情寄梅。流芳千古事人为。落日斜晖，落日斜晖，把万里江山绘。

附录一　现为平声的原入声字

（B）八叭捌扒拔跋魃白雹薄鼻鳖憋瘪别蹩逼饽拨钵勃剥箔驳帛博搏膊礴伯泊钹舶脖渤薄礴不（C）擦插锸察拆焯吃出吹遄踔戳撮（D）搭哒瘩搭褡答达怛矗得德滴笛敌涤迪的籴狄荻觌翟嫡镝迭跌瓞牒蝶谍堞碟喋蹀揲叠垤瓞跮絰耋督读犊牍椟黩毒髑咄掇裰铎夺度踱（E）额（F）发乏伐筏阀罚筏佛伏袱洑茯被服菔鹏弗弗拂绋怫幅福蝠辐匐绂（G）嘎纥疙胳搁鸽割革阁格鬲隔颌骼葛蛤骨鹘刮鸹聒郭蝈国帼虢（H）喝合纥盒貉涸劾核阂曷盍阖龁翮鹤貉黑忽惚鹘鹕斛槲觳猾滑豁活镬（J）击芨圾唧屐激积及汲级极岌笈吉佶戢藉籍疾棘殛即亟缉辑楫急集蒺脊瘠嵴踖夹浃荚铗挟颊蛱袷戛嚼接揭疖劫桀捷睫婕颉节结洁秸诘拮讦疖孑杰碣竭截掬鞠鞫锔桔橘菊局掘属孓爵诀决抉玦珏鸠倔崛觉绝角桷撅厥橛獗蹶蕨镢噱攫嚼爝撅谲矍（K）磕瞌嗑壳哭窟矻

（L）垃拉邋捋（M）没摸膜（N）霓捏（O）喔（P）拍批劈霹礕撇泼扑仆璞濮（Q）七沏柒漆戚揣袷切曲诎屈缺阙（S）撒塞杀刹铩煞勺芍杓舌折涉失湿虱十拾什石实食蚀识淑叔倏菽熟孰塾秫赎刷摔说俗缩（T）塌遢踏剔踢帖怗贴突凸秃托脱橐（W）挖屋喔（X）夕吸汐昔惜翕歙淅晰螅皙悉锡析羿息熄螅膝袭习席媳檄隰呷瞎黠辖狭峡侠狎匣柙歇蝎楔协胁挟撷颉勰纈戌薛削学鸢穴噱（Y）压押鸭噎一壹揖曰约（Z）匝咂砸杂拶凿泽责择则帻帻簀贼吒札扎轧铡闸摘宅翟着螫蛰折哲蜇摺谪磔辙辄织汁掷侄执直殖植值职絷踯跖粥妯轴竹竺躅逐烛舳躅拙桌捉着倬棁茁啄涿焯卓琢浊酌浞诼著擢濯缴镯鸷灼酌斫族镞足卒作昨

附录二　格律谱名称音序索引

本索引按格律谱名称的汉语拼音音序统一排列，后面的数字表示在本书正文中的页码。

参考书目

［1］王力.诗词格律概要［M］.北京：北京出版社，1979.

［2］王奕清.钦定词谱［M］.北京：学院出版社，2008.

［3］隋树森.全元散曲［M］.北京：中华书局，2020.

［4］马维野.格律诗写作指导［M］.沈阳：辽宁人民出版社，2022.